少年巴比伦

路内 著

上海文艺出版社

目 次

第一章　悲观者无处可去 ……………………………… 1

第二章　水泵之王 ……………………………………… 24

第三章　白衣飘飘 ……………………………………… 49

第四章　三轮方舟上的爱人 …………………………… 71

第五章　白蓝 …………………………………………… 91

第六章　换灯泡的堂吉诃德 …………………………… 123

第七章　在希望的田野上 ……………………………… 151

第八章　野花 …………………………………………… 175

第九章　澡堂 …………………………………………… 200

第十章　我的伤感的情人 ……………………………… 222

第十一章　去吧，SWEET HEARTS！ ……………… 254

尾　声　巴比伦 ………………………………………… 288

在去往终南山的路上
天色渐亮,暮色渐沉
他不知终南山的鸟儿们
四季里只睡了这一夜
　　——张小尹《终南山》

第 一 章

悲 观 者 无 处 可 去

张小尹和我一起坐在路边。她说："路小路啊,你说说你从前的故事吧。"

这一年我三十岁,我很久没有坐在马路牙子上了,上海人管这叫街沿石。这姿态让我觉得自己还很年轻。我对张小尹说,你去给我买一杯奶茶,我就开始讲故事。我爱喝路边的奶茶,我也很爱上海的高尚区域,马路牙子相对比较干净,奶茶的味道也很正宗。在我年轻时住过的那座城市,马路边全都是从阴沟里泛出来的水,街上没有奶茶,只有带着豆渣味的豆浆。这都不是什么令人愉快的事情,但我照样在那里生活了很久。

张小尹是地下诗人,她把诗贴在网络论坛上,后面跟着一屁股的帖子。我也跟帖,夸她写得好。我们两个刚认识的时候,她很能走路,沿着中山西路风生水起地走,我在她后面跌跌撞撞一路小跑,觉得自己像个残废。等我们同居之后,她忽然又变成了一个不爱走路的人,走着走着就把手扬了起来,嗖地跳上一辆出租车。

我像她这么大的时候,马路上的出租车很少,口袋里的钱也不多,坐出租车是一件很奢侈的事情。那时候和女孩子逛马路,会用一种很温柔的口气说："我们还是走走吧,一起看看月亮。"一走走出五里地去。那时候的女孩子也很自觉,没有动不动就坐出租车的,她们通常都推着一辆女式自行车,恋爱谈完了,就跳上自行车回家去,也不用我特地送她们。

那是九十年代初的事情,那时候我二十岁,生活在一个叫戴城的地方,那里离上海很近。九十年代一眨眼就过去了,我的二十岁倒像一个没有尽头的迷宫。有时候就是这样的,那些实际的时间与你所经历的时间,像是在两个维度里发生的事情。

我对于爱走路的女孩有一种情结。我在中山西路上对张小尹说:"我们谈恋爱吧。"她就答应了。恋爱之后,她再也不愿跟着我一起走路,而是爱着各种各样的交通工具。我这个情结算是彻底破灭。不过,事情不算很糟糕,张小尹不爱走路但她爱写诗,写诗的女孩是我的另一个情结。

我当然不可能要求一个女孩又能写诗又能做菜,又聪明又漂亮,还得是个走路一族。这个要求太高了,我对女孩没什么要求的,人品好一点就成了。张小尹说:"我不要听你说人品,我人品很好的。我要听你讲以前的故事。"张小尹是所谓的八〇后,她爱听一些稀奇古怪的故事。

好吧,就像你的大学时代是在图书馆和网吧里度过的一样,那是二十一世纪初吧,那就是你的青春最香甜最腐烂的年代。我呢,恰好香甜腐烂在上个世纪的九十年代初。我想,带着果子的香味而腐烂是一件多么开心的事情,多么明媚,多么鲜艳。

在这个故事的开始,我模仿杜拉斯的《情人》说:该怎么说呢,那年我才十九岁。或者模仿马尔克斯的《百年孤独》说:很多年以后,路小路坐在马路上,想起自己刚进工厂的时候……

我想,我要用这种口气来对你讲故事,像面对一个暌违多年的情人。我又想，如果这些故事在我三十岁的时候还无处倾诉，它就会像一扇黑暗中的门，无声地关上。那些被经历过的时间，因此就会平静而深情地腐烂掉。

我对张小尹说，我二十岁那年的理想，是在工厂的宣传科里做个科员。张小尹一听就乐了：宣传科啊？那不就是画黑板报吗？

黑板报不用天天画，大部分时间，宣传科都很清闲，什么都不用干。出了生产事故，有人不小心死了，或是不小心被机器切下来一条胳膊，宣传科就出点安全知识黑板报。有人生了第二胎，或是不小心未婚先孕了，宣传科就写点计划生育小知识。就这么点事情，一共有十来个科员轮流干。

当时我的理想就是：每天早上泡好自己的茶，再帮科长泡好茶，然后，摊开一张《戴城日报》，坐在办公桌前等着吃午饭。宣传科的窗台上有一盆仙人球，天气好的时候，阳光照在仙人球上，有一道影子像个日晷，上午指着我，下午指着我对面的科长，午饭时间它应该正好指着科室的大门。如果你每天都有耐心看着这个日晷，时间就会非常轻易地流逝。

这只是我的想象，我没有在宣传科干过，别人说我学历不够，只能去做工人，而且是学徒工。这种人在厂里的地位非常低，在食堂排队打饭得给老师傅让先，在厕所排队拉屎得给老师傅让坑，吃不上热饭也就算了，屎要是拉在裤子里那就糟大了。但我照样在工厂里生活了很久，为什么不离开它，我自己也说不清楚。

其实，在宣传科里看日晷，是件非常不浪漫的事。那时候有女孩子问我："路小路啊，你的理想是什么啊？"我就说，我要当个诗人。我心里想去宣传科，嘴上说的却是想做诗人。为此我也写一点诗，拿给女孩子看。她们看了之后说，很有李清照的韵味，我听了这种表扬居然还觉得高兴。她们又说，路小路，你这么有文采应该进宣传科啊。这句话点了我的死穴，我只好说，学历不够，看样子做诗人比进宣传科容易。

我说，理想这个东西，多数时候不是用来追求的，而是用来贩卖的。否则，我二十岁的时候，怎么会对那么多的姑娘说起我的理想呢？当时我是学徒工人，干体力活的，按理说，这种人天生没理想，脑子像是被割掉过一块。我当时为什么会有理想，自己也说不清，大概割得还不够多吧。

张小尹快活地说："小路啊，你现在很失败，你既没当成诗人也没当成科员！"说完，她把喝空的奶茶杯子放在了我的头顶上。

我读中学的时候，数学成绩很差，解析几何题目做不出来，看见象限上的曲线只觉得像女人的乳房和屁股。我把这个想法告诉了同学，同学嘴贱，就去告诉了数学老师。数学老师说："路小路的人生观有问题，只有悲观的人才会把曲线看成人体素描。"以后他每次在黑板上画曲线，都会意味深长地看我一眼。

对我来说，数学老师的话像个谜语。中学的政治课上讲的都是主观客观、唯心唯物、剩余价值之类的问题，马列主义哲学一般不讲悲观和乐观，所以我搞不明白。起初我以为数学老师在嘲笑我，我们那个中学是普通高中，用的课本都是乙级本，有人说读这种课本想考上大学就像用柴油发动机想飞上月球，完全是一纸荒唐梦。我们学校的毕业生，大部分都是去工厂做工人，比较高档的是去做营业员，当然也有在马路牙子上贩香烟的。这种学校的数学老师，你能指望他说出什么金玉良言呢？

当时我的选择是：第一，去参加高考，然后等着落榜；第二，不参加高考，直接到厂里去做学徒；第三，不去做学徒，直接到马路上去贩香烟。我爸爸经常教育我："小路，你要是不好好学习，以后只能到马路上去贩香烟了。"每逢这种时候，我就会反问他："爸爸，我要是好好学习呢？"

我爸爸说："那你可以去厂里做学徒工。"

我说："爸爸，做学徒工还得好好学习啊？"

我爸爸说："你以为学徒工那么好做？"

必须重点说明，我爸爸是戴城农药厂的工程师。他一辈子跟反应釜和管道打交道，然后生产出一种叫甲胺磷的农药，据说农村妇女喝这种农药的死亡率非常高。我爸爸过去是个知识分子，年轻时挺清秀的，在车间里干了二十多年，变成了一条胡子拉碴、膀大腰圆的壮汉，乍一看跟工人师傅没什么区别。那几年他虽然处于生理上的衰退期，但毕竟还没跨过更年期的门槛，肌肉依然发达，脾气却越来越坏，打我的时候下手非常狠毒。我碍着我妈的情面，不敢和他对打，以免他自尊心受挫。

我和他讲道理，说："爸爸，关键是我并不想当工人。哪怕做个营业员，总比当工人强吧？"

我爸爸说："你要是做营业员，我就帮不了你了。你要是做工人，将来还有读大学的机会。"

我爸爸后来说到职大。你知道什么叫职大吗？就是职业大学。说实话，因为读了个普高，我对一切大学的知识都不了解，我甚至搞不清本科和大专的区别。有一次我去问班主任，这个王八蛋居然说，这种问题我没必要搞清楚。后来我爸爸向我解释，戴城的化工系统有一所独立的职业大学，称为戴城化工职大，戴城化工系统的职工到那里去读书，就能拿到一张文凭。读这所大学不用参加高考，而是各厂推荐优秀职工进去读书，学杂费一律由厂里报销，读书期间还有基本工资可拿。这就是所谓的"脱产"，脱产是所有工人的梦想。

我爸爸说，只要我到化工厂里去做一年学徒，转正以后就能托人把我送到化工职大去，两年之后混一张文凭出来，回原单位，从工人转为干部编制，从此就能分配到科室里去喝茶看报纸。

我听了这话非常高兴，二十年来挨他的揍，全都化成了感激。我问他："爸爸，你搞得定吗？送我去读大学，一定要走后门吧？"我爸爸说："我在化工局里有人的。"我吃了这颗定心丸，从此不再复习功课，一头扎进游戏房，高考考出了全年级倒数第二的成绩。按理说，应该去马路上贩香烟，但是一九九二年的暑假我仍然拿到了一张化工厂的报名表。我对我爸爸的法力深信不疑。

进了工厂之后才知道，我爸爸是彻底把我忽悠了。这家化工厂有三千个工人，其中一半是青工，这些人上三班、修机器、扛麻袋，每个人都想去化工职大碰碰运气。后来他们指给我看，这是厂长的女儿，这是党委书记的儿子，这是工会主席的弟弟，这是宣传科长的儿媳妇。他们全是工人，全都想调到科室里，全等着去化工职大混文凭呢。这时候我再回去问我爸爸，你不是说化工局有人的吗？他捂着腮帮子说，那个人退休了。

所谓的职业大学，因此成了一张彩票，何时能中奖，谁都说不清楚。我为了买这张彩票，所付出的代价就是把自己送到了工厂里，去做学徒工。这很正常，如果你不去买彩票，那就永远不会有中彩的机会。我爸爸说，只要我辛勤劳动、遵守纪律、按时送礼，就能得到厂长的青睐。

我发现自己上当了，想脱身已难。家里为了能让我进工厂，并且谋一个好工种，送掉了不少香烟和礼券。对我爸爸来说，礼券和香烟才是买彩票的代价，至于他儿子则算不上是代价，最多只是一个没抢到水晶鞋的灰姑娘，虽然没赚，但也不会赔得太厉害。我回想起数学老师的话，路小路把曲线看成屁股，因此他是一个悲观的人。这时我开始认真反思这句话,我认为他的意思是:我不但会把曲线看成屁股,还会把屁股看成曲线。这样的人必定悲观得无可救药,因为,他眼前的世界是一团糨糊,所有的选择都没有区别。

那年我爸爸为了一件小事揍我,他忘记我已经是工厂的学徒了,而且是一个上不了职大的学徒。在我妈的尖叫声中,我甩开膀子和他对打了一场,打完之后,我觉得很舒服,然后发了一根香烟给我爸爸。我爸爸抽着这根烟,对我妈说:"出去买只烧鸡吧。"

我对化工厂没好感。

那时候我们家就生活在戴城,这座城市有很多化工厂。农药厂,橡胶厂,化肥厂,溶剂厂,造漆厂,都算化工单位。这些厂无一例外地向外喷着毒气,好像一个个巨大的肛门。你对着肛门怎么可能不感到厌恶呢?

我们家住在新村里,都是八十年代初单位里造的公房,分配到职工手里,交一点房租就能住进去。这些房子都是四五十平米的小户型,后来改制,成了私有财产,再后来就涨价了,成了退休工人的棺材本。这些新村的名字都是按照单位的名称来定的,比如纺织厂的新村,就叫纺织新村,农药厂的新村,就叫农药新村。诸如肉联新村、肥皂新村这种名字也有,反正没什么想象力,但很好记。

我家就住在农药新村,离农药厂很近。也不知道是厂里哪个傻逼选的这块地皮,它离农药厂只有五百米远,半夜里厂里释放出的二氧化硫气体,像臭鸡蛋的味道,熏得树上的麻雀一个个地掉下来。这种地方根本不能住人,但我照样在那里生活了很久。

农药厂经常爆炸,有时候是嘭的一声,好像远处放了个炮仗,有时候是轰的一声,窗玻璃跟着发抖。通过爆炸的声音可以分析出它的强度,家里听到动静,就会打电话过去问。那时候只有公用电话,炸声一起,杂货店门口就排满了职工家属,打电话问炸的是哪个车间,死了谁伤了谁。打电话的人会转过头来向大家宣布伤亡情况,一般来说,不太会有人死掉。我也很奇怪,为什么爆炸没人死掉。我爸爸说,爆炸之前,仪表和阀门会显示出异常反应,人就全逃光了。如果是毫无征兆的爆炸,那就不是农药厂了,那是兵工厂。

那年夏天,傍晚的火烧云照得整个新村红彤彤的。我家住在一楼,有个小院子供我们晾晒衣服、种葡萄、堆杂物,以及楼上人家偷偷地扔垃圾和烟头。那天我妈在厨房烧菜,我和我爸爸在院子里下象棋,忽然听见远处"轰"的一声,一缕黑烟缓缓升起,农药厂又炸了。我爸爸放下棋子,爬到院墙上,细细地打量远处。我说:"爸爸,别看了,你又不在厂里。"

我爸爸说:"看一看。"

我说:"年年都炸,我都看腻了。"

我爸爸说:"今天顺风,小心点。"他以前说过,万一厂里炸了,有毒气体泄漏,一定要顶风跑。毒气是顺风飘的。

我也爬到了院墙上,公房的阳台上早就趴满了人,大家一起看爆炸。那是中班时间,人们都在琢摸谁在厂里当班。我看到一些暗红色的光,在围墙深处闪烁起伏。我爸爸指着那一片说,那里是车间区,不是仓库,是车间炸了。他皱着眉头,对我说:"如果发生情况,一定要顶风跑。"我说我知道了,这话听过很多遍了,也没跑过一次。后来我们看到楼上的阿三从那边狂奔过来,阿三看见我爸爸,大喊:"不好啦!大路(我爸爸绰号叫大路)!炸啦!"我爸爸问他:"炸哪里啦?"阿三狂喊:"马上就要炸到氯气罐啦!"

我爸爸听了这话,一言不发,跳下墙头,顺手把我也拽了下来。他拖着我跑到厨房,伸手把煤气炉关了,然后又拖着我妈,狂奔到车棚，打开那辆二十八吋凤凰自行车的锁，他就驮着我妈往东南方向狂飙而去。后来他发现我掉队了，我自行车钥匙没带，穿着一双塑料拖鞋跟着他们跑。我爸爸说："来不及了，你就在后面跟着跑吧。"

阿三的一路狂喊使农药新村炸了锅，所有的人都从楼房里跑了出来，这种壮观的场面只有在地震的时候才看到过。所有人都在喊，氯气泄漏了快他娘的跑吧。我爸爸一边猛踩自行车，一边大声喊："顶风跑啊！大家顶风跑啊！"我跟在他后面，看见对面楼里李晓燕的奶奶披着一身肥皂泡跑了出来。老太太大概在洗澡，只来得及穿上一条裤衩，她胸口空荡荡的，一对乳房像两个风雨飘摇的麻袋片在众人眼前晃悠，麻袋片配上主人那张惊慌失措的脸，很像是一场失败的春梦。逃命的人群根本没有时间欣赏她，我呢，说实话，这是我有记忆以来见过的最初的乳房，虽然它是如此地狼狈，如此地多余，但我还是忍不住多看了几眼。我妈坐在自行车书包架上对我说："小路，不许盯着人家看，不许耍流氓。"我心想，您真有空，这会儿还有心思关心我的思想品德，氯气要是喷过来我就死了，我到死还没看过女人的乳房，真是活得太不值得了，况且那根本就是麻袋片嘛。

那天傍晚，我们三个穿过了浩浩荡荡的人群，沿着公路往郊区逃去。我爸爸骑着自行车，驮着我妈，我在后面穿着一双塑料拖鞋一溜小跑，脚上都磨出了泡，但他们还是没有停下来的意思。十几辆消防车呜哇乱叫着从我们身边驶过，再后面是警车和救护车。这些车子都消失之后，马路变得异常安静，只有自行车链条发出的咯吱声，以及拖鞋踩在柏油路上的踢踏声。天色忽然暗下来，西方的天空中只有一丝血红色的晚霞，路灯渐次亮起，再后来连拖鞋的踢踏声都没了，我把拖鞋捏在手里，赤脚在柏油路上跑着。我爸爸就把自行车停了下来,说,不走了,氯气要是飘到这里,估计连市长都被熏死了。

我们在郊区一个"停车吃饭"的小饭馆吃了蛋炒饭,我爸爸打电话到厂里去,厂里说,炸的不是氯气,是别的东西,楼上的阿三在造谣搞破坏,这个浑蛋一贯如此,极其可恶。我妈就信了领导的话,说阿三确实不是东西,经常往我家的院子里扔香烟屁股。我爸爸说,这不能怪阿三,氯气啊,他妈的,历史上又不是没泄露过。

我爸爸是工厂里的老法师,他知道氯气泄露这种事情,宁可信其有,不可信其无,但他对阿三的宽容并没有使之逃脱惩罚,因为李晓燕的奶奶死啦。李晓燕的奶奶暴露出两个麻袋片,全新村的人都看到了,李晓燕的妈妈说她是老不要脸的,于是老太太从六楼蹦了下来。这件事找不到罪魁祸首,必须让阿三来顶缸。李晓燕全家到派出所去报案,李晓燕的妈妈哭成了泪人,她说是阿三的谣言造成了老太太的死亡,她拽着警察说:"你们要让阿三这个流氓偿命呀!我婆婆不能白死呀!"旁边有不知情的听成了强奸案。警察被她搞得很烦,到农药厂去了解情况,厂里的头头说,阿三这个破坏分子,早就该抓进去了。既然厂里都推荐他去坐牢,阿三也就乐得吃皇粮了,跟出差也没什么区别。后来他被送到劳教所去,罪名是"破坏社会安定"。

我妈说,李晓燕的奶奶死得很冤,阿三更冤。我心想,其实我也很冤,我生平第一次见到的乳房是个麻袋片,而且,因为我看到了它,它的主人竟然就从楼上跳下来死了。这事情很诡异,让人觉得恐惧。我对化工厂也抱有同样的恐惧,但我说不出原因。

九二年的夏天,高考之后,我拿到成绩单就挨了我爸爸一记耳光,他说这种成绩连做香烟贩子都没有可能。我梗着脖子挺下这巴掌，心想，爸爸，这是我这辈子最后一次挨你打，以后没这么便宜的事情了。他打得真不赖，半边脸都肿了起来。

打完之后，我爸爸说："你等着进工厂做学徒吧。"

那是我生平最后一个暑假，我无所事事，成天游荡。不知为什么，天气似乎也和我作对，总是下些不大不小的雨，没法到河里去游泳，我只能独自在游戏房玩"街霸"。有一天我把口袋里的零钱全都兑成了硬币，玩了个囊空如洗，漫长而无聊的下午仍然没有结束，于是把一个过路的小学生拦住，从他身上抄走了一块三毛钱。小学生撒腿就跑，跑出一百米之后回头对我喊："我叫我哥哥来收拾你！妈了个逼！"

你知道，所有那些在暑假里无所事事的少年都是一颗定时炸弹，他们或单独游荡，或成群出动，酷暑和无聊使他们的荷尔蒙分泌旺盛。我可不想惹上这种麻烦，就用抄来的钱买了一根雪糕回家了。

到家的时候，我爸爸已经在客厅里坐着了。他问我："去哪儿了？"

我顺嘴答道："复习功课去了。"

我爸爸用食指关节叩了叩桌子："你想想清楚再回答。"

经他的提醒，我想起高考已经结束了，所有的课本和复习资料都被我卖到废品收购站去了，就改口说："到同学家看电视去了。"我之所以撒谎，纯粹习惯使然。我们家虽然是工人家庭，规矩比他妈的贵族还大，禁止抽烟，禁止去游戏房，禁止早恋，禁止逃课，禁止打桌球，禁止看课外书，禁止在马路上游荡。受禁的只有我一个人。

我爸爸知道我最爱玩游戏机，经常会到附近游戏房去查岗，游戏房的老板是我哥们，见我爸爸遥遥地过来，就打一个唿哨："小路，你爸来了。"我扔下游戏机就往后门逃。我的自行车总是停在后门，骑上车子回到家，迅速摊开书本假装复习功课。这些内幕我爸爸都不知道。

那天我爸爸没跟我废话,他从人造革的皮包里掏出一张纸,上面有几排表格。我爸爸说:"把这个填好。"

这是一张工厂招工报名表,我按项目填好之后,他从抽屉里找出我的毕业照,粘了一点米饭,贴在了右上角。我问他:"爸爸,这是哪里的招工表啊?"

我爸爸说:"糖精厂。"

"你不是农药厂的吗?怎么把我送糖精厂去了?"

我爸爸摇了摇头。这事情说来话长,当年我还在读初中的时候,我堂哥也是通过我爸的关系,到农药厂去做一个学徒工。不幸我堂哥最后成了个黑社会,把车间主任暴打一顿之后扬长而去,被打伤的车间主任跑到我家来评理,他头缠纱布,左臂打着石膏,耳朵上还有被咬伤的痕迹。我爸爸对他的惨状无动于衷,我爸爸当时说:"做车间主任就是这样,怎么可能不挨打呢?"车间主任哭着对我爸爸说:"路大全,将来你儿子要是进了农药厂,我就派他去掏大粪。"我爸爸是工程师,和他平级,当然不怕他威胁。但是,这个车间主任后来晋升为副厂长,专管人事和纪律。我爸爸说,要是我去农药厂上班,最终结果,很可能真的去掏大粪,就算我乐意,我爸爸也丢不起这个人。

总之,我堂哥和我爸爸合谋断绝了我的农药厂之路。不过这也不算什么坏事,和自己爸爸做同事是一场灾难。

我讨厌农药厂,因为它经常爆炸,还放出二氧化硫气体。如果你不想闻那种臭鸡蛋的味道,就只能期盼着它爆炸,然后停产。如果你不想挨炸,就必须永远忍受臭鸡蛋的味道。这他妈简直是人生的终极悲哀。

后来我知道自己要去的地方不是农药厂,而是糖精厂,糖精是一种挺可爱的东西，小时候做爆米花都得加点糖精。农药就不那么可爱了，吃下去会死掉，偷回家也派不上什么用场。我问我爸爸："糖精就是爆米花吧？"

我爸爸说，放屁，糖精是重要的化工原料，用专业名词来说，叫作食品添加剂，除了爆米花之外，还能掺进蛋糕、糖果、冰淇淋里面去，用途非常广泛。糖精厂的效益很好，如果只是做爆米花，怕是早就饿死一半工人了。后来他又说："你知道这些都没什么用，你又不是搞产品开发的，老老实实做学徒吧。"我听了觉得很沮丧，并不是因为做学徒，而是因为糖精，做一个生产糖精的工人真是太不浪漫了，一点没有神秘感，对女孩子更是缺乏吸引力。我以前跟着堂哥出去，看那拨小青年泡妞，男的一捋袖子，露出胳膊上的刺青，说自己是跑码头的，非常威风。我呢？难道我的未来就是对女孩子说"我是造糖精的"？

我对我爸爸说："我不想去糖精厂。没劲。"

"那你想干什么？"

"我还是想做营业员。"

"营业员很有劲？"

"也没劲。"

"瞧你那点出息。"

我爸爸让我脑子放清楚点，工厂不是劳教所，招人也是要看成绩的。照我的成绩，无论做学徒还是做营业员都没可能，就这张破破烂烂的招工表，还是他用一条中华烟换来的。我爸爸还说，营业员一辈子都得站着上班，工人干活干累了可以找个地方坐着，或者蹲着，或者躺着，这就是工人的优越性。

其实我爸爸没明白我的意思。营业员虽然没劲，但还能站在柜台后面张望，那些形形色色的顾客，总比每天对着一堆机器强。我从小有个毛病，爱斜着眼睛看人，这很有快感，如果是斜着眼睛看机器就会像个十三点。

当时我姑妈在人民商场做会计，确实曾想把我安插进去，结果人民商场传来消息：这两年通货膨胀结束了，商品多得卖不出去，顾客除了消费以外，还想看看美女，所以那一年人民商场招的毕业生全是美女。我高中毕业之后的第一个理想破灭了，这个理想是去做营业员。顾客就是上帝，上帝要看美女，我也没办法。

九二年的时候，我因为想读那个免费的化工职大，最终到糖精厂去做学徒。当时我的高中同学们已经散落在社会的各个角落，他们有的是去肥皂厂，有的是去火柴厂，有的是去百货店，五花八门，唯一的共同点是：这些工作全都属于体力劳动，消耗的不是脑细胞，而是卡路里。

进厂之前，我爸爸向我详细介绍了化工厂的工种问题。

他说，别以为进厂做学徒的待遇是一样的，化工厂最重要的是分配到一个好工种，这得托人，送香烟，送礼券。我问他什么是好工种。他说，在化工厂里，生产车间的操作工就是坏工种，这些人必须倒三班，早班中班夜班，像一个生物钟完全颠倒的神经病一样过日子。这是坏工种。当然还有更坏的，比如搬运工和清洁工，但我既然有一张高中文凭，国家就不至于这么浪费人才，让我去搬砖头刷厕所。

与此相对的是好工种，比如维修电工、维修钳工、维修管工、厂警、值班电工、泵房管理员之类。这些人，通常都是上白班的，平时或搞维修，或搞巡逻，或坐在那里发呆，没有产量指标，没有严格的交接班，这就是工人之中的贵族。

我爸爸说，一个好工种很重要。比如钳工吧，平时修修厂里的水泵，下班能在街口摆个自行车摊，替人修车打气，把一天的饭钱挣回来；再比如电工和管工，可以顺便做做装修，时不时赚点外快。这些都是技术工种，简称技工。

我心想，技工，听起来离妓女也不远了。

我爸爸分析说，万一去不了化工职大，做个技工也不错啊，一个八级钳工的待遇相当于高级工程师，或者是副教授。这么一说，我就把技工和妓女区分开了，技工是有工资劳保的，妓女没有，也不可能享受副教授的待遇。

我问他："怎么样才能成为八级钳工？"

他说："至少得干三十年吧，什么机器都会修，还要懂英语。"

我说："爸爸，还是换一个吧，做电工呢？八级电工？"

我爸爸想了想说："我还从来没见过八级电工。"

我听了这话，就再也不想跟他讨论什么工种问题了。

夏天快要过去的时候，记不得是哪一天了，台风挟裹着稀疏的雨点经过戴城，被打落的梧桐树叶软塌塌地贴在路面上。我骑了半个小时的自行车，绕过城东的公路，拐进一条沿河的石子路，来到糖精厂。街上阒无人迹，全世界像是只有我一个人在赶路，风声蹿进我耳中，然后听见轰轰的巨啸，把风声盖过了，那是化工厂的锅炉房在放蒸汽。我看见两扇铁丝编成的大门，旁边还有一扇小门供自行车出入。水泥柱子上挂着一块惨白的木板，上有一串宋体字：戴城糖精厂。

很多年以后，我带着张小尹去看我的化工厂。我们坐上出租车，沿着城东的公路走，在有河的地方拐弯，我让司机停车，对张小尹说："你陪我一起走过去吧。"

我经常会梦到那条河，宽阔的河，有很多运送化工原料的货船在水面上航行，突突的马达声很像一幕摇滚音乐会的开场，但要是听久了，会觉得这声音很无聊。我的梦里没有马达声，只有货船无声地驶过。

如果你不知道化工厂在哪里，只需要沿着河往前走，街道只能容两辆卡车通过，往前走就是一个丁字形的河汊，有一座建造于五十年前的桥，笨拙地横跨过河流。过了桥能看到远处有一座高大的烟囱，这就是化工厂无字的纪念碑。它有时候冒着黑沉沉的烟，把天空涂抹成废墟，有时候则非常安静，肃穆地指向那些路过的浮云。

我和张小尹去的那天是周末，工厂休息，否则在这里能看到很多穿工作服的人走来走去，他们都是化工厂的工人。

张小尹说：“这个破厂有什么好看的？”

我说，这可不是个破厂，这是戴城著名的国有企业，有两三千号工人，生产糖精、甲醛、化肥和胶水。如果它倒闭了，社会上就会多出两千多个下岗工人，他们去摆香烟摊，就会把整条马路都堵住，他们去贩水产，就会把全城的水产市场都搅乱，假如他们什么都不干，你得在街道里给他们准备五六百桌麻将。我这还没把退休工人计算在内，因为他们本来就在打麻将。

我对张小尹说，从前，这家化工厂的效益可好呢。过年的时候，厂里会发各种各样的年货，有时候发鱼，都是两尺多长的大鱼。工人们把鱼挂在自行车龙头上，一哄出厂，下班的路上就有两千辆自行车都挂着鱼，场面非常壮观。兄弟单位的人看见了就说："哎呀，你们糖精厂的效益真好，发这么大的鱼。"戴城是个小地方，发鱼的消息很快传遍大街小巷。厂里的人扛着鱼回家，非常自豪，这些自豪的人之中，有一个就是我。我妈把鱼切了，烹炒煎炸，烧出很多味道来。这时邻居就会赞扬我："小路厂里发鱼了，效益真好。小路真有出息。"我妈于是也很自豪。

我和张小尹在桥上闲扯。她问我："你是不是要到厂里去看看啊？"

我说，我不进去了，原来的门房老头死掉了，换了新的门房，不认得我。我就不进去了。这条路没什么变化，原先有一个老茶馆，在工厂隔壁，现在不见了，变成了化工厂的供销处。其他都没什么变化，只是路旁的香樟树长得更茂盛了。到了秋天，这一带会有很多黄色的野花，也没有名字，因为开得太多了，乍看有一点惊人的美。我抬起头，看到层层管道越过头顶，横跨马路，延伸到河边的泵房，这也和从前一样。我站在马路上向厂里眺望，只能看到巨大的锅炉房耸立在围墙边，至于其他车间，隐藏在更深的地方。

我对张小尹说，这就是我香甜腐烂的地方，像果子熟透了，孤零零挂在树枝上。有个故事说，果子挂在树枝上，等着鸟儿来啄它，这个故事后来又说了些什么呢？可惜，张小尹并不觉得有趣。她在桥上看丁字形的河汊，那里船只往来频繁。我们站在桥上看两艘拖了十来节的大船错身，这可比二十吨的卡车错身更艰难，像老太太过马路。拖船上的船老大吆喝着，指挥着船只缓缓地驶出河汊。

有时候也会发生撞船，双方都会喊："小心啊！要撞了！要撞了！不要再过来了！真的要撞了啊！"然后传来一声闷响，那就是撞船了。船沿都绑着厚厚的橡胶轮胎，所以撞不破，但是船民仍然对骂，绝不示弱。运气好的话，还能看到打架的，用篙子捅来捅去。每当这时，化工厂的工人就不上班了，站在桥上看打架，呐喊助威，把没掐灭的香烟屁股扔到甲板上去。这很缺德，因为船民都是赤脚在甲板上走路的。

我对张小尹说，我很喜欢站在桥上看船的，叼着香烟吹吹风，但我从来不乱扔香烟屁股。这些船都是运化工原料的，如果恰好把香烟屁股扔进了贮槽口，如果贮槽里恰好有甲醇之类的原料，就会把这只船炸到天上去。我也会被炸上天，落下一缕头发半只鞋子。这种事情是典型的生产破坏，死了也落不下好名气。

张小尹说："这种事情的概率太低啦。"

我说，凡事皆有概率，怀孕是概率，吃错药是概率，踩上香蕉皮是概率。人皆有死，具体用什么方法死掉，这也是概率。像我这样在桥上抽抽烟，结果被炸死了，这个概率当然很低，但概率低的事，并不等于不会发生，比如我认识了张小尹，这也是概率很低的事情。我很爱张小尹，因此也爱着这个概率，但我不爱把自己炸上天，从年轻的时候就是这样。

人的一生中，总有一些时候是蒙头蒙脑的。通常来说，越重要的时刻越容易犯傻，日后回想起来，就有一种做梦一样的感觉。

九二年时候，我蒙头蒙脑站在厂门口，恍如梦中，那个如今已死掉的门房盯着我看。我辞职之前，他得了肺癌，在厂门口咳出了一摊血，被送到医院之后就再也没回来。九二年的时候他还健在，他叼着香烟问我："学生意的？"我不知道什么是"学生意"，他告诉我，工人就是"做生意的"，学徒就是"学生意的"。我问："你怎么知道我学生意？"门房说，他站了三十年的岗，要是这点眼力都没有，这辈子算是白活了。我当时想，你一个看了三十年大门的糟老头，可不就是白活了吗？

我站在厂门口，看见一些工人进进出出。他们都穿着一种颜色古怪的工作服，又像蓝的，又像绿的，也可能是蓝绿的。看到这样的颜色，我就怀疑自己是个色盲，最起码是色弱。如果我真的是个色盲，就进不了工厂，只能去马路上贩香烟……我想到自己不久也要穿着这样的衣服，穿行在工厂里，吃饭干活上厕所，心里就有一点犯怵。读高中的时候，我跟在别人屁股后面去打群架，起哄架秧子，打黑拳，抢黑砖，有一种天不怕地不怕的气势，帝王将相皆不入眼，但跑到工厂门口居然觉得害怕，这事情我也想不通。我只觉得，自己的卡路里不能奉献给女孩，不能奉献给那些挨打的人，而是要用来造糖精，就有一种末路狂花式的悲哀。

我问门房老头，哪里是劳资科，我得去劳资科报到。老头指着一幢办公楼，那楼正对着厂门，前面有个花坛，种着一棵半死的雪松，枝桠毕露，好像吃了一半的红烧鱼。老头说，三楼就是。

我把自行车停在车棚，走上三楼，楼道里非常暗，贴着些标语，安全生产争创先进什么的。劳资科静悄悄的，只有一个女科员坐在那里。她见我在门口探头探脑，就说："你是学徒工吧？进来填资料。"我走进去，发现她是一个噘着嘴的小姑娘，长得还算端正，尖尖的鼻子，淡淡的眼眉，但不知为何一直要噘嘴，后来发现她天生长成这样，这就比较可爱了。小噘嘴问我："你叫什么名字啊？"我说："我叫路小路，马路的路，大小的小。"小噘嘴在一摞报名表里把我找了出来，说："耶？你这个名字好玩的，路小路。"我说："你就叫我小路吧。"

等我填好了一份正式的报名表，小噘嘴严肃地说："路小路，去隔壁会议室做安全培训。"

我说："安全培训是什么东西？"

小噘嘴说："就是给你上安全教育课。在化工厂上班，安全最重要。懂不懂？"

我说："懂了。"

会议室里已经坐着十来个人，后来又陆续进来了几个人，都是学徒。我在这群人里居然发现了一个高中同学，是我们的化学课代表。化学课代表进化工厂，似乎天经地义。我还没来得及嘲笑他，门口走进来一个中年男人，头发乱成鸡窝状，戴着一副瓶底眼镜，

19

自称是安全科的干部。

进厂之前,我爸爸给我做过些简单的安全培训,比如生产区禁止吸烟,不要随便在管道下面走,听见爆炸声就撒腿狂奔,遇到触电的人不能用手去拉他(得用木棍打)。他最拿手的就是让我顶风跑,唠叨了上百遍,农药厂爆炸那次还实战演习了一回。安全科干部讲的知识,和我爸爸差不多,净是些条例,这个不许那个不许,我听得昏昏欲睡。后来他说,要带我们去参观一下安全教育展览室。我跟着十几个学徒工稀里哗啦站起来,一起走到四楼,进了一间黑漆漆的房间,他把电灯开关一拉,眼前的场面让我睡意顿消,打起了十二分精神听他讲话。

这个房间里贴着各种各样的事故照片,呈碎片状或半熟状的人体,有烧死的,有摔死的,有电死的,还有割掉一半的手,剥了皮的腿,被硫酸浇得像红烧肉丸子一样的脸。这不像是安全教育,倒像是个酷刑博览会。更有趣的是,其中一张照片上什么都没有。我问安全科干部:"这是怎么回事?"

他严肃地说:"这是被炸死的人。"

"人呢?"

"炸没了。"

我看着这张照片,想不出它有什么教育意义,由于画面上只有一堆废砖乱瓦,因此也不具备任何想象的可能。安全科干部看了看我,说:"你好像很喜欢看这个?"

我说:"还好。像那个什么,抽象画。"

安全科干部也端着胳膊和我一起欣赏那张照片。后来他居然问我:"你觉得哪种死法比较好?"我一惊,变成了个结巴,话也说不上来。他说,炸死是很幸福的,被炸死的人,轰的一声就没了,不会感到痛苦。碎片是没有痛苦可言的。被电死的人就很倒霉,尤其是380伏工业用电,人触电的时候大脑是很清醒的,只是甩不掉那电线,这时候就会知道自己要死了,然后真的就慢慢地死了。电流会使人体处于一种神经抽搐的状态,尸体摆出各种造型,甚至像杂技演员一样反弓起身体,脑袋可以从裤裆里伸出来。对于一个即将要死的人,没有比这个更痛苦的了。还有被轧掉手的人,那种疼痛会永远留在大脑深处,每次看到自己的残手,就会起鸡皮疙瘩。还有被硫酸浇在脸上的人,那种痛苦,叫作生不如死。

我听了这些,身上也起了一层寒栗,但他又安慰我说:"其实,只要按规章制度操作,就不会出什么事故。出事故的人,十有八九都是违章操作。"我们一直听到这里,才算听到了一点教育意义。但他后来又说:"不过也难说,城门失火,殃及池鱼。有些人违章操作,自己没死,倒把别人给炸死了。"

这次安全教育对我意义重大,后来我去做学徒工,师傅说我缩手缩脚,一副怕累怕死的腔调。我把这个展厅的故事对师傅们说了,师傅们嘲笑我说,理他干什么,那安全科的家伙是个变态,绰号叫"倒B"。我问他们什么是"倒B",他们说,倒B就是很浑蛋很没出息的意思,要是我也这么混下去,就会赢得"小倒B"的绰号。我听了,只能强迫自己把展厅的事情忘记掉,可是偏又忘不掉,此事成为我严重的心理阴影,直到我看见真的死人、真的断手断脚,才渐渐变得像师傅们一样无畏。

我当时还问倒B,展览室里的照片是从哪里搞来的。他说,不知道是哪个上级部门编的,派发到各个工矿企业,所谓前事不忘,后事之师(倒B无疑很会用成语,而且都是八个字的成语)。我不想当"前事",成为一张扁平的照片,被挂在一个昏暗的展览室里供学徒工参观。我问倒B:"这玩意儿有肖像权吗?"

倒B说:"我是管安全教育的,不是管法制教育的。"

倒B后来宽我的心,和我说起了概率。他说,其实没什么好担心的,本厂开工以来,生产事故比美国企业还少,只有两个电工出过人命,而那已经是十年前的事情了。我们这些没有专业技能的普高毕业生,是没资格去做电工的,只能做做操作工,操作工不会被电死,通常都是被炸死,目前厂里还没有一个人被炸死过,只有被炸掉一个耳朵的,这说明操作工的死亡概率相当低。

倒B说,本厂的工人,在马路上被汽车撞死的有三个,生癌死掉的有一百多个,照这个概率,化工厂的危险性还不如交通事故呢,更比不上癌症发病率,即使不到这里来上班,也可能被撞死,或生癌。

他说完就拍了拍我的肩膀,问我:"你知道什么是概率吗?"

我说:"知道,就是做除法。"

倒B说:"没错,你要学会做分母,别去做那个分子,就可以了。"

安全教育就这么结束了,倒B给我们每个人发了一张证书模样的东西,上面敲着一个蓝色的图章。我不知道此物有何用,是不是有了这个,就能杜绝事故发生,好像以前的红宝书一样。倒B说,不是的,这张证书代表我们都受过安全教育了,将来出了事故,死了或残了,就算我们咎由自取,与倒B本人没有任何关系了。他把证书发到我们手里,诡笑一通,很开心地消失了。

倒B消失之后,小噘嘴告诉我们,明天早上八点钟准时来劳资科报到,给我们分配工种。之后就放我们回家了。我离开化工厂的时候,还没到下班时间,外面的台风依旧猛烈,雨却停了。我那个高中的化学课代表走出厂门,忽然对我说:"路小路,我想我还是去做营业员吧。"

很多年以后我站在工厂边的桥上,我想起第一次站在那里,就是和化学课代表告别之后。我以后再也没看见过他,听说他并不是去做营业员,而是去一个农机厂跑供销了。

当年我站在桥上真是伤感极了,我的化学课代表继承了我的遗志,去做营业员。当然,遗志是说我死了以后的志愿,我当时的心情和死了也差不多。我想我真是没什么地方可去了,只能去化工厂制造糖精,或者像我爸爸给我规划的那样,做一个钳工或者是电工。我把自行车停在桥上,走到桥栏杆边上,像很多年后一样探出身子,躬成九十度,面向浑浊的河流。一瞬间,河水填满了我的视野。

第 二 章

水 泵 之 王

我爸爸说过,在工厂里,吃得苦中苦,方为人上人(都是些很粗鄙的谚语),当然也要学会保护自己,遇到爆炸千万别去管什么国家财产,顶着风撒丫子就跑,跑到自己腿抽筋为止。除此以外,我必须努力工作,像驴一样干活,否则读职大的理想就会泡汤。

我说:"爸爸,你一辈子做工程师,吃屁个苦。你没资格这么要求我。"

我爸爸说:"你知道什么?我'文化大革命'的时候去做搬运工,搬了整整三年的原料桶。"

我说:"耶?这事儿你可没跟我说过。"

我妈插进来说:"你爸那阵子倒了大霉了,而且不敢说,说出来就要被厂里送去劳动教养。"

我说:"你现在说出来。你们厂要是敢把你送去劳教,我就弄死你们厂长。"

我爸爸还真搬过原料桶。一九七一年那会儿,我还没出生,我爸爸当时是技术员,陪我妈去看电影,陡然看见当时的厂长和一个女科员,并且就坐在我家二老前面。我听说那时候搞男女关系都是在电影院里，黑擦擦的地方，便于偷偷摸摸。很不巧，厂长一扭头看见了我爸爸，我爸爸没吱声，带着我妈就溜了。这事情过了也就过了，我爸爸和厂长都仿佛它不存在似的，双方近乎默契地保守着这个秘密。半个月以后，我爸爸去仓库领材料，农药厂的仓库大得很，我爸爸在里面转悠了一圈，听见有动静，以为是耗子，就走过去察看，先是看见了两双鞋，接着看见了一条裙子，接着又看见一个奶罩耷拉在一堆角铁上。再接着，我爸爸看见了厂长和女科员。我爸爸站在他们和一堆衣服之间，觉得这件事就像做梦一样。如果你不想捉奸而偏偏两次捉到了奸，就会有类似的幻觉产生，以为自己在做淫梦。可惜，淫梦之后是噩梦，我爸爸被调到了车间里去搬原料桶，六十公斤一桶的原料，从车间这头滚到那头，每天得滚上一百多桶，差点把腰给废了。

我说："你别说了，我今天就找人去把那厂长给废了。"

我妈说："八百年前的事了，那个厂长后来被抓进去了。"

我爸爸说，当时要不是忍气吞声，就该被那厂长捏造一个罪名送去劳教啦。当时，一个厂长要整一个小技术员，易如反掌，只要在他的抽屉里放几块钢锭，就能以盗窃罪论处，严重的还能被判成破坏生产罪，劳教都算是轻的，可以直接被送去劳改。我爸爸做了三年的闷葫芦，别人问他哪里得罪了厂长，他就装成是个白痴一样想不起来了，这才算躲过一劫。一直到拨云见日，那厂长被群众检举，判了徒刑，我爸爸才长叹一声，从白痴又变回了正常人。

我说："爸爸，你真不容易，搬原料桶那会儿还顺带把我造了出来，辛苦了！"我妈听了，顺手在我脖子后面拍了一巴掌。

我爸爸埋怨我妈说："当年，要不是你闹着要去看电影，我怎么会撞到厂长？"

我妈说:"你自己笨。在仓库里看见了裙子奶罩,还非要去看个究竟。你不会跑开啊?"

我爸爸说:"奶罩上又没写他们的名字,我怎么知道又撞上了厂长?"

我爸妈要是拌起嘴来,简直是无休无止。趁这个工夫,我做了一道简单的算术题:假如让我去搬一辈子的原料桶,从一九九三年一直搬到二〇三三年,在这四十年里我每天搬一百桶原料,每桶原料重六十公斤,刨去星期天在家休息,我这一辈子就得搬动七万多吨重的东西。距离倒不是很远,也就几十米。花了一辈子的时间,就是把一幢大楼挪到了街对面。这个结论无疑是很悲观的。

我受了安全科的教育,其实并不怕自己被炸死。倒 B 说了,被炸死是一种概率。看了展览室里的死人图片,人会产生两种错觉,一种是觉得自己明天就会有类似的遭遇,如我的化学课代表;另一种是觉得这事情横竖不会降临到自己头上,比如我。我坚信此生不可能被炸上天,然后再一片片地落下来,我认为自己会老死在某一张病床上,身边有我的儿子孙子重孙子,我既不可能是烈士也不可能是案例,我的照片绝无可能出现在全国的化工单位里。但是,另一件事情像梦魇一样缠绕着我:假如我被分配去做一个搬运工,那就没有任何概率可言了,这七万多吨的重量就是我的宿命。

后来我爸爸说,搬原料桶,如今都是农民工干的事情,绝对轮不到我这个拥有正宗高中文凭的人来做,这叫人才浪费,国家对此非常重视的。我爸爸拍了拍我忧郁的后脑勺说:"放心吧,你起码也是个钳工。"

其实,我爸爸还是不能理解一个悲观者的想法。我把这件宿命的事情想明白了,就知道,即使我做了钳工,也就是花了一辈子的时间让几万个水泵起死回生。我当营业员是一辈子数人民币,当科员是一辈子看日暮,当工程师是一辈子画图纸,都没什么意思。我这个想法不能说出来,因为实在太无趣,令人厌世。

对于工种问题,有必要再解释一下。工厂里分为两种人,一种是干部,一种是工人。在工人看来,干部是从来不用干活的,其实不是这样,比如宣传科要出黑板报,工会要安排文艺活动,财务科要做账点钱发工资,这些其实都是劳动。但在工人看来,这种劳动因为不消耗卡路里,所以几近狗屁。尽管如此,工人还是羡慕科室里的干部,道理很简单,没有人天生喜欢体力劳动。

工人之间也分等级。以倒三班为界线,凡是需要倒班的都是傻逼,凡是上白班的都是牛逼。化工厂的维修钳工就是上白班的,这种人既看不起干部(认为干部不劳动),同时又看不起倒三班的操作工(认为操作工是傻逼)。

那时我还没有进工厂,只觉得做钳工没意思,从字面上解释,这种人每天拿着老虎钳跑来跑去,身短脖子粗,胡子拉碴一身油污。这当然是工人阶级的典型形象,是最先进的阶级,可惜九十年代这种形象已经分文不值了。我爸爸急了,说钳工是个很有发展前途的工种,退休了可以摆一个修车摊子。他说过一百遍,修车修车修车。我说:"爸爸,我要是退休了就天天打麻将,修什么自行车啊?"

我爸爸说:"学一门手艺,混饭吃,懂不懂?"

在我正式成为钳工之前,为了纠正我好吃懒做的恶习,我爸爸带我去拜访了家里的一个堂叔。据我爸爸说,堂叔十六岁出来学生意,干了三十年的钳工,两只手都变得像老虎钳一样,随时都可以掐死人。这种描述很恐怖,我爸爸可能没想到,假如我有一双老虎钳一样的手,他是不是还能那么顺利地扇我耳光。正所谓病急乱投医，他为了让我安心做工人，什么招都使上了。

我堂叔家住在戴城的西区，此地从乾隆皇帝那一代起就是贫民窟，两百年过去了，差不多还是老样子，放眼望去，全是用毛竹和油毡布搭起来的棚子。这种棚子点火就着，小风一吹能烧出二十里地。我堂叔就住在这个地方。那天我爸爸带着我穿过贫民区狭窄的道路，绕过几条小巷，经过了一个淌着黄水的公共厕所，在一间黑擦擦的房间里找到了我堂叔。他们家简直就是一个钳工窝棚：椅子是钳工班里焊成的铁椅子；桌子是钳工班里厚重的工作台；电风扇是工厂里的老货，只有风翼没有罩子的台扇，随时都能把手给削掉的那种。唯独那张床，是一张红木雕花大床，古朴苍凉，看起来像是我们家清朝的祖宗传下来的，但我爸爸说，那其实是我堂叔在六六年从别人家里抢来的。

我们还没进门，就听见一个女人高声吆喝，此人是我堂婶。我那位随时都能掐死人的堂叔正被他老婆掐着脖子从屋子里赶出来。这是我第一次看到他，也是第一次看到我堂婶，前者确实五大三粗，胳膊比我的小腿还粗，拳头握起来就像一个树桩子。我堂婶的体积大概只有他的二分之一，但是，正是她掐着我堂叔的脖子，把他推出了五米远，并且哐的一声关上了门。

我堂叔用他老虎钳一样的手擦了擦脖子，扭头看见了我们。场面有点尴尬，我堂叔倒是无所谓，他拍了拍裤子上的土，带着我们去面馆吃面。

我堂叔往那儿一坐定，就露出了钳工的本色，他指甲缝里嵌着黑沉沉的油污，牙齿被香烟熏成了铁锈色，身上飘过来一阵润滑油的味道。我心想，我要是堂婶，恐怕也得把你丫给叉出来。

我爸爸说明来意，堂叔很开心，拍着我肩膀问："小路，今年多大了？"

"二十。"我爸爸替我回答,"今天主要是来取取经,让他有个心理准备。"

我堂叔叼起一根香烟,问我:"知道钳工最重要的是什么吗?"

我不防他用这么哲学的方式提问,只好摇头。我堂叔说:"技术!技术最重要。"

我堂叔说,做钳工是很需要窍门的,比如拧螺丝,并不完全靠蛮力,再大的蛮力也拧不开一个生锈的螺丝,反而会把螺丝口弄坏,那就永远拧不出来了;比如修机床,那是非常有技术含量的,有些外国的机床,全中国都找不出一个人能修好,假如我恰好有这门手艺,那我就等于是一个外汇仓库,能给国家省很多钱;又比如设备保养,那需要很好的记性,因为设备就像女人一样,如果你同时搞二十个女人,难保上床的时候喊错了名字。我堂叔还说,做钳工最大的好处是可以捞点小外快,下班以后坐在弄堂口,摆一个修自行车的小摊,差不多可以挣五百元一个月。修自行车需要很好的技术,还得有一套工具和固定的地盘,还得时不时地往马路上撒些碎玻璃。我堂叔说,钳工就是一个技术工种,技术出众的钳工,连厂长见了都得让他三分的。做钳工还能收徒弟,徒弟得孝敬师傅,送上香烟白酒,否则什么都学不会,永远停留在二级钳工的水平上,永远拧螺丝的干活。总之,钳工比化工厂的操作工要体面,操作工要倒三班,从白天干到深夜,从日落干到日出,生物钟颠倒,吸入各种有毒气体,生出来的小孩会是怪胎。

我爸爸听他越说越离谱,就打断了他,说:"小路这次到厂里去,主要想考个职大,将来调到科室里去。"

我堂叔问道:"什么科室?"

我爸爸说:"他平时爱画画,上学的时候出过几次黑板报,说不定能去宣传科。"

我堂叔说:"宣传科好哇。"继续用手拍我的肩膀。我很想把肩膀让开,但又怕他一巴掌拍到我的面碗里,只好硬生生地受着。我堂叔说:"小路,有志气!科室里的女人皮肤都比车间里的好。"

我问他:"为什么?"

"这还用问吗?化工厂的车间里全是有毒气体啊,熏得女人的皮都皱了。"

我爸爸说:"行了行了,老六(我堂叔的小名叫老六),你先回去吧。你老婆在家跟你闹别扭呢。"

我堂叔说:"她又要闹,又要死,又不去死。真他妈的麻烦。"

送走我堂叔之后,我就笑得直不起腰了。我爸爸脸色难看。他说这个堂叔命苦,在一家牙膏厂里做钳工,该厂的牙膏质量太差,或者挤不出来,或者挤出来就成了一摊水。这种厂的效益很差,所以堂叔的收入很低,文化程度就别提了。我说:"估计平时也不怎么干活,尽琢磨女工的皮肤了。"

我爸爸说:"他修自行车手艺不错的。小路,有一门手艺在身上,就算厂里效益不好,日子还能凑合着过。这个道理你懂不懂?"

"就那样过日子也算凑合?"

我爸爸叹了口气,说:"确实也混得太惨了点。"

我爸爸也挺后悔带我去看堂叔的,这简直是给钳工抹黑,并且使我对未来的前途充满狐疑。我在堂叔身上嗅到了工人阶级的味道,在一九九二年的夏天,这已经不是什么响当当的味道了。他用着全套钳工班的家具,躺在一张年富力强时代抢来的红木大床上,他长着一双有力的大手,却被老婆掐进掐出,你可以说他是个末路的强盗,也可以说他是个倒霉鬼。我爸爸解释说,他不能代表所有钳工的命运,糖精厂不比牙膏厂,糖精是热销全球的产品。九二年的时候,他们喜欢用一个词,叫作"效益"。糖精厂的效益就很好,在那里做钳工，是一件很有面子的事。

我发给我爸爸一支烟："爸爸，以后你千万别提什么宣传科了。"

"为什么？"

"不为什么。能做一个钳工，我已经很满足了。"

我再次见到堂叔是五年后的一个冬天，那天我骑车路过，在他家附近的马路上遇到了一摊碎啤酒瓶，车胎当场就瘪掉了。我找到堂叔的修车摊，过去打了个招呼，并且补车胎。他老了很多，背有点驼，半边头发都是花白的。他告诉我说，自己已经下岗了，靠一个小车摊维持着全家的生计。我堂婶再也不搭他了，因为她也下岗了，搭坏了他，全家都得饿肚子。修完车胎之后，我要付钱给他，他不肯收，俯在我耳边说：

"那玻璃渣子是我撒在那儿的。"

我再也没去过那一带。

我会永远记得去报到的那天，也就是安全教育的次日，我站在劳资科的吊扇下。那个吊扇把所有的热风都灌到我的脑门上，吹得我晕晕乎乎，好像要升仙一样。这种记忆由于它本身就近似于一个梦，于是它常常出现在我的梦里，被我反复磨洗，成为一个锃亮的硬块。

那天是正式报到，小嘬嘴坐在办公桌后面，我站着。和我一起站着的还有六个男的，加上她，很像八仙过海。小嘬嘴很不满意地说："怎么才来了七个人？其他人呢？"

我实在很想告诉她，那场安全教育课把其他人都吓跑了，剩下的七个人都是神经异常坚强的，是敢死队，是强力意志，是他妈的查拉图斯特拉。我当时觉得这种安全教育也太操蛋了，后来才明白，倒 B 其实没有错，他的第一轮教育就是考验我们的神经。那些没有坚强的神经的人,那些不能死心塌地在化工厂扎根的人,迟早会闹出生产事故,害死自己,或害死别人。他们会拉错电闸,放错原料,拿错饭盒,而且这种人干了错事也不会觉得羞愧,死在他们手里的人最好自认倒霉。

小噘嘴是一个二十出头的女孩子,梳着一个马尾辫,她用一个发套套住辫子,于是这根辫子就不是尖尖的马尾巴,而是像一根圆溜溜的大红肠,挂在她的脑袋后面。我搞不清这根红肠有什么好看的,但她乐意这样,我也管不着。小噘嘴穿着厂服,不蓝不绿的那种,我注意到厂服上还有一个字母T,就在她左乳靠上的位置。为什么会有一个T?我反应过来,这是"糖精"的起首拼音。我爸的左乳有个N,那是"农药"的意思。Z是造漆厂,R是乳胶厂,L是硫酸厂,都这样。

小噘嘴从抽屉里拿出一叠资料,说:"现在给你们读一下工厂纪律。"

她照本宣科把条例都读了一遍。这本古怪的劳动纪律手册全是关于惩罚的条例,迟到早退旷工打架抽烟喝酒违章操作。她读到婚前性行为的时候脸上稍微不自然了一下。婚前性行为也要处分。后来她解释说:"这本劳动纪律手册是八五年编的,到现在没怎么改过。"最后还有超生,她说,超生必须强制人流。我心想,这关我屁事,谁敢把我送去做人流,我非宰了他不可。

我的视线越过她,朝窗外看去,发现劳资科简直就是一个炮楼,正前方可以远眺厂门和进厂的大道,左侧是生产区的入口,右侧是食堂和浴室。在这个位置上要是架一挺机枪,就成了奥斯维辛的岗楼,或者是诺曼底的奥马哈海滩。这个位置实在是太好了,是整个工厂的战略要地。很多年以后,我遇到个建筑设计师,他向我说起监狱的设计,最经典的是圆形监狱,岗哨在圆心位置,犯人在圆周上。这种设计方式非常巧妙，没有视觉死角，而且犯人永远搞不清看守是不是在看着他。一说起这个，我就想到了化工厂的劳资科，我虽然没见过圆形监狱，但我见过劳资科，确实很厉害，没有人能逃过他们的眼睛。

我想着想着就走神了。小噘嘴说："路小路，钳工班。"

我问她："你讲什么？"

小噘嘴不耐烦地说："分配工种你走什么神？你去钳工班报到！"

我心想，爸爸，你的香烟和礼券没白送，我就指望着你把我送到化工职大去啦。

散会之后，小噘嘴把我留了下来。小噘嘴说："路小路，我在读劳动纪律，你怎么可以不认真听呢？你这种小学徒是很容易犯错误的，不要把工厂当成自己家。噢，当然，爱厂如家也是应该的，但是不可以像在家里一样自由散漫。你是普高毕业的，成绩又很差，本来应该和他们一样去做操作工，但是分配你去做钳工，不用倒三班，这是很不错的。你要珍惜这个机会。"

我说："是，科长。"

小噘嘴说："我不是科长，胡科长开会去了，让我代办这些工作，读劳动纪律。"

我说："劳动纪律手册发下来看看就可以了，对吧？"

小噘嘴说："劳动纪律手册，人事科可以发下来，劳资科就必须读给你们听。这是厂里的规定。"我听了这话，搞不清所以然，假装搞懂了，频频点头。我觉得她年纪不大，就这么教育我，很不应该。但我天生喜欢被小姑娘教育，最好温柔一点，再温柔一点，你可以说我犯贱，作为一个钳工学徒我也只有这么点爱好了。

后来我问我爸爸，人事科和劳资科有什么区别。我爸爸说，人事科是管干部的,劳资科是管工人的。好比我是一个学徒,就得去劳资科报到,而大学生是干部编制,就得去人事科报到。从字面上就能看出来,人事科管的是"人",劳资科管的是"劳"。我爸爸说,干部的文化程度比较高,可以读懂那些劳动纪律,工人反之,就得一条条念给他们听。道理简单得很,不应该想不通。

"这算不算搞歧视?"

"等你混上干部编制,你就不觉得是歧视了。"

化工厂分为两部分,东边是生产区,全是车间,西边是非生产区,包括科室大楼、工会小楼、澡堂、食堂、宿舍、机修车间,还有花房和一个硕大的车棚。生产区与非生产区之间的区别在于禁不禁烟。在生产区里抽烟会被课以重罚,屡犯者按警告处分直至开除不等。

钳工班在生产区的外围,那里可以抽烟,这也是钳工们自豪的因素之一。

我回忆起钳工班,那是一个铁皮房子。关于铁皮房子的量词,我花了十年时间也没能想明白,用"幢"或"栋",似乎太雄伟了,用"间"又太小。简而言之,那是一个用铁皮焊出来的房子,大约有三百平方,铁皮房子里有几张厚重的工作台,台沿上安装着几个台虎钳。除此之外,还有一台车床、一台刨床、一台钻孔机。东北角上是用三合板挡起来的一个休息室,工人在里面换衣服,抽烟,打牌。

我去钳工班报到,手里还拎着新发的劳保用品,两套工作服,一双劳动皮鞋,四副纱手套。进门之后,听见哗啦啦一阵巨响,有一块铁皮屋顶被风吹走了,它像一个脱了线的风筝遥遥而去,在天空中快乐地翻滚着,越飞越高。有个老工人目送着这块大铁皮说:

"不知道哪个倒霉的会被它砸中。"

我问他:"师傅,这儿是钳工班吗?"

他说:"你新来的?去里面报到吧。"

我拎着劳保用品往里走。一群泥猴一样的工人叼着香烟,坐在那里审视我。后来我见到钳工班的班组长,他是个言辞木讷的红脸大汉,他说他叫赵崇德,旁边的工人就大声说:"小子,你叫他德卵。"

我冲着班组长鞠了个躬说:"赵师傅。"

他低声说:"我们这里都叫卵,你就随大伙一起叫我德卵吧。"接下来他分别向我介绍了大卵、小卵、石卵、马卵、炳卵……最后一个是歪卵,此人是个朝左的歪头,叫"歪卵"是象形的意思。工人们扶了扶他的歪头,对我说:"歪卵师傅是做刨床的,他刨出来的东西从来都是歪的。一年出多少废品,连他自己都数不清。"歪卵听了,朝上(严格地说是朝左上方)翻了个白眼,嘴里吐出一连串的脏话。工人们哈哈大笑,对我说:"不要歧视歪卵师傅,他看上去是做刨床的,其实是我们这里的文工团。"

我当时想,本人姓路名小路,如果叫路卵,不知道是可笑呢还是可悲。可是工人们又告诉我,新来的学徒工,暂时没资格称"卵",这算是让我松了口气。我问德卵:"这里哪一位是我师父?"

德卵说:"你师父请病假,下个礼拜才能来上班。你先干点别的吧。"

"我干什么?"

"你去挑水吧,把地上洒一洒。"

我读过一个剧本,叫《热铁皮屋顶上的猫》,说实话,铁皮屋顶是够那只猫喝一壶的了。这种材料制成的房子,典型的冬凉夏暖,夏天就像是撒哈拉沙漠,恨不得脱得就剩一条兜裆布,到了冬天,这房子又变成了一个到处漏风的冰窖，飞快地把身上的热量吸走了。总之，厂里的野猫从不到这个地方来，猫才没那么傻呢。

整个钳工班的人就生活在这里。夏天没空调，只有两个生了锈的电风扇，把热风往人头上灌，吹得人昏昏欲睡。这时就需要去挑水，把一桶又一桶的水倒在地面上，哗的一声，两分钟就干了。对付如此酷热，只有不停地洒水降温。

冬天略微好过一点，可以点起火炉烤暖。火炉是用柴油桶改制的，有一根铁皮烟囱，直通到屋顶上。烧火炉需要大量的燃料，煤油、木柴、废轮胎都可以，实在没有了就烧报纸杂志。这些燃料都不是现成的，得自己去找。

学徒工的任务很简单，夏天洒水，冬天捡燃料。

我去钳工班报到的那天，没遇到我的师父，其他工人师傅让我挑了一上午的水，下午就让我背着一个小竹篓子在厂区里找燃料。师傅们说，天太热，得洒水，与此同时必须未雨绸缪，把冬天的燃料准备好，这些燃料在寒冷的季节里非常抢手，夏末秋初就得开始囤积。师傅们对我说："反正你闲着也是闲着。"

我背着竹篓在厂里漫无目的地晃悠，像农村里捡粪的孩子。由于这是我的第一份差使，起初并不觉得特别悲凉，相反还激起了我的兴趣。我发现，在所有的燃料中，废橡胶和煤块是一等品，木柴是二等品，报纸是三等品，等而下之的是破布头碎纸片。我捡破烂的时候，厂里的阿姨会突然叫住我："来！小学徒！来！"我屁颠颠地跑过去，阿姨从口袋里掏出一颗糖，剥开，把糖塞进自己嘴里，把糖纸扔进了我的背篓里。我就这么成了个流动的垃圾箱，谁叫我，我就得跑过去。有一次，一个阿姨在女厕所门口喊我，我瞄了她一眼，没敢过去，怕她把草纸扔在我背篓里。

后来厂里的清洁工来找我，清洁工说："兄弟，你不能连废纸都给我捡走啊,你再这么捡下去,全厂的清洁工都该失业了。"

清洁工的话让我的自尊心像玻璃一样碎掉了。我想起我爸爸说的,我好歹也算是高中毕业的人才,怎么就成了个捡破烂的呢?那几天回到家,我爸爸问起工作上的事情,我就说,我干得挺好的,正在学修水泵。我爸爸疑惑地问:"你刚干了两天就让你学修水泵,不会吧?"我问他:"那我该干什么?"我爸爸说:"你应该扫地擦桌子,去水房泡开水,给师傅擦自行车……"

我心想,爸爸,你无论如何想不到我在捡破烂吧?这他妈就是你给我找的工作,我要是靠捡破烂能捡进你那个化工职大里去,我就把脑袋输给你。

关于捡垃圾的种种,我没告诉别人,实在是觉得丢人。我在厂区里转悠的时候,经常看见同一届的学徒工,拎着六个热水瓶笑嘻嘻地从水房出来,健步如飞往班组里跑去。附近的阿姨看见他们,就说:"新来的学徒工呗,长得真帅。"然后她们又看见了我,冲我喊道:"捡垃圾的小学徒,过来!这儿有废报纸!"

我二十岁那年,把这件事称为一生中最黑暗的遭遇。小时候我曾在垃圾桶里捡到过一只皮球,视为珍宝,我用路边的积水把这只皮球擦干净之后,忽然有个同龄小孩站在我面前,他穿着奶白色的西装短裤,小小年纪居然梳了个分头。分头阴着脸说,这个皮球是他的,并且动手来抢。我使了个绊,把他摔进水塘之后撒腿就跑,身后传来他的哭嚎声。后来分头认准了我,隔三岔五跟在我屁股后面唠叨,我的皮球我的皮球我的皮球。我返身回去抓他,他就狂奔而去。直到有一天我没了耐性,把那个皮球还给了他,皮球已经破了。我说:"皮球还你了,你他妈的别再跟着我了。"分头接过皮球又是一阵嚎哭,我走过去给了他一个大嘴巴,他居然不嚎了,瞪着一双无辜的眼睛看着我,好像我是个怪物。我二十岁捡垃圾的时候,开始怀疑,这是我多年前捡皮球、干坏事的报应。

我捡了一个礼拜的垃圾。后来,我师父老牛逼出现在我面前,他简直就是个天使,照亮了钳工班漆黑油腻的工作台。老牛逼对德卵说:"我的徒弟怎么可以去捡垃圾?"他把我的背篓扔在了德卵的徒弟面前,径自带着我去修水泵了。德卵的徒弟叫魏懿歆,他的名字对工人师傅来说太恐怖,既不会读也不会写,笔画多得数不清,也不知道他爹妈是怎么想的,简直是存心刁难工人师傅。德卵写工作报告的时候非常头疼。工人师傅嘲笑他说,你把名字写完,老子一泡屎都拉干净了。魏懿歆大专毕业,学的是机电,在钳工班也算是下车间实习。这人有点结巴,见了老牛逼总是吓得说不出话来。从此以后,就由机电专业毕业的魏懿歆负责捡燃料,而普高毕业的路小路居然可以去修水泵。我也搞不清,这算不算人才浪费,反正我是再也不想干这个活了。魏懿歆是个很认真的学徒,他捡燃料简直到了痴迷的程度,一筐一筐地往钳工班运燃料,冬天还没到,已经囤了一房间的木柴和报纸,还有两百斤优质煤,全是从锅炉房偷来的。直到有一天被锅炉房的师傅发现,一巴掌拍掉了他两个臼齿,才阻止了这种疯狂的行为。

我师父老牛逼是工厂里的名人。别人告诉我,能做老牛逼的徒弟,是我一生之中的大幸。整个钳工班都以"卵"字作为后缀,只有他是"逼",这说明他非常厉害,睥睨群卵,不可一世。我现在三十岁,活得已经有点腻了,因此歪理越来越多。我开始明白,人生的幸事不多,比如说,有个好丈母娘是幸事,有个好邻居是幸事,老板和老婆都不算。这是因为,丈母娘和邻居都不是你自己能选择的,运气不好会酿成长期的折磨。有一个好师父也是幸事,道理一样,师父不是自己能选择的,而是国家分配给我的。

我最初见到老牛逼的时候，他倚在一台车床上，和一个四十多岁、嗑着瓜子的阿姨聊天。他对阿姨说："你知道吗？金条要大，元宝要小！"阿姨听了，脸上红扑扑的，用粉拳捶他。老牛逼就诡诡地笑了起来。

金条和元宝是工厂里的黑话，我听不懂。后来去修水泵的时候，我悄悄问他："师父，您说那金条和元宝，到底是啥意思？"

老牛逼哈哈大笑，用手指给我做了个比方，他把右手的中指伸到我面前说："看，这就是金条。"他又把左手的食指和大拇指圈成环状，伸到我面前，说："见过元宝吗？这就是元宝。"然后他就把金条伸进元宝里面，进进出出比划了一下。我当时拍了拍脑袋，做出恍然大悟的样子，其实只能说，我对金条的了解远远大于元宝，元宝只是存在于我的想象中，我做出恍然大悟的样子只是为了让老牛逼相信，我是一个很有领悟力的孩子，教我修水泵那算是找对了人了。

工厂里认师父，也有一个拜师仪式，就是送香烟。我塞给老牛逼一条红塔山，他笑纳了，从此对我很照顾，把厂里所有的黑话都解释给我听。只有听懂黑话，才能从学徒晋升为老油条。

老牛逼五十多岁，头发花白，长着一个万众瞩目的狮子鼻，他干活的时候鼻翼会暴胀起来，这时候他的鼻孔里可以轻易塞进去两个大红枣。当然我也就是想想而已，绝不会真的这么干。他带我去修水泵，各个车间的阿姨站在路边喊他："老牛逼！又带徒弟啦？"

老牛逼喊道："黄花小伙子！借给你过瘾吧！"

阿姨喊道："留给你老婆过瘾吧！"

我听了这话，嘴里就犯嘀咕。老牛逼问我，你在嘀咕什么。我说，妈的，老阿姨。老牛逼就很严肃地告诉我，不要歧视老阿姨，在工厂里要是得罪了这些阿姨，那就倒了大霉啦。我说我知道的，我们学校里以前有个总务处的阿姨,她患有严重的更年期综合征,总是脸色潮红,嘴唇像抹了口红一样鲜艳夺目。她的把戏就是查卫生的时候戴一副白手套,往窗框上一抹,手套上若有一点脏的,就让我们重新擦。我们对这种做法很不满意,她就说,窗框要擦到我们能用舌头去舔,那才算是擦干净了。这种说法很无理,不如直接用舌头把窗框舔干净算了。我们又不是做鸭的,练那么好的舌功也是浪费。

我对四十多岁的老阿姨天然地抱有恐惧感,就像我对二十岁的姑娘天然地抱有好感。我不了解老阿姨,孔子说"未知生,焉知死",我连小姑娘都不了解,老阿姨当然就更神秘了。

老牛逼向我具体解释了"阿姨"。厂里管那些已婚已育三十五岁以上的女性叫老阿姨,三十五岁以下的已婚女性叫小阿姨,统称阿姨,这和家里做保姆的阿姨是两回事,更不是我妈妈的妹妹。当然,并不是所有已婚女性都能计入阿姨的行列,就是说,她至少得有点女人的味道,哪怕是残存的、些微的、装出来的。假如是一个嘴唇上有胡子、腰围接近水桶的女人,那不叫阿姨,叫老虎。好比我说的那个总务处阿姨,她其实就是老虎。两者的区别是,阿姨只会朝你翻白眼,斗斗嘴,捶捶粉拳,老虎则是凑到面前一口唾沫吐过来,还会大哭小叫,抓女人的头发,揪男人的睾丸。老牛逼说,认清阿姨和老虎,对我的生命财产很有好处。

厂里的女人,就这么被他分为小姑娘、小阿姨、老阿姨三种规格,"老虎"在此规格之外,属于劣质产品。他还说,所有的小姑娘都会变成小阿姨,小阿姨会变成老阿姨,这是自然规律。

老牛逼说,阿姨得哄着,她们会和我发生长期的关系。我想不通,我这个年纪凭什么会和阿姨沾上边。老牛逼说,现在当然不沾边,可是等我在工厂里年复一年地干下去,变成一个中年钳工,身边那些小姑娘也就晋升到阿姨行列中去了。到那个时候，新来的小姑娘是绝不会和我说话的，我唯一的娱乐就是找同龄的阿姨，说一段黄色笑话，然后等着她们来捶我。

当时我听了他的话，闷闷不乐，像只瘟鸡。我师父老牛逼早就预见到了我会有一个枯燥的中年，只有阿姨才是唯一的雨露。想到这个，我就很绝望。老牛逼给我的启示是，我必须马不停蹄地在厂里跟各种小姑娘打交道，与她们混熟，可以敲敲肩膀拍拍胳膊，说几句黑话而不至于被她们吐一脸口水。我会和她们一起进入无耻的中年，过过干瘾，死猪不怕开水烫的样子。虽然很没劲，但至少不会显得特别的悲惨。

我师父老牛逼之所以成为厂里的名人，并不是因为他喜欢泡老阿姨，而是因为他打过车间主任。

我堂哥也打过车间主任，他把一个瘦猴一样的车间主任打成了猪头，还在他耳朵上咬了一口。农药厂的保卫科找我堂哥谈话，他进了保卫科把衣服一脱，露出了胸口的刺青，是一幅哪吒闹海。哪吒三头六臂，脚踩风火轮，手提火尖枪，完全临摹上海美术电影制片厂的那部动画片。保卫科的人看到这个刺青，没多说什么，放他回家了，过了两天他们把我堂哥给开除了。

老牛逼打车间主任，据说是八十年代初的事，也不知是哪里得罪了他，他走到车间主任办公室里，抡起一个烟缸，朝车间主任脑袋上拍了三下。这三下把车间主任打成了脑震荡。车间主任醒过来之后，托人给老牛逼送去了一条牡丹牌香烟，事情就这么了结了。

人人都讨厌那个车间主任，只是没人敢去拍他而已，老牛逼因此成了全厂的英雄。当时老牛逼四十来岁，正是在厂里打人的好年纪，辈分和拳头都够大的。后来我做了他的徒弟，他快六十岁了，即将退休,肌肉开始萎缩,而且老花眼,已经打不动人了。而我还是个学徒,辈分不够,胳膊再粗也是枉然,打人的下场就是被开除。我和老牛逼在一起,假如取短舍长,连苍蝇都拍不死一个,假如取长补短,就能打遍全厂无敌手。当然,这只是我的想法而已,我二十岁的时候遇到一个敢于打车间主任的师父,心里难免会发痒。可惜,我最终只是陪着他,拆了很多出故障的水泵,见识了很多姿色阿姨而已。

我曾经很仰慕地对他说:"师父,你那么牛逼,敢打车间主任。"

老牛逼说:"这不稀奇,最牛逼的是拉电闸。"

"怎么拉电闸?"

"厂里扣你奖金,你去把电闸拉下来,所有的车间都停产。"老牛逼说,"这个最牛逼。"

"你拉过电闸啊?"我联想到农药厂的阿三,这个猪头造个谣就被抓进去劳教,拉电闸必定是判刑无疑。

老牛逼说:"我没拉过电闸,有人拉过。"

"抓进去了?"

"没有抓。敢抓他,他就敢把厂长办公室给炸了。"老牛逼说,"厂里牛逼的人有很多的,又不是只有我一个。"

后来我知道,老牛逼最牛的不是打人,也不是玩弄老阿姨,他真正的本钱是技术,全厂五百多个水泵,没有他不会修的。除此之外,他还会修自行车、助动车、各类机床,甚至是食堂里造面条的机器。七九年的时候他是全化工局的维修技术标兵,把一台日本进口的真空泵给修好了。后来他拍伤了车间主任,自己也忽然变成了一个傻子,什么机器都不肯再修了,但凡出故障的水泵在他手里一律报废掉,换新的。厂里知道他技术好,耍牛逼,拿他没辙。技术是一个工人的资本,假如像歪卵师傅那样,脖子直不起来,刨出来的铁块全都是朝左歪的，同时又不敢豁出去炸厂长办公室，这就没有任何耍牛逼的机会，只能做一个钳工班的文工团，被人嘲笑到退休。

我们所修的水泵，大部分在泵房里，由阿姨们看守着。泵房里有几个按钮，通常按绿色的就会使水泵转起来，按红色的它就停了，每天的工作就是按了红键按绿键，周而复始，非常轻松。假如是发达的资本主义国家，这种工作通常是由电脑程控完成的，不需要阿姨来操作，劳动力解放之后，阿姨们就回到家里去做全职主妇。但这是欧美国家的办法，九二年，在我的化工厂里，只有财务科摆着两台电脑，大部分人还搞不清计算机和计算器的区别。

看守泵房的工作，就像医院里的护士，只能由女的来做，这是厂里不成文的条例。假如由一个男的去干这个，大家就会怀疑他是个残疾。

泵房都在生产区里，不起眼的角落里，有一个小小的工作间，总共不过四个平方的空间，放着一把椅子和一张桌子，桌子上有一门电话，没有拨号键。这种电话机无法打外线，只能通过总机呼叫厂里的某个分机。另外还有几张报表，填写每个水泵的运转状况。水泵就在工作间外面，水泵要是坏了，阿姨们一个电话挂到机修车间，机修车间的调度员再把电话挂到钳工班，这时候，我的工作就开始了。

老牛逼第一次带我去修水泵，他揣着一把扳手，对我说："跟我走。"我跟着他进了生产区，绕过两个车间，钻过一个小门洞，七拐八弯来到一个贮槽后面，这里有一个工作间，门开着，有个阿姨靠在门框上对着我们招手。这个地方阴森森的，除了机器的轰鸣，再也听不到别的声音，也不会有人走过。我心想，这不太像是修水泵，倒有点像是去嫖娼。

阿姨说："老牛逼啊，东边那个水泵坏掉了。"

老牛逼说："你怎么像个白毛女，缩在里面不出来啊？"这又是黑话，我已经懂了，白毛女就是被强奸过的意思。阿姨听了，冲出来拧老牛逼的嘴，一边拧一边问："咦？新收了个徒弟？"

老牛逼对我说："去把螺丝拧下来。"我揣着扳手去找那个坏掉的水泵，把老牛逼和水泵阿姨留在了身后。

水泵通常是用四个拇指一般粗的螺栓固定在基座上，我的任务是把那四个螺帽卸下来。大多数螺帽因为年深日久，加之地面潮湿，已经锈成了一块铁疙瘩。我把扳手套上去，开始发力撼动它。这个动作，和划桨一模一样。我后来认识一个英国人，是剑桥大学划艇队的，差点就去参加了奥运会，说起这门高尚运动，他很自豪地捋起袖子，给我看他的肱二头肌，丰满光滑简直就像小半个地球仪。我也捋起袖子给他看我的肱二头肌，并不比他逊色多少，把英国人看得很开心，问我玩什么运动。我说，我玩的是锈螺丝。英国人没听明白，以为我说的是 show rose。

那天我在那个鸟不拉屎的地方拧螺丝，费了九牛二虎的力气，拧下来三个，最后一个螺帽简直像是狗操×，套在那根螺栓上，死也不肯下来。我往肺里吸进去足有两公升的空气，脖子上青筋暴出，四肢肌肉绷紧，上下白齿磨得嘎吱嘎吱响，好像是要射精的样子。最后一发力，嘎嘣一声，我向后倒去，螺栓竟然被我拧断了。

我在地上打了个后滚翻，爬起来，拎着螺栓去找老牛逼，他正在工作间里陪阿姨嗑瓜子。我把螺栓往桌子上一扔，老牛逼皱着眉头说："怎么搞的，螺栓断了？"

我说："我也没办法。它就是断了。"

老牛逼说我是生犊子，干活光凭一股子蛮力，不讲究技术，就会拧断螺栓。我想起我堂叔说过的，钳工是技术工种，没技术的人连螺丝都拧不下来，原来这话是真的。

拧断了螺栓是很麻烦的，得用气割枪，把残余的螺栓从基座里割出来，再装上一根新螺栓。此事不用我来做，我只管拧螺丝就可以了。这种意外是很偶然的事情，我卸过两三百个水泵，统共也就碰到了这么一次，但我无论如何想不到，那个水泵阿姨竟然因此把我记住了，还到处散播："老牛逼新收的徒弟是个生犊子，一上手就把螺栓给拧断了。"其他水泵阿姨听了，也把我给记住了，我去卸水泵的时候，她们就会特地关照我说："小路啊，拧螺丝的时候当心点啊，别把螺栓给拧断了。"她们凑到我身边看着我拧螺丝，把脸上的雪花膏气味灌进我的鼻孔里，搞得我只想打喷嚏。

把水泵卸下之后，会有农民工用扁担挑着一个新水泵过来，钳工负责把新水泵装上去，农民工就把有故障的水泵挑到钳工班去。水泵有很多种，最重的那一种，得八个农民工才能挑起来。

这样的农民工在厂里被称为"起重工"，这种强体力劳动正式工都不肯干，就找郊区的农民来干。后来郊区的农民也不干了，就找县里的农民来做，再后来，县里的农民也找不到了，厂里的起重工全都成了外省民工。

据说，人老了以后做梦，都是关于往昔的。人老了就没有未来了，即使在梦里也看不到未来。我三十岁的时候经常梦见往昔，拎着一个扳手，迤逦走向厂区深处的泵房，那里有一个阿姨和一台坏掉的水泵在等着我。梦里的我心情平静，一点也不觉得委屈。

我想不起十年前自己是以什么心情去拆那些 show rose 了，我也忘了那些阿姨具体的相貌，四十多岁的女人在我印象中都是差不多的。只有一次，我记忆深刻。那次我独自去糖精车间拆一个水泵，走进工作间,觉得很诡异。那个阿姨把四平方的工作间布置成了一个温馨的闺房,有橙黄色的台灯,淡蓝色的布幔,椅子上是米老鼠的坐垫,最恐怖的是,她不知从哪里搬来了一张折叠床!阿姨斜躺在床上,瞄了我一眼,说:"二号水泵坏了,你自己去修吧。"

我把螺丝卸下来之后,又跑进工作间,背对着阿姨打电话,叫起重工来扛水泵。趁这当口,阿姨问我:"你多大了?"我对着电话喊:"喂!喂!起重工吗?你们他妈的怎么还不过来?"墙上挂着一面小镜子,通过镜子我看见阿姨撇着嘴,懒洋洋地翻了个身,不理我了。

我把这事情说给老牛逼听。老牛逼问我:"她长什么样子?"我形容说,浓眉,卷发,血红嘴唇,还这么斜躺着。老牛逼说,那不叫斜躺,准确的说法是贵妃躺,两腿并拢,把手撑在腮上,如果两腿叉开那就不是贵妃躺了,而是潘金莲躺。我翻着眼珠回忆了一下,说:"腿倒真是并拢的。"

老牛逼说:"那个女人叫阿骚,要离她远一点,她腿并拢的时候还好一点,要是叉开了,全厂的男人都顶不住。以后糖精车间的水泵就让魏懿歆去弄吧。"

"魏懿歆会不会出事啊?"

"你放心,阿骚不喜欢结巴男人。舌头短,够不着。"

关于修水泵,还有一些细枝末节可说。

坏掉的水泵挑进钳工班里,被扔在角落,凑个黄道吉日,拆开了统一检修。据我所知,修好的并不多,其实钳工们根本懒得去修它们,每隔几个月,废品仓库的人过来清点一下便全都收走了。

我爸爸有时候会问我:"小路啊,你的水泵修得怎么样了?"我只好糊弄他:"这两天在学修真空泵。"他就对我说一大堆真空泵的工作原理，最后加了一句："学会修水泵，跑到哪个化工厂都有饭吃。"

有一天，我指着钳工班里大大小小的水泵，对老牛逼说："师父，你什么时候教我修水泵？"

老牛逼说："学这个有什么用？你还是帮我去管自行车摊吧。"

我说："师父，你总要教我点什么吧？不然等我满师了，跑出去什么都不会，你也不见得有面子啊。"

老牛逼说："你修好了水泵又怎么样呢？会给你加奖金吗？"

我说："不会。"

老牛逼说："那你修不好水泵又怎么样呢？会把你辞退吗？"

我说："也不会。"

老牛逼拍了拍我的肩膀说："所以你还是去帮我看自行车摊吧。"

事隔多年，我想起老牛逼那一身松垮垮的肉，眯着眼睛看水泵的神态，以及他横着走路的样子，我总觉得他像个哲学家。后来我想明白了，一个人干了四十年的钳工，揍过车间主任，修过无数台水泵，既不尊重女人也不尊重知识，他就会变成一个哲学家。

九二年的时候厂里派了几个干部到钳工班来，说是要考我的技术，评职称。钳工的最低级别是二级，再往上是四级，最高八级。干部们问老牛逼，你徒弟能考几级？老牛逼说，四级没问题。我当时吓得冷汗直流，他们要是扔一个水泵给我，除了拧螺丝，我再也不会干别的了。结果，干部们扔给我一坨铁块，说把这个铁块锉成一个立方体，就算我通过四级考核了。我拎起铁块，拿起锉刀，挥汗如雨地干了六个小时，把拳头大的一块生铁锉成了方不方圆不圆麻将牌一样大的东西。干部们捏着这块东西，问老牛逼："这好像不行吧？"老牛逼说："你说不行？你看歪卵刨出来的铁片，有几根是直的？"干部听了就说："算了，反正我们厂的钳工也就是拧

47

拧螺丝而已。通过了！"我暗骂那个干部，操，你早知道拧螺丝就可以，何必让老子锉了六个钟头的铁块呢？

　　通过了四级考试，我就涨工资了。我曾经对张小尹夸口说，我这辈子也考过四级，不是四级英语，而是四级钳工。这当然是个笑话。我的抽屉里还有四级钳工证书，贴着我的照片，是厂里一个业余摄影师拍的，背景是一块红布，我穿着不蓝不绿的工作服，头发蓬乱，脸色苍白，眼神茫然，一个门牙嵌在下嘴唇上，好像马上就要拉出去枪毙的样子。这种丑态不能怪我，那王八蛋摄影师实在太业余，我屁股还没坐到凳子上，他快门已经按下去了。

第三章

白衣飘飘

我师父老牛逼有个车摊，摆在他家的弄堂口，离化工厂不太远。每天下班，他在那里摆开全套修车工具，补胎打气校钢丝擦车子。据说他年轻的时候还殴打顾客，后来老了，打不过别人，就叼着香烟斜眼看别人。人们之所以光顾他的车摊，是因为方圆一公里之内再也没有人敢和老牛逼抢生意。他说这叫托拉斯，假如他牛逼的范围不是一公里，而是十公里，他就可以雇几百号人，开一个修自行车的公司。我认为这就是他的理想，可惜他老了，理想对他来说也没什么价值。

自从有了我这么个徒弟，他的车摊就提前了营业时间，本来是下午四点半开张，现在下午两点开张，我坐在车摊前，他去泵房找阿姨寻欢作乐。上班时间摆车摊属于旷工行为，抓住了就是处分，像我这种小学徒连受处分的待遇都没有，可以直接开除。

摆车摊很简单，遇到有打气补胎的，我都能应付下来，假如是车轴断了、钢圈弯了，我就只能狂奔回厂里，叫老牛逼亲自出来修。我在那里干了几天，生意惨淡，因为我总是对着过路人傻笑，别人看见我这个样子，以为我不怀好意，即便真是要修车的也不肯过来，我自然乐得清闲。后来我实在无聊，蹲在路边研究这条巷子，巷子很深，一侧的房子沿河而建，其中有一间就是老牛逼家，但我没去过。这条巷子有一个很奇怪的名字，叫猪尾巴巷。后来，有个晒衣服的老太太告诉我，清朝的时候，这里住着个大善人，叫朱仪邦，做了很多善事，为了纪念他，就把巷子的名字改成"朱仪邦巷"，本地人读了几百年，读成了猪尾巴。我心想，这位朱先生真是倒霉，做了一辈子的善人，到头来还是被人讹读成了猪尾巴，可见，做好人也未必就能流芳百世。

半个月之后，有个女的骑着自行车经过，她看见我蹲在路边，呆头呆脑地张望着半空中虚幻的景象，仿佛嗑了药丸一样。她好像并不介意我是个傻子，跳下车子问我："车摊是你的？"

我被她打回了神，说："是啊。"

"擦车子多少钱？"

"小擦两块，大擦五块。"

所谓的小擦，就是把车子表面的油污和浮尘擦掉，这比较容易；所谓大擦，则是把车轮卸下来，把钢珠掏出来，一个个都擦得像镜子一样锃亮，往车轴里涂上黄油，再把机油灌进车链子，把所有的螺丝螺帽都拧紧，把刹车校准到最合适的位置。小擦好比是澡堂子里搓背，大擦就是按摩院里的马杀鸡。我会搞小擦，但没搞过大擦，和我修水泵一样，拆得下来，装不上去。

她说："大擦吧。"她穿着一件白色的连衣裙（不耐脏，所以要擦车），目光炯炯地，居高临下扫射着我。在此之前，我还没有被女人的眼神这么痛快地扫射过，当然，我高中时候的校长除外，但她是个老太婆，不但扫射过我，家长会上还扫射过我爸爸，我们两个都怕她怕得要死，假如她是个二十多岁的姑娘，穿白裙子还有一双杏核眼，不管是点射还是扫射，我都情愿被她射死。

趁我找扳手的工夫，白裙子姑娘问我："糖精厂的？"

"你怎么知道？"

"废话，你穿着工作服呢。"

我看了看自己身上，不错，蓝不蓝绿不绿的工作服，左乳有个T，人人都知道是糖精厂的。

她又问："钳工班的吧？"

"你怎么知道？你也是糖精厂的？"

"这你就不用管了。"

那天我鬼使神差，没有跑回厂里去叫老牛逼，而是从工具箱里掏出扳手，给她做大擦，不，给她的自行车做大擦。这是一辆淡紫色的飞鸽牌女式车，龙头弯弯地翘起来，好像两条高举的腿，非常性感，坐垫上还留有余温，让人间接地感受到了她的屁股。我心猿意马，操起扳手，开始卸车轮。她坐在我的板凳上，看着我把车轮卸下来，把钢珠擦亮，再装上去。这么一步步地擦完，她始终一言不发。她长得很漂亮，头发是深栗色的，我一边擦车一边偷偷观察她，和她的眼神碰撞，她也毫不介意，依旧用那种冷淡的目光扫射我。等我大功告成之后，她站起来，绕着车子转了一圈，问："擦好了？"

"擦好了。"

她非常聪明地说："那你骑一圈给我看看。"

我跳上车子，没骑出去二十米，前轮忽然不见了，这是评书里的马失前蹄式的摔法，我看见青石路面骤然倾斜过来，填满了我的眼睛，然后，我的下巴就成了起落架。我爬起来摸自己，还好，下巴蹭掉了一块皮，牙齿还在。摔完之后，我把车扛起来，拎着那个脱了臼的前轮，又回到了她的身边。

她问我："哟，摔得怎么样？"

"还可以,"我说,"好险。"

"你都摔成这样了,还好险?"她歪着头说。

"要不是你让我骑一圈,这一跤就该是你摔的了。"

她冷冷地说:"少废话,咱们是先装轮子呢,还是先送你去医院?"

我说:"还是先装轮子吧。"

我后来常常想起那一幕:一个摔破了下巴的青工在弄堂口装车轮,另一个年纪比他稍长的白裙子姑娘在旁边看着,嘴角还挂着一丝嘲笑,周围静悄悄的,一个人也没有。这件事情本来不应该让人觉得愉快,可是,假如它不是愉快的,那就会显得很悲惨。悲惨不应该是年轻时代的主旋律,所以我说,很愉快,很爽,一个修车的能遇到这种事情是很浪漫的,妈的。

我把车轮装上去以后,白裙子姑娘又绕着车子转了一圈,说:"怎么着?你再骑一圈给我看看?"我盯着那辆车,看了半天,说:"大姐,我还是叫辆三轮车送你回去吧。"

把她送走以后,我摸了摸自己的下巴,生疼,就从工具箱里揭了一块胶布,贴在伤口上,可是疼痛并不减弱,反而更厉害了。我坐在板凳上,回忆那个白裙子的长相,我认为,她一定就是糖精厂的职工,假如她去厂里汇报我的情况,上班摆车摊,按旷工处理,我马上就会被厂里开除掉。

我独自坐在弄堂口,想着这个问题。某种程度上我希望自己被开除掉,我做了一个月的学徒,捡破烂,拆水泵,锉铁块,擦车子,像一代又一代的学徒一样,重复着这种生活。这种青春既不残酷也不威风,它完全可以被忽略掉,完全不需要存在。

我摆了半个月的车摊,不但生意惨淡,还把下巴摔破了。老牛逼跟我算了一笔账:这半个月里,我给十六个人打过气,给四个人补过车胎，打气是五分钱一次，补车胎是一块两毛钱一个洞，总算下来，我替他挣了五块六毛钱。老牛逼说，干了他娘的半个月，挣了五块六毛钱，这不是傻逼吗？我说，我也没办法，运气不好，就会变成傻逼。他拍了拍我的肩膀说，算了，你还是跟我学修水泵吧。

后来，我和老牛逼讨论过一个问题，关于人类的机械天赋。照我看来，人的天赋形形色色，有人适合当作家，有人适合当杀手，但作家和杀手毕竟是少数，在我身边的人几乎都和机器打交道，这就是说，机械天赋应该是一种比较普遍的天赋。可惜，人类历史上真正的机械天才并不多，瓦特算是一个吧，爱迪生也可以算，还有造飞机的那对什么兄弟。这说明机械天赋并不是那么普遍，它可能和作家、杀手一样，都是一种稀有的天赋。可是，靠机器混饭吃的人远远多于作家和杀手，连歪卵这样的人都可以去开刨床。

老牛逼拿出一张水泵的构造图，又找了个报废的水泵，让我拆开，再按图纸装上去。我麻利地把水泵大卸八块之后，就再也装不上去了，这和我修自行车如出一辙。这件事情证明我是个没什么机械天赋的人，我认为，是我的早期教育出了问题。我小的时候，家里比较穷，唯一的电器是一台半导体收音机，只有巴掌那么大，发出的声音轻得像蚊子哼哼，我爸爸把耳朵贴在上面听，全是刺啦刺啦的噪音，邻居以为他在偷听敌台，也凑过来听，原来是本地的天气预报。另外一个机械物件，是个生了锈的小闹钟，也是巴掌那么大，每天早上六点钟准时敲响，敲出来的全是不和谐音，好像噪音摇滚的前奏一样，人立刻就醒了。

读小学的时候，班上有个同学，很有机械天赋，立志要当小发明家，手工劳作课上，我们跟着老师折纸，纸飞机纸青蛙真好看，该同学却做了一个会飞上天的模型滑翔机。老师惊叹于他的天才，就让我们向他学习。这个小神童说，他六岁的时候就把家里的闹钟拆了，然后又装了上去，闹钟居然还会走还会叫。我以这神童为榜样，回到家里就想拆闹钟，被我爸爸发现，眼明手快一把抢走，救下了那个劳苦功高的闹钟，顺便赏了我一记耳光。我爸爸说，这个闹钟是家里唯一会报时的东西，假如弄坏了，上班迟到扣奖金，所以打我这记耳光并不是为了闹钟，而是为了奖金，这就打得很值得。从此以后，我就彻底和机械绝了缘，后来小神童又组装出了一台收音机，虽然也是刺啦刺啦的，但毕竟是会发出声音了。我看着他的收音机，心想，要是把我家的收音机给拆了，就听不到天气预报，我妈晾出去的衣服就会被雨淋湿，这又是挨耳光的事情。这种情形维持到了我十六岁，家里有了电视机和大台钟，有一天那个生了锈的小闹钟再也不肯走了，它锈得就像一个铁饼，我爸爸忽然想起了若干年前的那记耳光，对我说："小路啊，你小时候不是一直想研究闹钟吗？它现在坏掉了，你去拆着玩吧。"我翻了他一个白眼，爸爸，我已经十六岁了，生理卫生课都上过了，我已经到了对人体结构感兴趣的年纪，闹钟就留着您自己研究吧。

我长大以后深知早期教育的重要性，比如，你想成为一个音乐家，就得从小趴在钢琴前面，想成为书法家，就得从小练习悬腕，你想成为一个机械师，就得从小拆拆闹钟什么的。像我这样，小时候没见过钢琴和毛笔，为了闹钟挨过耳光的人，从小就知道坐在板凳上发呆，我的早期教育，就是让自己成为一个发呆的专家。

我装不上水泵，老牛逼并没骂我，而是安慰我说，这个铁棚子里有一大半的机修工都不会修水泵，只会拧螺丝，所以不用太担心，有机械天赋的人本来就不多，如果要求每个钳工都得有一副这样的大脑，世界上的钳工肯定就像外科医生一样值钱。说完，他把我手头上的零件又扔到了废品堆里。

老牛逼说，做钳工很简单，对于泵房的老阿姨来说，只要你给她换上一个会转的水泵，她就会很舒服很满足，谁管你能不能修好那个坏泵呢？

那一年老牛逼六十岁，已经过了机修钳工的黄金年龄。比如，一个机修钳工需要有较强的膂力，才能拧开那些生锈的螺丝，但老牛逼的手臂上，肌肉已经看不见几块，全是松松垮垮挂下来的脂肪。又比如，机修钳工需要有很好的视力，而老牛逼已经戴上了老花眼镜。更要命的是，他的记性一天不如一天，对于那些复杂的水泵，有时候连他自己也装不起来了。

老牛逼告诉我一个故事，说他三年前曾经带过一个徒弟，这徒弟是一个机械白痴，不但不会修水泵，连拆水泵都不会，连拧螺丝都不会，他是用兰花指捏起扳手拧螺丝的，那样子好像是在给水泵做马杀鸡。老牛逼看不顺眼，一巴掌掀过去，立刻把他揍得嘤嘤地哭，样子十分可怜。老牛逼最烦别人哭，呵斥不住，三五十个巴掌飞过去。后来泵房的姿色阿姨们看不下去了，纷纷数落老牛逼，说他虐童。老阿姨的意见在老牛逼那里具有决定性的作用，何况他并不是个虐待狂，更不是屁精虐待狂。老牛逼对徒弟说：我不打你了，但你也别用兰花指拧螺丝，行不行？兰花指实在太给老牛逼丢脸了。过了几天，奇迹发生了，徒弟背着一把吉他来向他告别，还在钳工班里弹了一曲，最后向大家挥了挥他那只连鸡都掐不死的兰花手，从此南下深圳，做起了流浪歌手。

老牛逼叹了口气说，从前他也会拉二胡，在二胡和钳工之间选择了后者，假如他当初坚持拉二胡，现在至少也是在工会里做个小干事了，说不定还能去文化馆混混。他说，修水泵很无趣的，什么傻子不会拧螺丝啊？说修水泵很牛逼，这是一句谎话，只能用来骗骗车间主任和姿色阿姨。假如你真的因为想打车间主任而去学修水泵，那简直是本末倒置，你应该去做黑社会才对。

说实话，我很羡慕那个兰花指，他虽然没有机械天赋，但却有乐器天赋，最重要的是，他找到了自己的天赋。我呢？我蹲在钳工班的铁皮屋顶下，只能证明自己没有机械天赋，但却不知道自己的天赋在哪里。这很悲哀。我想，假如我的天赋是杀手，那该怎么办？马上杀一个人，来证明自己？假如我的天赋是作家，那就更恐怖，比杀人还复杂，难怪那么多作家都选择了自杀。

我经常躺在钳工班的简易躺椅上胡思乱想，所谓的躺椅，就是用几个人造革坐垫拼起来的椅子，可以舒服地靠在上面。天气好像渐渐凉了起来，铁皮房子里的温度有所下降，躺在漏风的地方觉得很舒服。这时候，职大的理想就离我远去，像云朵消散在天空中。我想起那个白裙子姑娘，我很想找到她，姑娘和大学不一样，姑娘在我二十岁的时候是一个结，难以消散，永远散发着刺鼻的味道。

有一年，张小尹拿着一张报纸给我看，说中国的啤酒里含有甲醛。她问我，什么是甲醛。我说甲醛啊，那东西我熟，甲醛用于油漆纺织造纸，家里装修的那股怪味道就是甲醛，能把蟑螂都熏死。其实就是医学院里泡死人的福尔马林，可是这玩意怎么会跑到啤酒里去了呢？据我所知，甲醛超标会使人身上起疹子，肝脏坏死，肾脏衰竭，男的阳痿，女的停经，非常可怕。

张小尹说："他们全是奸商。你以后少喝点啤酒，当心阳痿。"

好吧，我说，我是在瞎掰。我曾经和甲醛亲密接触过，我用身体证明它不会使人阳痿，除非你把它直接浇在我鸡鸡上。

我对张小尹说，糖精厂不只生产糖精，还生产甲醛、化肥和胶水。另外，很多化工原料，盐酸、硫酸、甲醇、亚硝酸钠，这些我都接触过，没有一样是好东西。我年轻的时候说，这些化学品全是狗屎，甲醛是狗屎之王。

我爸爸说过，没有糖精的世界是不可想象的。我烦透了糖精，他就教育我说："糖精是食品添加剂，你小时候那么爱吃冰棍，那里面其实不是白糖，是糖精。你不能喜欢冰棍却讨厌糖精。"他又说："甲醛是重要的工业原料，做家具、做布料都少不了它。你怎么可以说甲醛是狗屁呢？"

我对我爸爸说，我爱冰棍，不见得就必须要爱糖精，好比我很爱您老人家，但我怎么可能爱您的大便呢？至于甲醛，我操，我都快被那个味道熏死了。

整个甲醛车间弥漫着强烈的福尔马林味道，那种有污染的家具就是散发出同样刺鼻的味道，长期接触会得鼻咽癌和白血病。但是，同志们，家具的甲醛味道在我看来算个屁，只有在甲醛车间你才能体会到什么是酷刑。以车间为圆心，半径两百米之内连蚊子都找不到一只，五十米之内涕泪横流，好像被人扔到了胡椒面里。三分钟之后，肺部像抽风一样，从鼻咽到气管有一种四分五裂的疼痛。

我曾经纳闷，这么操蛋的车间，那些操作工岂不是会被活活熏死？后来才知道，他们都在密封的操作间里工作，守着价值上百万的仪器，有空调，有直线电话，有漂亮的实习女大学生。但是，钳工就没这么好的运气了，换水泵是在车间现场，空气中的甲醛浓度完全达到了化学武器的境界，我必须每隔两分钟出来透一次气，然后再冲进去，不然人会休克掉。有一次，电工班的鸡头送给我一个叫蛉，装在小匣子里，叫得正欢，我揣着它去甲醛车间卸水泵，出来之后发现叫蛉两腿直僵僵地缩成了一团，已经被熏死掉。当时我的肺活量能在水里潜两分钟，但抡着扳手做划艇运动时，就只能憋八十秒。八十秒之内卸一个螺丝，老牛逼在五十米外看着我，等我手里拿着四个螺丝坐在地上抽搐的时候，他就打一个电话，把起重工叫来挑水泵。

我不能说老牛逼虐待徒弟，他有哮喘，被熏着就会掐着自己的脖子倒下去。他要是死了，我也活不长。他能站在五十米外看着我干活，已经是非常仗义的事了。有一次我被熏昏了过去，幸好有他在场，找了几个路过的起重工，用麻绳把我捆了捆，绑在扁担上，挑到了医务室去急救。其实他是我的救命恩人。

甲醛沾在手上，几分钟之后皮肤起皱，像是被水泡过很久的样子，并且感觉麻木，这是人体的蛋白质被破坏了，用福尔马林做人体标本，大概就是这个意思，把有机物破坏掉，当然也就不会腐烂了。我记得那种难受，起皱的地方像一块无知觉的腐肉，好像就要从身上掉下来，但又挂着。

相对于甲醛，糖精比较善良。糖精是可以吃的。在这个车间里的工人浑身都是甜的，而且是极度的甜。甜到什么程度？假如你正在吃一个咸鸭蛋，这时候有一个糖精工人从五米之外走过，你的咸鸭蛋就变成甜的了。据说这些糖精工人家里烧菜，从来不用放糖，只要把他们叫过去，对着锅子抖一抖头发，菜就带着甜味了。有那么几次，我和女孩子接吻，对方"哇"地叫了起来，说你嘴唇怎么那么甜？她们以为我天赋异禀，像小说里的香香公主，人家是天生体香，我是天生嘴甜。我只能在心里暗骂那些糖精工人，没事瞎转悠，把糖精洒得到处都是。

与糖精相比，化肥车间里则生活着完全相反的一个部落。事隔多年，我在网上查了一下，一种叫乌洛托品的化工产品，我当时记得是化肥，现在发现还能入药。"内服后遇酸性尿分解产生甲醛而起杀菌作用，用于轻度尿路感染。亦可静注。外用可治癣、止汗、治腋臭。"

不知道那玩意怎么治腋臭。乌洛托品本身就已经臭到了一种境界。在那里工作的工人，和糖精车间相反，身上永远是臭的，而且奇臭无比，嵌在毛孔里的臭，洗也洗不掉。更恐怖的是，在那里上班的工人们已经丧失了所有的嗅觉，他们的鼻子闻不出自己身上的臭，因此到处招摇，直到把所有人都熏跑了为止。

化肥车间里的工人，都是女的，如果找男人来做工人，带着一身奇臭回家，老婆首先会忍不住吵架，变成一个性冷淡，或者红杏出墙，离婚是必然的。如果是女工人，身上臭一点，大概可以用花露水挡住。臭就臭吧，对男人来说，有一个浑身发臭的老婆，总比没有老婆要强一点。

厂里还生产饲料和胶水。饲料车间不能让女人去工作，因为生产的那种饲料添加剂，是用来催奶牛长奶的。女人在那里工作，时间长了就会出奶水。女人平白无故出奶水，是件恐怖的事，不但小姑娘和老阿姨受不了，连我们通常所说的老虎也不能蒙受这种屈辱，回家说不清楚，会被丈夫打死。所以，这个车间和化肥车间相反，只有男工人，但男工人一样也出奶水，这更要命，但回家是能说清楚的。到了夏天，我们看见饲料车间的男人，胸口常常有两摊湿的，就劝他们戴个吸水的胸罩，免得搞得大家都很兴奋。

工厂里有一种秘方，专门治疗电弧眼（就是被电焊强光刺伤的眼睛，学名电光性眼炎）。这个秘方是人奶，将其滴到眼睛里，自然痊愈。起初我还以为这是扯淡，后来才知道，人奶治疗电弧眼是入了《中国大百科全书》的。此方必须到托儿所里去找，那里有很多哺乳期的妇女。其他厂里的电弧眼都这么干的，而且形成了惯例，可以顺便看看哺乳期妇女的乳房，但我们厂就不行，我们厂里的男同志也产奶，哺乳期的妇女因此很不仗义。我们只能跑到饲料车间去，把男同志的工作服撩起来，像按咖啡机的开关一样，在他们的奶头上按一下，奶水就出来了。男性的奶水在疗效上是不是逊色些，这就不得而知了，因为我没有被女性的奶水滴过，对比不出来。这

59

些男人虽然产奶,但产量比较小,每次只能按出几滴,我只能把他们的衣服全都撩起来,轮番地按过去。那时候大家都比较单纯,也没人骂我是流氓。我电弧眼,看不见东西,他们还会把奶头凑到我的手指上,说:"按这里按这里。"

胶水车间男女都能去干,但贪小便宜的人不行。有人每天提个热水瓶去车间上班,看上去是喝茶的,后来别人借他的热水瓶,结果倒出一茶缸的胶水。保卫科把他请去,他交代说,自己每天拎一热水瓶的胶水回家。那么多胶水用来做什么?答:卖给装潢五金店,用来铺当时流行的拼木地板。

那时候工厂里偷窃成风,保卫科突击抓盗窃,办法很简单:下班时间在厂门口搜包。也没什么人权不人权的,扒裤子是侵犯人权,搜个包算得上什么?结果一下子抓出了几十个盗窃犯。有人偷铁块,有人偷纱手套,有人偷煤块,还有人长年累月偷工地上的水泥,每天装一饭盒的水泥回家,再在包里揣一块红砖,这么顺手牵羊地干上三年,家里就可以重新翻修房子。最离谱的是歪卵师傅,从他包里搜出来的加工零件,全都经刨床刨过,并且全都是朝左边歪过去的次品。原来歪卵每天下班前都把自己做出来的次品藏在包里,带回家去。难怪他一年出多少次品,厂里根本算不清楚。他把次品卖到废品收购站,还能捞点小外快。

九二年抓盗窃、保生产,最后抓出一个大蛀虫,这个王八蛋竟然是厂里的花匠。该花匠搞绿化,每棵树苗的进价报高了十元,同时,他还把活着的树记录成死树,死了一次的树可以再死几次,总之,算到最后,查账的人发现,这个草木凋敝的化工厂其实应该是个植物园,种着一千多棵树,还有一百个高级盆景,还有从未存在过的芭蕉树、君子兰、香水百合、荷兰郁金香、日本樱花、墨西哥仙人掌……对这个仅仅存在于账本上的绿色世界,所有人都很向往，包括我在内。

关于那个白裙子姑娘，我曾经去寻找过她。我深信她就是化工厂的某个女职工，也许是化验员，也许是科室干部，这些姑娘都躲在办公大楼很深处，好像珍稀动物一样，平时见不到。我一个修水泵的小厮，也不方便到这种地方去猎艳，会被人打出来的。但我很想念她，我少年时代对白衣姑娘有一种彻心彻肺的迷恋，虽然下巴还在疼，但是，这种疼痛只会让我愈加地想念她。

我跑到车棚里去，观察那上千辆自行车，淡紫色的飞鸽牌女车，龙头弯弯地翘起来好像两条高举的腿。化工厂的车棚简直和电影院一样大，整个地兜过来，比修水泵还累。我找到了五十多辆淡紫色的飞鸽，完全处于一种迷失的状态。后来我蹲在食堂门口，蹲在办公大楼门口，蹲在厂门口，想用这种方式找到她，但她始终没有出现。

在我和她之间，迷失是一种永恒的状态，也是我通往她的唯一的道路。这很像是宿命，假如我不曾迷失，我也就永远不会遇到她。

九二年秋天，我在甲醛车间卸水泵，结果昏了过去。那次我遇到了一个超级锈螺丝，八十秒的极限时间到了，我还在车间里撼动它，它纹丝不动，我憋不住了，吸进去一大口甲醛空气。这种时候吸气，等于是性高潮射精，射了第一股，就会忍不住射第二股。我接二连三地吸进甲醛空气，最后眼前一黑，脑袋撞在水泵上，起了一个大包，人也昏了过去。

老牛逼在五十米外看我干活，忽然发现我歪倒了，他很镇定地环顾四周，正好有四个膀大腰圆的起重工经过，手里拎着扁担麻绳。老牛逼把他们叫了过来，那四位将他围住，说："牛师傅，挑哪个水泵？"

老牛逼并不姓牛,只是农民工如此尊称他而已,他指了指甲醛车间里的水泵,水泵边上就是仰天躺着的我。他说:"挑什么水泵,赶紧背人吧。"

我要特别说明,农民工是不怕甲醛的,他们闻到甲醛一点反应都没有。我这个城里人就比较脆弱。农民工可以胜任世界上任何一种工作,扫街、翻砂、造房子、挖煤矿,干得又快又好,他们接受辱骂,接受最低工资,炸死了不用赔太多的钱。农民工才是特殊材料制成的人,仅仅让他们去种地实在是浪费人才。这个秘密我早就发现了,但我不告诉别人,免得自己失业。后来别人也发现了这个秘密,把农民全都放到城里来,城里人就只能回家去打麻将了。

我必须承认,我的性命是农民工救的,我这种人当官发财以后回忆往事,就会对大家说:"我永远是农民的儿子。"这个办法很好,自认是儿子,免得别人讹诈。

农民工把我背出来之后,我开始剧烈呕吐,吐出来的全是黄酱,全都灌到了人家脖子里。背我的那位消受不了,把我放在地上,打算两个人抬着走,但老牛逼说,这么仰天抬着我,吐出来的秽物会流到气管里,人会被呛死。于是,四个农民工把我翻过来,背朝着天,每人拎着我的一只手脚,但这样也不行,会把我的脊椎和胳膊全都弄脱臼,变成一个连爬行都困难的瘫子,因此,还得麻烦老牛逼在我腰里托一把。

老牛逼很生气,说:"去你妈的,就对付他一个,倒要五个人来抬?抬棺材都要不了这么多人。"

四个农民工一商量,说:"牛师傅,您别着急,我们想出来办法了。"

那个办法就是,四个人拎着我的四肢,两根扁担横架在前后,麻绳吊在我的肚子上。这个形象非常难看,又像是绑猪,又像是五马分尸。我仍然昏迷，呕吐物沿着道路喷洒，这个场面很恶心，但围观者却看得开心，有人笑嘻嘻地问老牛逼："咦？你徒弟死了吗？"

老牛逼说："你妈逼，眼睛长在裤裆里，你见过死人还在吐黄水的吗？"

那天，老牛逼威风得不得了，从车间直到医务室的路上，骂骂咧咧，面带红光，大步流星。他的身后，是四个农民工挑着个昏迷不醒、呕吐不止的青工，唱着号子碎步快行。农民工也很兴奋，说，在厂里挑了好久的水泵，很无趣，今天终于挑了不一样的东西，令他们回忆起春节在乡下挑猪的情景，很喜庆。

我被送到医务室之后，平躺在一张体检台上，不久来了个穿白大褂的女医生。起哄的人仍然堵在门口围观，里三层外三层。有人说："医生，给他做人工呼吸呀，给他插导尿管呀。"还有人说："安静安静，别让医生搞错了，把导尿管插到嘴里，把人工呼吸做到小鸡鸡上。"女医生大怒，摘下口罩，狂喊一声："全都给我滚出去！"

老牛逼笑嘻嘻地说："我呢？"

女医生说："你犯贱，当我这里是泵房？也给我滚出去！"

现在我说，这个女的就是我一直在寻找的白裙子姑娘，她叫白蓝。我第一次遇到她的时候在犯傻，第二次则是彻底昏迷。这种形象不可能让她爱上我，但却足以让我爱上她。我就是这么迷失地爱上了她。

我昏迷期间所发生的事，全都是白蓝告诉我的，包括工人们起哄架秧子。我听了很不好意思，至今不好意思，如果做口活儿的时候我嘴里还噙着一根导尿管，妈的，这也太不堪了。

工人们嘻嘻哈哈走掉之后，白蓝把我简单处理了一下，先是扒掉上衣，让我呼吸顺畅，然后注射了点东西。她把我的眼皮翻开看了看，用一根锃亮的铜签在我脚底扎了几下，我欢快地蹬了蹬腿，情况稳定，没有成为植物人的迹象。白蓝又在我额头上涂了点药水，那儿起了个鸽子蛋一样的包，泛着青紫色。后来我不吐了，开始哼哼，白蓝就回到办公室去给安全科打电话。

我做了个梦，梦到一个巨大的水泵从天而降，砸在我的头上，居然没把我砸死，不由为之庆幸。其实，真实的情景是，我昏了过去，把我的脑袋砸在了水泵上。梦里的一切，都是反的。

除了水泵以外，我还梦到一些不太好意思说出口的场面，我被水泵砸倒了以后，躺在地上，不久来了个女的，前凸后耸，送到我的手边，我伸手去摸她，摸得很专心。其实，真实的情景是，我被送到了医务室，女医生在替我解开胸口的扣子，被摸的那个人应该是我才对。梦里的一切，都是反的。

再后来，我被鬼使神差送到了一个教室里，老师说：同学们，欢迎你们，这里是化工职业大学。我喜不自禁，很冲动地想和老师握手，好像红军长征会师一样，细一看，这个欢迎我的老师竟是我高中时代的班主任。其实，真实的情景是，医务室里寂静无声，就剩我一个，被扒掉了衣服躺在体检台上，像一具等待解剖的死尸，既没有职业大学，也没有班主任。梦里的一切，都是反的。

我做了一连串的梦，醒来觉得头痛欲裂，好像大脑被摘除了一样。那是一个晴朗的下午，阳光穿过窗户照在屋子里，窗口是一棵香樟树的树冠，更远处是化工厂的烟囱，无声地冒着黑烟。我努力回忆，我是在甲醛车间拧螺丝吧？我现在在哪里呢？这个房间里有一张办公桌，有一道白色的布幔，墙上还有一幅画，画上是两个人体，左边那个被剖开了肚子，露出五脏六腑，右边那个被剥光了皮，露出稻草捆子一样的肌肉。这两个支离破碎的人居然还盯着我看，居然还摊开双手，好像欧洲人表示遗憾那样。这时我意识到自己是在医院里,只有医院才有这种海报,既然窗外是化工厂的烟囱,那么,这一定是厂里的医务室。

我发现自己的工作服被剥了下来,不知去向,只穿了一件汗背心。我从体检台上爬下来,赤脚在屋子里走,发现自己的裤裆那里鼓鼓的。这是做了淫梦的后果,如果再做下去就会遗精,那就太难看了。我按了按自己鼓起的部位,希望它能够平静下去,可它不但没平静,相反更起劲地抬起了头。这就不能再按了,否则被人看见会以为我在厂里公然手淫。

我在屋子里转了一圈,把布幔掀开往里面看,里面居然还有一小间,雪白的墙壁,中间放着一张躺椅。这张躺椅很古怪,好像理发店的椅子,在扶手前面却有两个托架。我看不明白,就走过去,坐在了躺椅上。

这时候,名叫白蓝的女厂医走了进来,她看到我醒了,问:"头还痛吗?"

我说:"痛。"说完用手去搓自己的额头,搓到那个鸽子蛋一般的包上,疼得跳了起来,又落下去,砸得那张躺椅嘎吱一声怪叫。

她说:"哟!这是你该坐的地方吗?你赶紧站起来!"

她讲话有一种不容怀疑的力量,我只能站起来,身体正中那个不平静的位置被她看了个一清二楚。她先是有点诧异,后来露出了嘲笑的神色,说:"毕竟是年轻力壮,撞成这样都没事啊。"

这种嘲笑的神色我已经经历过了一次,那次我的下巴磕在了路面上。我认出了她,说:"啊,是你。"

她说:"没摔成失忆症。那就好。"

"你是厂医啊。"

"对啊,有问题吗?"

我想了想说:"那天我摔破了下巴,你怎么不给我治?"

"那天我请假,提前下班路过。我只管上班时候发生在厂里的事,你摔在弄堂口,也没摔昏过去。"她顿了顿说,"我不用向你解释这么多吧?坐到体检台上去。"

我顺从地坐上去,她用听诊器给我听了一下心跳,又让我深呼吸。我问她:"你怎么称呼?"

"白蓝,白色的白,蓝色的蓝。"她眼睛盯着地上的某一点,冰凉的听诊器在我胸口挪动。

"我叫路小路,前后两个都是马路的路,中间是大小的小。"

"我知道的。不要说话,深呼吸。"

做完检查,她说:"都很正常。但还是要观察一阶段,如果再发生呕吐和眩晕就要去医院,这几天你可以在家休息。"

我说:"白医生,刚才那张椅子,你为什么不给我坐?"

她瞟了我一眼说:"你怎么这么多废话?"

后来我跟她熟了,追问之下,她才告诉我,这个椅子叫作妇检台,是用来给厂里的女工做计划生育检查的。我那时候没见过这个东西,说实话,后来也没见过。我很聪明地判断出,那两个托架是用来搁腿的,然后就把她们最隐秘的器官朝向了天空,不,天花板。那时候白蓝给我讲过很多厂里的隐秘故事,比如女工上环。我还年轻,听了这种故事觉得很刺激,她就认为我很流氓,而且是个无聊的流氓,上环那种事情,都值得为之好奇?她说,厂里统共就这么一个妇检椅子,像我这么一个敢用脑袋撞水泵的人,很容易就会把椅子弄坏掉,所有的妇女都没法做检查,得找个人举着她们的腿才可以。她不怀好意地看着我,好像椅子真的被我弄坏了,而我正在那里举着妇女的腿。我听了这话,觉得很恐怖,也很佩服她的想象力。

妇检室是不能轻易进去的,那条布幔隔离了一切可供刺激的东西，我能看到妇检椅，实属三生有幸。白蓝说，厂里统一妇检期间，我要是掀开那帘子，就会被人打死。妇检期间是没有男人敢来医务室的，假如我是在那个时候出了事故，只能去二里地以外的街道卫生所里包扎。

那天在做检查的时候，我肆无忌惮地看着她的脸，近距离地、毫无遮拦地看着，我想这种时候不看白不看。她脸上的线条很匀称，穿着白大褂，像医院里的医生一样干净整洁，很难认为她只是一个厂医。我在她的眼睛里看到了一些不同以往的所见，具体说，她的眼睛很严肃，但又不是我高中老师的那种装逼式的严肃，她的眼睛很清澈，但又不是我高中女同学那种傻了吧唧的清澈。她给我做检查的时候很专注，眼睛看着地上的某一点，我希望我就躺在地上，让她这样看着，会很平静，会忘记自己是个修水泵的。

后来，医务室里进来一个人，此人鸡窝一样的头发，瓶底眼镜，我认得他，就是安全科的倒B。他过来视察情况，先是绕着我转了半圈，然后瞪着眼睛观察我。我讨厌被这种深度近视盯着，好像我是显微镜下的细菌。倒B问白蓝："他没事？"

白蓝说："目前正常。"

倒B很严肃地从鼻子里喷了一股气，说："路小路，你知道吗？你违章操作，差一点把大家的安全奖都敲光啦。"

我那时候是学徒，只有学徒工资，但我知道化工厂的正式职工，每个月都有安全奖金，大概每人二十块钱，要是有人出了事故，死了残了，或是厂里火灾爆炸，全厂工人的安全奖金就会被扣掉。所以说，在工厂里，闹出工伤是一件不会被人同情的事情，别人会追在屁股后面说，二十块钱没啦。当然，死掉了就不会有这个麻烦了，别人最多诅咒他下辈子投胎做个猪，二十块钱就当大家凑份子给他买棺材吧。

我问倒 B："我怎么违章操作了？"

倒 B 说："你没有违章操作吗？"

我说："我吸进甲醛昏过去了，我违章操作了吗？"

倒 B 想了想，又蹦出一句八个字的成语："有则改之，无则加勉。"

我说："我违章操作你妈。"

那天要不是白蓝在旁边，我就和倒 B 打起来了。倒 B 很瘦，又戴着深度近视眼镜，打这样的人我最拿手，一拳抡在他眼镜上，剩下的事情完全由我自由发挥了。但倒 B 也很嚣张，好像没意识到自己是个深度近视，捋着袖子要和我对干，这倒有点出乎我的意料。我高中时代没见过一个眼镜是这么不怕死的。后来白蓝厉声说："你们要打架去厂外面打，不要在我这里打，也不要在厂里打。"我说好哇，出去打，打得不过瘾就喊人来群殴。倒 B 听了，就缩了手，说："路小路，你记住今天。"

倒 B 走了以后，白蓝问我，路小路，你知道自己是什么身份吗。我说我知道，钳工，学徒。白蓝说："学徒在厂里打架是立刻开除的，知道吗？"我摇头。白蓝就用那种嘲笑的神情对着我看，说："他就引你打他呢。你这个笨蛋，居然上钩。"

"我懂了。到厂外面去打就不会开除了，对吧？"

"那就是社会斗殴，厂里不管，只要你别把人打残。"

"你真聪明。"

"教你这些，只能让你学坏。"白蓝说，"你一个小学徒，怎么学得这么流气？"

我说，我不能理解，为什么倒 B 最关心的不是我的脑袋，而是安全奖金，安全奖金比我的脑袋更重要吗？白蓝说，我的脑袋只是对自己而言重要，对别人来说，安全奖金才是看得见摸得着的事情。我说："你也这么认为吗？"白蓝说："他人是地狱，这句话听过吗？"我说没有，但听起来很有道理啊。白蓝就说，也未必，不要把人想得那么坏。后来我想了想，说，假如每个人都认为自己的脑袋重要，而别人的脑袋值不了二十块钱，这倒也是一件很公平的事情，中国有十亿人，我出了事故要是人人都扣二十块奖金，那他妈就是两百亿元的人民币，这太昂贵了，把我撞死了也赔不出来。我这么说的时候，她就很平静地看着我，好像我是在说胡话。后来她说："所以自己的脑袋自己珍惜啦。"

后来我离开了医务室，走之前，我想起自己只穿着汗背心，就找那件工作服。白蓝从一个脏了吧唧的铁皮桶里捞出了我的工作服，那上面全是我吐出来的秽物，我看了很惊讶。她说："这种情况下，可能发生大小便失禁。"我叹了口气，说："还好，没有失禁。"

我对白蓝说，能不能给我额头上贴块纱布，那里真的很疼。我没有镜子，看不见自己脑袋上的大包究竟是什么模样，但那地方连碰都不能碰一下，肯定非常之糟糕。白蓝说："不用，就是起了个大包，没破掉就不用贴纱布。"

我说："还是贴一个吧，这样我心里面会好受些。"

她听我这么说，就剪了一块纱布，叠成豆腐干的样子，用胶布贴在我的额头上，并且说："这样子走出去，谁都知道你工伤了。"

"没错，我要的就是这个效果。"

我进工厂那会儿，有一个古怪的想法，希望自己以工伤的面貌出现在厂里，先是把下巴蹭破了，后来把脑袋砸出个大包，都贴上了纱布在厂里晃悠。我这么做，第一觉得自己很酷，第二是希望能得到干部们的重视，因为我不会修水泵，也搬不动六十公斤的原料桶，那就只能以工伤来表示自己是个合格的工人了。说不定他们会为此送我到化工职大去呢？

后来我发现这个希望落了空，希望本不称之为希望，想的人多了，就说是希望。我见到那些被机器切掉手指的人，被硫酸喷到脸上的人，我终于知道，头上的纱布只会引来嘲笑，而不会带来任何希望。当然，酷是很酷的，可以说我的目的至少达成了一半。我妈一看我的脑袋，眼泪就掉下来了，为此我甚至都舍不得把纱布摘下来，直到它变成一块又脏又油的东西，使我的那个大包变成了一块皮肤湿疹，才不得不回到原来的造型。

我从白蓝那里出来之后，连忙去水龙头上漱口，把嘴里的酸味冲掉一些，然后回到钳工班，想起了那个该死的水泵，很想把它砸烂了。老牛逼很高兴地告诉我，那个水泵本来出故障了，因为我的头砸了它一下，它居然又重新转了起来，所以它还在原来的地方，继续工作下去。我要真想砸水泵，就随便挑一个废品砸了吧，反正水泵和水泵之间也没什么区别。

第 四 章

三 轮 方 舟 上 的 爱 人

作为老牛逼的学徒，我天生赢得了姿色阿姨们的好感。我把头给砸开以后，老牛逼带着我到各个泵房去展览，指着我额头上的纱布，对阿姨们说："瞧，真的砸开了，差点死在甲醛车间。"他还说我是神头，水泵居然被我的脑袋砸好了，干了四十年的钳工这还是第一次见到。阿姨们很心疼地把我叫过去，我担心她们会充满母性地把我的头颅抱在胸口，这要是传出去，我就和老牛逼一样，成了个臭不要脸的东西。还好，阿姨们只是把我的纱布揭开，看到一个大包，就赞叹地说：紫色的哎。然后她们就给我抹菜油，说菜油是治头上的包的，擦完之后，那地方就变成了香喷喷油腻腻的一块，我去厕所尿尿，苍蝇绕头不去。我也搞不清她们哪来的菜油。过了几天，我头上的包渐渐小了，她们还是把纱布揭开，说：好多了，不紫了，再擦点菜油吧。

我曾经问老牛逼，为什么看守泵房的阿姨都很漂亮。老牛逼说，泵房是高级工种，不用干体力活，每天按了红钮按绿钮，轻轻松松上班，开开心心下班。这种工作不可能由老虎来做，老虎只能去车间做操作工。泵房永远是为那些美色已逝、风韵残存的中年女工准备的。

我年轻的时候看见泵房里的姿色阿姨，总是很警惕。那时候我不能意识到这是一种心理障碍。老牛逼说我中年以后会和他一样，在一群泵房阿姨之中穿行，对一个钳工来说，这是最好的结局。但我不喜欢这样，也许是我贱，我更喜欢科室里的小姑娘，喜欢白蓝这样的，干净一点，说话很有分量，眼神也很清澈。

很多年以后，我遇到一个心理分析师。我问她，为什么我经常会梦见自己去往泵房。我离开工厂已经很多年，我再也不想念那些科室小姑娘，但我他妈的还是会梦见自己拎着个扳手，孤独地、沉默地、迤逦地走向泵房。那些姿色阿姨在等我，修好水泵，然后从抽屉里拿出瓜子给我吃。心理分析师问我，泵房是什么样子的。我说，阴暗，潮湿，在生产区最难以找到的地方。后来她说，泵房象征着女人的阴部，我做的梦其实是一个淫梦，我去修水泵其实就是向往着去满足她们的性欲。妈的，难道这就是答案吗？

那时候白蓝还告诉我，不要觉得在泵房工作很轻松，在那种潮湿阴冷的地方，时间久了会得关节炎。这种病在年轻时候感觉不到，等老了以后，坐在家里，就会发现自己的膝盖成了天气预报。我确实见过冬天的泵房，每天只有两小时的日照，在寒冷的角落里，地面上全是白花花的薄冰，姿色阿姨们蜷缩在屋子里瑟瑟发抖。由于生产区禁火，蒸汽管道也不会特地经过泵房，整个冬天她们只能抱着一个热水袋取暖。这就是所谓的闲职，并不像我认为的那么轻松。她们就像一些过期食品被随意丢弃在角落里，并且享受着那一份微薄的自由。

那一年我遇到了一个高中同学，他在纺织厂做机修工。我跟他说起厂里的阿姨，我说化工厂的阿姨都很恐怖的，涂着口红，把瓜子壳随意乱吐，甚至挂在嘴唇上都懒得摘下来。还有阿骚，阿骚叉开腿,男人遇见鬼。我同学说,这算什么,你见识过纺织厂的阿姨吗。我说,没见识过。我同学说,纺织厂的阿姨一开心起来,就把他们机修班的男人按在地上,十七八个女工擒住手脚,扒下裤子,然后把一个报废的齿轮套在男人的鸡鸡上。阿姨用手拨动齿轮,鸡鸡就会竖起来,然后她们放开手,看着男人如何把那个齿轮摘下来。我望着我的同学,问他:"你被她们套过齿轮吗?"他摇了摇头,嘬了一口烟,苍凉地说:"还没有,不过也快了。"

我得罪了倒B以后,他经常到钳工班来探望我。那时候我已经通过了钳工四级考试,名义上还是学徒,但身份已经成为正式工,拿四级工资,还有半奖(相当于平均奖金的一半)。那阵子,我对锉铁块产生了强烈的兴趣,这个活不用动脑子,把大小不一的铁块用锉刀锉成麻将牌,然后就大功告成。这种成品没有任何用途,纯粹是我锉着玩的,浪费国家财产,也浪费我的卡路里。但有一点,它锻炼我的耐心。

倒B跑到钳工班来,看见周围没人,就会站在我身后,长久地看我锉铁块。我这个人有个毛病,不能忍受别人站在我身后看我做事,被他看得心里发毛,我就把锉刀往工作台上哐当一扔,问倒B:"觉得我好看?"

"不要学你师父的流氓样。"倒B很严肃地说。

我说:"觉得他流氓,你就把他抓进去啊。"

每逢这个时候倒B就哑口无言。作为一个安全科的干部,他有很大的权力,可以抓住任何一个违反安全制度的工人,扣别人的奖金。但钳工班是全厂出名的硬骨头班,日寇美帝都见识过,一个绰号叫倒B的人,他怎么可能对钳工班有所作为呢?我们可以在车棚里把他的自行车轮子卸下来,可以在厂门口等着,在他脑袋上敲一棍子，可以揪住他把他扔到厕所里，我们只要不杀了他，就可以对他为所欲为。

倒 B 一直对我说，路小路，你总有一天会落到我手里。我就问他，落到手里又当如何。他也说不出个所以然。有时候他看我看厌了，就转到魏憨歆身边去。魏憨歆是大专生，还在下放期（车间实习期间），看见任何干部都像是看见了黑社会，只能点头说刘刘刘干事（倒 B 姓刘）。倒 B 很满足地绕着他转了一圈，说，小魏，出污泥而不染，很好。我就对倒 B 说："你这个逼一直都说八个字的成语，今天怎么改说六个字的了？"魏憨歆就吓得脸色发白说，刘刘刘干事，路路路路小路不不不关我我我的事。这时倒 B 就拍拍他的肩膀，踱着方步离开了钳工班。事后，魏憨歆会说，路路小路你你不要把我推推推火坑里。我就嘲笑地说，你你你他妈的现在还不在火火火坑里吗。

有一次下班前，倒 B 又踱到了钳工班，那天所有的工人都在。钳工班有个习惯，下班之前无事可干，大家会把自行车推进来，在铁皮房子里一溜摆开，擦车。其中以我师父老牛逼对擦车最是痴迷，他那辆二八凤凰车，永远都是擦得锃亮，显示出了一个钳工的骄傲。老牛逼擦车时候斜着头，双眼眯着，好像是在给自行车做马杀鸡。擦完车子以后，他会端起茶缸，叼一根烟，用一种略带疲倦的眼神看着自行车，好像是性高潮之后的松弛和满足。

我们擦到一半的时候，倒 B 闯了进来。他先是吼了一声："谁让你们上班时候擦车的？"后来发现没人理他，只有歪卵师傅在看他，但又好像不是在看他，歪卵师傅因为是个歪头，所以你也搞不清他到底是不是在看你，而且这个人经常走神，你要让他注意你的唯一办法就是去玩弄他的歪头。倒 B 很生气，他生气的时候想到的不是我，而是魏憨歆。他说："魏憨歆，站起来！"魏憨歆可怜巴巴地站起来说:"刘刘刘干事,我错错错了。"后面有工人大声说:"歪卵,管管你老婆。"

歪卵师傅莫名其妙地问:"谁是我老婆啊?"

后面的人说:"歪卵的老婆当然是倒B,歪卵戳倒B嘛。"歪卵师傅听了这话,破口大骂。倒B更是大怒,问:"谁敢骂我绰号?"没有人理他,周围是发疯一样的笑声。

倒B在一排自行车中找到了德卵,钳工班班长,那个不会说话的红脸大汉。倒B揪着德卵说,要把厂长叫来,整顿班组纪律,尤其是小学徒。德卵涨红了脸,说:"小刘,算了嘛,不要搞大嘛。"倒B说:"不行,上班擦车,严重违反纪律。"德卵无可奈何,只能招呼我们把自行车都收起来。我不得不说,钳工班虽然是个硬骨头班,但班长德卵实在是个脓包,让一个脓包来管理一群滚刀肉,可以说明智,也可以说白痴。

后来我们都收住了笑声,把自行车推到一边。铁皮房子中间只剩下老牛逼一个人,坐在小马扎上,叼着香烟,端详着自行车,他旁若无人地自言自语:"擦好了。再晾一晾。"

倒B说:"老牛逼,你怎么回事?"

老牛逼说:"我擦车水平怎么样?"

倒B说:"不要油腔滑调。"

老牛逼说:"把你老婆叫来,我保证擦得跟这辆车一样干净。"

狂笑,我们狂笑,简直笑疯了。倒B已经忘记自己是个干部,是个知识分子,他对老牛逼骂道:"我擦你老婆我擦你老婆我擦你老婆。"但这微弱的声音被我们的狂笑盖过。老牛逼是个天才,他把知识分子倒B彻底击败,他让知识分子倒B沦落到与钳工对骂脏话的地步,而他本人却巧妙地避免了市井而无聊的漫骂。

后来德卵出来打圆场,他让倒B回科室里去。倒B走了以后,德卵本来想说点什么，结果下班铃声响了，大家跳上自行车一溜烟都消失了。那是钳工班快乐的下午，我们打败了安全科的倒B，虽然他只是一个小干部，连中层都轮不上，但钳工们还是感到了荣誉和自尊。钳工是世界上最有力量的工种，POWER！我跟着他们一起乐昏了头，根本没想到倒B会跑到劳资科去告我的刁状。

九二年的初秋，有那么一段时间，我曾经暗恋过小噘嘴，其实也不是暗恋，而是有点喜欢。她很瘦，有一个尖尖的鼻子，有一张天生噘着的嘴，我在食堂打饭的时候，经常能看到她那根红肠一样的辫子，在脑袋后面晃啊晃的。我仗着自己曾经跟她说过几句话，走过的时候，就用眼睛扫她，但她根本不看我，好像我是空气。像我这样的小伙子用眼风扫一个姑娘，她要是没知觉，那只有两种解释：第一，她假装没知觉，第二，她是白痴。

后来倒B去劳资科告状，他不说自己在钳工班被老牛逼羞辱，说了也没用，全厂被老牛逼羞辱过的人数不胜数。倒B说的是，路小路对他扬着锉刀，非常凶恶。劳资科认为，一个学徒这么凶恶是非常危险的，厂里可以有一个老牛逼，但不能让老牛逼这样的人有繁殖的机会。这事情落到了小噘嘴手里，她把我叫去，让我站在那个炮楼一样的窗口，没头没脸地训我。

小噘嘴具体训了些什么，我全都记不起来了，不是我现在记不起来，而是当时就忘记了。我只记得她问，为什么对刘干事扬刀子。我说，我没刀子啊。小噘嘴说，人家都说你扬着锉刀了。我心想，你这个科室女青年，肯定连锉刀都没见过，那玩意也能算刀啊？但我没法对她解释清楚，的确，锉刀也是刀，就像机床也是床。下次我记得对倒B扬我的拖鞋，那玩意儿抽在脸上比锉刀更疼，而且不算凶器，而且很臭。

我那时候喜欢小噘嘴,后来我就不喜欢她了。训几句也没什么,我不会因为一个姑娘训我而记恨她,但她吓唬我,说要把我送去劳教。我一下子就想起了阿三,厂里可以推荐一个人去劳教,这很吓人,连我堂哥都害怕劳教。劳教和劳改不一样,劳改是判刑,判二十年还有放出来重新做人的机会;劳教就不同了,关进去也不算判刑,但就是不放你出来,你搞不清楚自己还要在里面待多久,希望和绝望掺和在一起,人会发疯。我不可能喜欢一个要送我去劳教的姑娘,哪怕只是嘴上说说而已。假如她说要枪毙我,那还可以当作是调情,但劳教不是调情,劳教没有一点浪漫气息,而是赤裸裸的现实主义。用劳教来威胁我,这起码说明两点:第一,她知道该怎么整我;第二,她确实也可以整我。

那天训我的时候,旁边办公桌后面还坐着一个头发花白的中年人,他一声不吭地看着我,脸上没有一丝表情。我搞不清他是谁,后来有个干部进来打招呼,叫他"胡科长",我才知道,他就是劳资科的科长胡得力。很多人都说起过他,厂里有一句谚语:"上有胡得力,下有老牛逼。"意思就是说,这两个人都不能惹。我当时的感觉,就像是打电子游戏,干掉了倒B和小噘嘴这样的小妖怪,后面终于跳出来一个大 boss,但我已经没血了,随时都可能 Game Over。

我师父老牛逼有一个女儿,叫阿英,三十多岁一直没结婚。这个老姑娘长得很奇怪,粗脖子,窄脸蛋,乍看以为是个甲亢患者。说起来是我的师姐,其实我和她不怎么熟,照老牛逼的审美标准,他的女儿就是一个不折不扣的老虎。

阿英也在化工厂上班,工种不错,管污水处理的。几个游泳池一样大的污水池子,每天把药粉药水撒到污水里,使其中的有毒成分分解掉，然后就把污水放到河里去。这个工作很轻松，也没人来查她的工作质量，她要高兴了就把污水直接放到河里去，反正我们厂边上那条河，已经臭得连蚊子都找不到一个了。

老牛逼有一辆二八凤凰自行车，后来社会上开始流行助动车，最早最土的那一种，就是在自行车后轮装个发动机，自行车立刻跑出摩托车的速度。这种车子非常危险，跑得太快，轮子会飞出去，像我曾经在白蓝面前摔过的一样，但肯定不只是把下巴摔破，搞不好会把整个下颚摔飞掉。老牛逼是全厂头号钳工，技术出众，他率先把自己的自行车改装成助动车，非常威风。该车冒着黑烟，发出轰炸机一样的怪叫，老牛逼就成了个暴走族，在一片黑烟之中呼啸而去。我师姐阿英起初是骑自行车上班的，后来她觉得老牛逼这辆车太扎眼了，具有明星效应，非常适合她这个老姑娘出去招摇，她就让老牛逼载着她上下班。那时候我们经常看见老牛逼在街道上飙车，六十岁的人了，开起车来大呼小叫，后面还驮着个女的，看起来很风流其实是他女儿。他还特地戴一副墨镜，斜背一个人造革的书包，搞得自己活像是公路电影里的小混混。那辆车我也开过，速度太快，而且坐垫位置极高，本身又只是靠钢丝和三角架撑着的（根本就是自行车），我在厂里骑了半圈，就觉得心脏受不了，连刹车都不敢捏，怕自己飞出去。

厂门口那座桥，每天早上会成为菜市场，郊区的菜农挑着蔬菜到这里来摆摊，挤得满满登登的。这时，老牛逼出现了，他骑着土摩托横冲直撞。只要听见那辆车的尖啸，所有的菜农都会挑起担子撒腿狂奔，并且高喊："不好啦土匪车子又来啦！"这种场面让老牛逼威风到了极点。可惜，那车子不给他长脸，开了没多久，发动机出了故障，此后经常坏掉，于是你就能看见老牛逼踩着一辆带发动机的重型自行车上班，非常辛苦，后座还有一个三十多岁的婆娘对着他破口大骂。

老牛逼对我说，他退休以后要开着这个车子去周游全国。我就赞叹地说，师父，照你这个车速，一个礼拜就能周游全国。我知道这是他的梦想，人人都有梦想，我也想周游全国乃至全世界，当然，不是开这种土摩托，磕上个小石子就能把自己蹦到美国去。

老牛逼造了这车之后，几经技术改造，终于可以有排挡了，五级车速，除了倒车不行，基本上可以和桑塔纳媲美。他还在车龙头上装了一块透明有机板，权当是挡风玻璃，还装了一个会哗哗叫的电喇叭。其实喇叭纯属多余，他一直没解决这车的噪音问题。但是，从外观上，这车子看起来还真是有点威风劲，他甚至计划把两辆自行车拼装成一辆三轮土摩托，只剩下车轴的问题还没解决，后来说改造成本实在太高，还是两个轮子比较实惠。再后来，他把土摩托技术推广到全厂，很多人都来找他改装自行车，每辆车收三百块钱的安装费，设备零件自理。厂里人开着这种车子到处闯祸，先是管工班的老徐把锁骨撞断了，再是糖精车间的张胖子飞到河里去了，还有钳工班的石卯一头扎进了民房。最后，地段上的派出所把老牛逼请去，勒令他停止这种祸国殃民的行为，罚了两千块钱，又说他是无证摊贩，把他的车摊也连锅端走了。

老牛逼和我之间是有感情的，但不是师徒感情，而是流氓无产者之间的感情。我从他那里什么都没学到，水泵也修不了，自行车也装不上去，但我总算知道该怎么做一个工人了，这很重要。连老牛逼都说，在厂里都混不好的人，出去只能饿死。后来他车摊被没收了，挣来的那点钱也全赔了进去，他非常懊恼，从前的自负化为云烟。他揪住我，很不要脸地说："小路，我把我的助动车改造技术转让给你吧，就收你两千块，你半个月就能收回本钱。"我很遗憾地告诉他："师父，你可别忘了，我连自行车都不会修。"

我去过老牛逼家里，猪尾巴巷，沿河的平房。戴城有很多河，所谓沿河的房子不是建在河滩上，而是用石桩打进河里作为地基，房子就造在河上。前门是用来出入的，后门则直接对着河，放下一个吊桶就能从河里打水。所谓"人家尽枕河"，枕字用得贴切。那时候出过一档子事，有户人家进来一个小偷，恰好被房主人撞见，房主堵着大门，高喊拿贼。小偷是个外地人，不知道这种房子的特点，拉开后门就往外跑，结果直接扎进了河里。对面的人说，只看见一道影子腾空跃下，划出一道弧线，优美而壮观。恰好一艘货船开过，小偷吧唧一声摔在船上，抱着腿大哭，估计是胫骨折断了。然后过来几个船民，把他捆了捆就塞到船舱里去了。众所周知，货船去往遥远的苏北、安徽，那些船民无比剽悍，落到他们手里就自认倒霉吧。

老牛逼的家，外面是一间低矮的厨房，里面是两间平房，一间归他和他老婆，另一间归我师姐阿英。河水散发着腐臭味和柴油味，飘进房间里，伴随着货船上的马达轰鸣，在这种地方住久了，会变得脾气暴躁，动不动就想打人，而且内分泌失调。他们一家就生活在这里，老牛逼无处可去，阿英无人可嫁。

那年秋天下大雨，连下十二天，河水暴涨，货船就在他家窗口开过。有一天晚上，老牛逼全家都睡着了，有一艘外地货船上的船老大喝醉了酒，把船横着开。酒后驾车是违章，酒后开船是没人管的。那船一头撞进了老牛逼的卧室，顿时墙倒壁坍，电视机电冰箱全都掉进了河里。

老牛逼正在睡梦中，忽然被大船从床上掀了下去，他睁开眼发现自己家里破了个大洞，洞口戳着一个巨大的船头。这很像一个噩梦，像他这样一个人，本来不应该遭遇到这么恐怖的事情。更该死的是，那个喝醉的船老大不但不求饶，还从破洞里伸进个脑袋冲着他笑，喷出一股酒气。我师姐阿英穿着汗衫短裤跑过来，看见这个场面，吓得尖叫。船老大看见一个露胳膊露腿的女人，因为天黑，加上他也喝醉了，所以没发现这是个丑婆娘，只顾着看她的胳膊大腿。老牛逼跳起来，抄起一把凳子，把那个笑嘻嘻的脑袋砸到了河里。后来从船上跳进来三五条大汉，也都醉了，手里拎着竹篙，竹篙前端包着铁皮，可以当长矛使唤。老牛逼被一篙子捅在嘴巴上，折掉了四个门牙。这还算运气，要是往他身上扎，那就是一个透明窟窿。他返身撒腿就跑，在门槛上绊了一跤，直撅撅地摔在地上。

那几个船民到了码头上（其实是老牛逼的卧室），异常地兴奋，先是把他卧室里剩余的家产都砸了，然后抱着我师姐要非礼。我师姐阿英是出了名的老虎，虽然嫁不出去，但也不至于让流氓船民占了这个便宜。她飞起一脚，踢爆了其中一位的睾丸，又在另外一个人的肩膀上猛咬，把肱二头肌硬生生地咬下来一块。船民大怒，一拳揍在她眼睛上，然后抄起篙子要捅她，但屋子又小又矮，那么长的竹篙要掉过头来扎人，实在不易。趁着这个机会，阿英挣脱魔爪，大呼救命，把周围的邻居都喊了起来。整条街坊的人都恨透了这伙开货船的，奈何平时抓不到他们，这次终于逮住几个，而且还是流氓强奸犯，于是一哄而上，趁着天黑，没头没脸地打上去，一直打到派出所的警车开来。

老牛逼的家，在这场混斗中被夷为平地，仅有的几件家用电器全都掉进了河里，损失相当惨重。他本人被送进了医院，四个门牙是保不住了，还摔断了两根肋骨。我师姐则被盛传遭到船夫的强暴，又说她踢坏了人家的睾丸，咬伤了人家的胳膊。化工厂的人照例以讹传讹，说她一口把人家睾丸咬下来了，而且嚼巴嚼巴生吞了下去。

在这场恶斗中,关于我师母,也就是老牛逼的老婆,始终没有出场。因为她在大船撞进房子的时候就吓昏过去了,等她醒过来,发现家里已经成为了一堆瓦砾,她再次昏了过去。

事后,我拎着一袋苹果去医院探望老牛逼,我看见阿英站在病房门口,跟一个护士打架。她本人左眼乌青,这是被船夫打的,但这并不妨碍她打护士。她揪住小护士的头发,从脚上摘下拖鞋,玩命地照着人家头上打。护士尖叫,大哭,围观的病人则拍手叫好。我看到这情景,就断定师姐没有像传说中那样遭到强暴。一个被强暴过的女人还能这么凶悍吗?我扑上去,拦腰抱住我师姐,把她整个抱离了地面。她总算撒手了,小护士像一辆救护车,呜哇乱叫地迅速消失在我眼前,只剩下阿英张牙舞爪在半空中挥舞着她的拖鞋。那伙看热闹的病人都夸我:"小伙子,有手段!"我心想,你们知道个鸟,老子这是冒了多大的风险啊。要知道,我师姐发起狂来,六亲不认,劝架的人很可能被她误伤,她在厂里打架从来没有人敢去劝的,都是等她打得筋疲力尽,才把她拦腰抱走。像我这样,在她最疯狂的时候去抱她,很可能像那个船夫一样,被她踢成一个太监。

我把她抱进病房,她才算消停一点。老牛逼平躺在床上,张着无牙的嘴巴,对我呵呵地笑。我问他什么,他也不说,指了指自己的嘴,只是笑,像个白痴。阿英说:"他没傻,就是说话漏风,所以他就不肯说话啦。"我问她,怎么跟护士打了起来。她说:"小贱货说要把他换到大病房去,八个人一间。我能不打她吗?"

老牛逼不肯说话,我就听阿英重述了那晚的混战。她把自己说得无比英勇,一口咬住别人的肩膀,一脚踢飞别人的卵泡。我心想,你要是知道外面的谣言,说你活吞了人鞭,大概就没这得意了。后来,我想起自己带来的那袋苹果,刚才劝架的时候被我放在走廊里了。我回到走廊里去找，发现几个吊着胳膊、打着石膏的病人，每人手里拿着个苹果，正在那里啃呢，还他妈笑嘻嘻地看着我。我想，这都是些什么人啊？

还有那个护士。我离开病房的时候，经过护士值班室，看见她在里面哭，好几个护士围在她身边安慰她。我挺喜欢护士的，她们穿着白大褂的样子很干净，不像我，一身不蓝不绿的工作服，脏得像个泥猴。我凑过去看她，按理说，我是把她从魔爪中解救出来的人，无论如何，她应该感谢我一下，我也没指望她扑到我胸口低声抽泣。结果，那伙护士不约而同地指着我的鼻子，说："滚！滚出去！你们这伙糖精厂的流氓！"

于是我落荒而逃。我看出来了，这他妈根本不是骨科病房，而是疯人院。

老牛逼住院以后，我独自去卸水泵。这个活，我已经轻车熟路，不需要他陪着了。有一天我在干活，工会的徐大屁眼来找我，对我说："路小路，下午一起去医院。"

我问他："去干吗？"

徐大屁眼说："去送你师父。"

我说："他死了吗？"

徐大屁眼说："放屁。送他光荣退休。"

下午，我坐在一辆卡车后面，十来个青工哐哐地敲锣打鼓，车子一直开到了医院门口。那时候退休都这样，锣鼓喧天，热闹非凡。这就是说，在锣鼓声中，你一生的雄绩伟业都结束了，即使是老牛逼，曾经打过车间主任，调戏过姿色阿姨，也只能接受这种事实，从此做一个天天打麻将的糟老头，一直到死为止。

那天我没有敲锣，工会干部让我捧着一个镜框，里面是老牛逼光荣退休的证书,像是一张奖状。我捧着它走进医院,仿佛是捧着老牛逼的遗像。别人都很喜庆,唯独我神色哀恸,假如我的内心也是一个世界,老牛逼就是这么死在了我的世界中。那天天气晴朗,万里无云,正是他六十周岁的生日。

九二年的秋天发生了很多事,我都记不得了,记忆中的一切都是灰蒙蒙的,好像一部默片,有一些鬼影子一样的人出现在银幕上。时间其实是很公平的,经过时间,你所爱的人,所恨的人,都会变成鬼影子,在记忆中毫无理由地走来走去。

以往总是春天发大水,那年秋天竟然连下了十二天的大雨,河水涨起来,导致老牛逼家里戳进了货船。在此之前,工厂里也被水淹没了。糖精厂的地势比较低,一旦河水涨过某个位置,阴沟里的水就会倒灌上来,好像喷泉一样。这水又脏又臭,假如你有兴趣尝尝,会发现它是甜辣的,甜的是糖精,辣的我也不知道,可能是甲醛,可能是化肥。这都是糖精厂往河里排放污水的后果,污水倒灌就成为每年的法定节假日。

在涨水的季节里,街道也被河水覆盖,水退下去之后,有一层黑色的泥浆留在道路上。有时候也会有鱼从河里游进厂里来,我在工厂里曾经抓到过一条一尺来长的鲢鱼,但老牛逼说这不是河里的鱼,是从乡下鱼塘里逃出来的,化工厂附近是不会有鱼的,只有无穷无尽的耗子。老牛逼说,这鱼也吃不得,都是受了污染的东西。我决定不相信他一次,拿回家一烧,烧出一股火油味道,连野猫都不肯吃。

每逢此时,厂里就停产放假。工人都回家去了,干部们则留下那么几个值班。车间外围垒起草包和蛇皮袋,里面放几个水泵,日夜不停地往外抽水。

在这个所有工人的节日里，钳工却得轮流值班，因为水泵在工作，我们得时时监控那些水泵，及时排除故障。那天轮到德卵和老牛逼值班，当然，作为他们的徒弟，我和魏懿歆也得陪着他们。我们坐在钳工班的桌子上打牌，头上是雨水，脚下是臭水。魏懿歆的牌技是我们四个人之中最好的，这人虽然是个结巴，记性却好得出奇，什么牌都能记得住。后来老牛逼建议我们赌钱，对此魏懿歆也表示同意，我当然就更不可能示弱了。开了赌局之后，魏懿歆一路狂输，脸都输青了。照厂里的规矩，赢钱的人做东请客，我们三个都赢了，就凑钱给魏懿歆买冰棍吃。德卵说，他去买冰棍。德卵是一个很勤劳的人，平时干活都抢着干那些又脏又累的，所以他才能当上班组长。他穿着拖鞋出去的时候，老牛逼说："当心别踩着电线啊，把你电死。"德卵说电闸都拉下来了，没问题的。

德卵回来时，手里捧着几根冰棍，脸色发白，两腿打飘。我们发现他小腿上不知被什么利器划开了，一条半尺多长的口子，正在往外淌血。老牛逼说，必须马上送医务室包扎，但不知道白医生在不在。我们三个抬着德卵，蹚着臭水，来到医务室楼下，看见那扇窗开着，我喊道："白医生！白医生！"白蓝从那窗口探出脑袋，看见是我，就问："你又怎么啦？"我很开心地说："不是我，这次是德卵。"

我们把德卵抬上楼，白蓝只看了一眼，就说送医院吧。这节骨眼上魏懿歆忽然摔倒了，他脸色发白，身上出虚汗，倒下去之前还没忘记对我说了一句："路小路，我晕血了。"

晕血是一件很奇怪的事，好端端的人看见鲜血就会像羊癫风一样倒下去，无论淑女还是壮汉，都有可能。比如说，我见过管工班的王猴子打架，他抓起一块烧红的煤球就按到了人家脸上（他自己戴着皮手套），这种打架不是小混混斗殴，而是旧社会的流氓土匪。

据他自己吹嘘，他还用砖头拍过孕妇的脑袋，我们都吓得要死，不敢惹他。后来厂里体检，大家排队抽血，王猴子看见那些抽满鲜血的针管就躺在了地上，周围人都快笑死了。从这个事情上我也得出了个教训，一个人是不是晕血，和他是不是残暴，没有太大的关系。假如有人对你说，他看见鲜血很害怕，这并不代表他不会把烧红的煤球按到你脸上。

魏懿歆倒在医务室，老牛逼气坏了，用拖鞋在他脸上踩了好几脚。魏懿歆一点反应都没有，连哼哼都没有，我们只好把他架到妇检椅上躺着，没办法，体检床被德卵占了。白蓝对老牛逼这种残暴的行为很不满意。老牛逼说："这个狗东西，关键时刻一贯装死，难怪他考上大学了。"

白蓝说，魏懿歆问题不大，德卵正好相反，问题很大，一定要送医院急救。她用一卷纱布绑住德卵的小腿，纱布立即被血染红了。白蓝指了指我，问："路小路，你怎么样？"

"我啊？"

"愣什么愣？赶紧背人啊！"

我看了看老牛逼，老牛逼说："别看了，今天停产，起重工都回家休息去了。"

我打电话给驾驶班，叫车。驾驶班的司机说，别指望了，厂里的车子排气管都进水了，一辆都开不动，唯一没进水的是一辆十吨大卡车。他冷冷地说："就这辆十吨卡车了，你要想玩的话，你自己把它开走好了。"我对着电话骂，去你妈的。后来我在楼下找到了一辆三轮车，白蓝和德卵都上了车，白蓝把自己的雨衣盖在德卵身上。老牛逼也要上车，我说师父你要上来的话，这车就该塌了。白蓝对老牛逼说："你还是在这里照顾魏懿歆吧，把他工作服脱下来透透气就好了。你去医院也是白搭。"

我们走了以后，老牛逼就在医务室里照顾魏懿欹。后来，据魏懿欹说，老牛逼这个浑蛋非常变态，他大概也是第一次看见那个妇检椅，觉得很好玩，就把魏懿欹的上衣扒了，把他两条腿放在了托架上。老牛逼就坐在边上，一边抽烟一边欣赏着。厂里的值班干部听说有情况，跑到医务室来询问，就看见魏懿欹光着膀子叉开双腿躺在那里。干部说，简直不堪入目！

那天我骑着三轮车在街上飞驰，水很深，三轮活像一辆冲锋艇。我对白蓝说："你坐稳点，我看不清路面，别把你给掀下去了。"

白蓝说："屁话少说，你要是敢骑慢了，我就把你掀下去。"后来她又说："你还是小心自己吧，别再把下巴摔破了。"她说这话的时候，我只顾闷头骑车，也不知道她是不是在笑。

有时候我会回忆起这一幕，漫天大雨，街上一个人都没有，河里也没船，只有我们的三轮车哗哗地驶过。我回忆起这件事的时候，会提醒自己，这是发生在九二年的事，但与此同时我又很困惑地感到，这是在一个更遥远的年代发生的事。假如说这是洪荒时代，假如说这是诺亚方舟，那么，我爱上白蓝也是顺理成章的事，因为我无人可爱，只能爱爱她。但她不这么想，她只想救德卵。我很想告诉她，其实我真的无人可爱，因此而爱她，这种爱是不是会廉价呢？还是更值得回忆呢？

我骑到医院已经不行了，腿肚子打颤，腰像断了一样。还有一点我没说，那车子太破，坐垫好像是铁做的，我的会阴部位受不了，再骑下去，我很可能像女人来月经一样，把自己的短裤上弄得全是血。

医院里也是静悄悄的，急诊室门口徘徊着几条人影。那所医院离化工厂最近，但极其破旧，急诊室居然没有坡道，三轮车上不去，没办法，我只能把德卵扶下来。那时他已经休克了，嘴唇发白，哈喇子挂在下巴上。白蓝把他架到我背上，我背他进急诊室。我对白蓝说，我怎么觉得德卵这么沉呢，我奶奶说过，死人才会变得很沉的，是不是德卵要死掉了，我可不想让他死在我的背上。白蓝在我耳朵边上吼道："你要不想让他死就跑得再快一点吧！"

后来把德卵送进去，白蓝也跟着进去了，我独自坐在急诊室外的台阶上喘气，德卵是个九十公斤重的胖子，我觉得自己的心脏都快要裂开了。过了一会儿，白蓝从里面走出来，她坐在我身边。我穿的是工作服，白蓝穿着一件米色的衬衫，我们两个都被雨淋得湿透，所不同的是，我像一只下水道里爬出来的老鼠，而白蓝像一个三版女郎，衬衫贴在身体上，里面的胸罩是白色的，至于三围什么的，不说也罢。

我从口袋里拿出烟，满满一盒烟全都潮了。白蓝冒雨跑到门口的小卖部，买了一包烟，一个塑料打火机，再冒雨跑回来。我坐在台阶上像一个衰老的色狼，无力地看着她衣服贴在身上的样子。她从烟盒里拍出一根香烟，非常老练地叼在嘴上，然后把剩下的全都扔给了我。她继续坐在我身边。

我问她："你也抽烟啊？"

"不常抽，解解闷。"她说。

"德卵怎么样？"

"在抢救，应该没事。"她用下巴指了指我手上的打火机，说，"不知道给女士点烟吗？"

我顺从地给她点上烟。她深吸了一口，从嘴唇缝隙里吐出细细的一缕烟气。我说，不好意思，我一个钳工学徒，也不知道什么叫 lady first，只知道走路要给 lady 让道，妈的，马路上那么多 lady，我要是都给她们让道，我自己别走路啦。白蓝歪过头来看我，她说，路小路，你还挺有意思的。我问她，什么是挺有意思。她说，就是说,一个钳工还能知道 lady first,这已经很不简单了。

那天她还拍了拍我的后枕骨,说:"路小路,好险啊,就差一点,赵崇德就死了。"我问她,怎么德卵如此怂包,腿上划了道口子就要完蛋。白蓝说:"失血过多,你怎么这点医学常识都没有啊?哦,我忘记了,你是钳工。"

我们说起一些死人的事情。我说,我堂哥有个朋友,出去打架,被人用刀子在大腿上扎了一下,扎穿了动脉,很快就死了。这大概就是她说的失血过多。上安全教育课的时候,我见过一墙壁的死人照片,全都死得很容易。倒 B 说这是概率,在我看来,就是运气嘛,运气好的连杀人都逮不住他,运气差的,腿上划了一道口子就完蛋。

白蓝说:"你的运气很好啊,脑袋撞到水泵上都没什么事,还把那坏掉的水泵给撞好了。"她说完就笑。我的后脑勺被她拍得很舒服,当时我想,医生就是医生,拍起人来不轻也不重,真他妈的像是练过的,要是永远被她这么拍着就好了。

过了一会儿,里面出来一个医生,让白蓝在一张表单上签字,她掉头去应付医生,就不再跟我说话了。我独自坐在外面,觉得冷得要死,我把工作服和衬衫脱下来绞干了,光着膀子,一根接一根地抽烟。

大约半个小时以后,厂里来了一辆面包车,车上跳下来两个干部。我看见这辆车,真是气疯了,开车的是司机班的曹师傅,我隔着车窗冲他大喊:"老曹,刚才谁他妈接的电话?不是说只有十吨卡车的吗?"

曹师傅叼着香烟,笑嘻嘻地对我喊:"关我屁事啊!"

我盯着他的脸,很想扑过去揍他一顿,但我筋疲力尽,已经打不动人了,只能用眼睛表示愤怒。其实我也不敢打他,曹师傅是司机班的老大哥,和老牛逼一样是资深流氓无产者,徒子徒孙多如牛毛,这样的人我惹不起,他平时给厂长开车,打坏了他,厂长也不能放过我。看见曹师傅,我就觉得钳工根本算不上什么东西,司机才是工人之中的贵族。

两个干部下车,径自往急诊室走。我以为他们会问问我情况,甚至表扬我一下,但他们好像根本没看见我。我跳上面包车,给曹师傅发了一根香烟,蜷在后座倒头就睡。我睡得很沉,做了一些梦,去了一些地方,后来我觉得有人在推我,以为是我妈,就喊了一声妈。从那昏沉世界之外的天际传来了笑声,我睁开眼睛,看见了白蓝。

我坐起来,呆头呆脑地看着她。天幕黯淡,雨还在下,我睡了整整一个下午,整个世界都被我睡颠倒了。我在一个颠倒的时空里看着她,我在我所有破碎的意识中看着她。她脸色绯红,并不是因为害羞,而是发烧了。

面包车的发动机抖动着,两个干部坐在前面,只能看到他们的后脑勺。

我问她:"回去了吗?"

白蓝点头说:"现在回去。赵崇德已经没有危险了。"

我说:"那就好。"

白蓝用非常非常非常温柔的语气对我说:"路小路,三轮车还在医院门口。你得把它骑回厂里去。"

第 五 章

白 蓝

回忆白蓝的医务室，那是一幢红砖砌成的二层小楼，离劳资科那幢办公大楼有两百米远。医务室在二楼走廊的尽头，去那里，必须经过工会，经过团支部，经过图书馆，经过计生办。在那间屋子里，只有白蓝一个人。

那幢楼被厂里人称为"小红楼"，这个词后来变成腐化堕落干部的代名词，九十年代初还没有这种说法，大家以为腐化就是贪污钱财、轧姘头、走后门拉关系这些简单的事，轧姘头最多也就轧一个。这说明人们没什么想象力，日子过得苦哈哈的人，也就只能想到这个地步了。

小红楼造于五十年代，过去是厂办公室，后来不够用了，才造了五层办公大楼。这幢四十年历史的小楼造得并不考究，水泥地板，走廊的光线很差，但它非常结实，这也是那个年代的建筑物共同的特点，防震，防水，还防炸。墙体上隐约能看到早年的标语，用石灰刷的硕大的黑体字"工人阶级领导……"，后面的字就认不出来了。这种标语我在我爸爸厂里也见过，后面两个字应该是"一切"，所谓一切，其实是个虚指，等于什么也没领导。我也曾经琢磨过这个问题，看看我身边的工人，老牛逼，歪卵，以及所有的姿色阿姨们，都什么歪瓜裂枣，让他们去领导一切，简直是个笑话。我也是个工人，我自知领导不了一切，连一切的零头都没戏。二十岁那年，我接受一切的领导，剩下的时间就站在小红楼下面，看着医务室的窗口发呆。

我打听过白蓝，从工人圈子里得到的小道消息，说她是北京一所医科大学的，也不知为什么，被学校开除了，只能回到戴城，在糖精厂里做一个厂医。厂里关于她的谣言很少，因为她不爱跟人说话，也不搞男女关系。她二十三岁，长得也漂亮，按理说，这样的姑娘应该谈恋爱，至少被一群小伙子包围着，厂里也不是没有这种事，比如小噘嘴，她身边永远有几个科室男青年跟着，替她打饭，陪她聊天，从来不会让她孤单。她要是孤身一人的话，那肯定是去上厕所。这就是所谓的护花使者吧。但白蓝身边没有这样的人，她是冷清而傲慢的，平时躲在医务室里看书，中午打饭就让图书馆的海燕替她随便带一点吃的，她也从来不去厂里的澡堂洗澡，一下班就骑上她的飞鸽回家了。她就是那个样子，仿佛一个嫁接过来的果实，在无花无果的季节，独自挂在那幢昏暗的小楼上。她几乎被工厂遗忘，像我这样又不吃药打针又不做妇科检查的学徒，本来不该认识她，但是，老天爷非要把我的头砸开，这也没办法。

她在医务室几乎没有什么工作可干，每年的妇检都是计生办请医生过来做的，不用她亲自动手。平时她就管些最常见的药，感冒通板蓝根黄连素什么的，这种药众所周知，都很便宜，她所要保证的只是别把过期药配发给稀里糊涂的工人们。当然，她还负担一个责任，就是给厂里的工人做急救，比方说我和德卵这种倒霉蛋。但是，此类工作也纯属偶然，半死的人交到她手里，真要弄死了也不能怪她，她自己大学都没毕业，也不知道是怎么混进厂里来的。

我爸爸说过，厂医是最不能相信的。这种人很难伺候，你需要他们做医生的时候，他们就说自己是工人，你真要把他们当工人使唤，他们又说自己是医生。两头占便宜的人最不能交往，这是我的经验。他们农药厂的厂医是个老头，以前做赤脚医生的，医术很差，胆子更小，曾经有女工被硫酸溅到胸口，送到医务室，按说应该把衣服扒开，用自来水冲。老头明知道急救措施，偏偏就是不肯扒衣服，他看着女工的胸部拼命搓手。在那一瞬间，他并没有感到自己是个医生，而是他妈的 man，并且是个道德正派的 man。这事情在农药新村人人都知道，连最没有文化的老太太都说，这根本不是医生，而是吃狗屎的。

与之相比，我遇上白蓝完全是运气，她不但在医务室把我的衣服扒了下来，还用听诊器在我胸口挪来挪去，后来我们熟了，她还给我提过很多饮食方面的建议，她甚至预言我在三十岁以后会变成一个啤酒肚，让我少吃点猪下水和可乐。假如你认为这是一个医生应该做的，那就大错特错，她只是个厂医，厂医应该是农药厂的老头那样，只要道德正派，随便谁死了都跟他没关系。

厂里的水退去之后，我去上班，看见医务室的窗子关着，我知道她不在，但不死心，还是上去看看。医务室的门关着。隔壁图书馆的海燕告诉我，白蓝发烧了，一直在家休息。我悻悻地往回走，在黑暗的走廊里，点起一根烟。我想起她抽烟的样子，细细的一缕烟从嘴里吐出来，不像我这样，总是从鼻孔里往外肆无忌惮地喷烟，搞得自己好像是喷气式飞机。她这种抽烟的姿势很好看，并且她还教我给女士点烟。若干年以后，我在饭局上，凡有女士把香烟叼在嘴里，我必定会在同一时间送上一朵温馨的火苗，搞得人家很感动，但我在其他方面的表现很差，上楼下楼应该走在女士的前面还是后面，我他妈永远搞不清楚。事实证明我不是个绅士，只是在点烟这件事上条件反射而已。

有一天我在河边的泵房独自拆水泵,那地方脏得要命,还闹耗子。化工厂附近的耗子无人敢惹,都是吃猪下水长大的,身材肥硕,看见人都懒得逃窜。我把那水泵拆下来之后,横穿马路,回到厂里,结果在厂门口遇到了白蓝。她脸色不错,本来应该寒暄几句,但那天我的心情很糟糕,一是因为我师父老牛逼退休了,二是因为耗子。

她看见我,对我说:"路小路,你怎么搞得这么脏?"

我回了她一句:"钳工不脏,那还是钳工吗?"我说完不再理她,拎着那个破水泵,灰头土脸往钳工班的方向走。白蓝说:"路小路,你过来,我有话跟你说。"我就拎着水泵走到她身边。她说:"中午你到我这里来一趟。"

中午我早早地吃完了午饭,并且换了一身工作服。我有两套工作服,本来应该换洗的,但我从来不换,也不洗,一套脏得像抹布,另一套则崭新如初。我穿着新工作服去医务室,心情稍微好一点了。

她独自在医务室,盘腿坐在体检床上看书,见我进来,便趿着鞋子下来。我问她,找我何事。她说:"我还问你呢,听说你来找过我?"我说:"也没什么事,过来看看你。德卵怎么样了?"

"已经出院了。"她皱着眉头说,"你不要老是叫人家绰号,很难听。"

"连厂长都有绰号。这又不稀奇的。"我说。

"那你有绰号吗?"

"有啊,我叫神头。"

她听了哈哈大笑。我却不觉得有什么好笑的。后来她说,路小路,不说废话了,你帮我做一件事。我问她什么事。她说,也不是什么事,只要在那里坐着就可以了,随便什么人进来,都不要动,也不用说话。我说:"这可不行,要是劳资科长胡得力跑进来,看见我这样,他会扣我奖金的。"白蓝似笑非笑地叹了口气说:"好吧,不是胡得力,是食堂里的秦阿姨。"

一说秦阿姨,我就知道是怎么回事了。我们厂的食堂有一位胖阿姨,专门负责卖荤菜的,姓秦。她有一张红扑扑的脸蛋,比小姑娘还鲜艳,老远看上去好像是个唱二人转的。她每天站在食堂的荤菜窗口,既负责管理那些排骨肉丸红烧鱼片,同时也观察厂里的每一张脸。然后,她像所有无聊的中年妇女一样,专门给人介绍对象,也就是做媒婆。据说做媒婆会上瘾,一天不干这个,浑身上下都不舒服。秦阿姨致力于单身男女的开发工作,第一件事,先问你有没有对象,假如没有,她就开始掐着手指仰望天上的白云,嘴里还嘀咕着什么,好像是在对着老天爷念咒语,老天爷将从云层里扔下一个对象给你。然后她会忽然说,啊呀,某某车间的某某某你认识吗,你放心,包在我身上了。这是硬撮型的,还有代理型的,比如你看上了厂里的谁,就托秦阿姨去说合。秦阿姨做这种事情不但分文不收,而且还倒贴,你要是接受她的撮合,或者是委托她去说合,她就会在你的搪瓷饭盆里放上超级大的排骨,或者超级大的肉丸子。

据说秦阿姨还很认真,她从来不瞎撮合,比如说,科室男青年配化验室女青年,白班男青工配姿色中上的三班女青工,三班男青工配姿色中下的三班女青工,老光棍配寡妇,歪脖子配斜眼,就这么个配法。其实这也很科学,和博士娶硕士、硕士娶本科是一个道理。并且,秦阿姨有一种练达的人情世故,她对那些长相不错的姑娘小伙都抱有特殊的好感,好像是优质产品,但她不会去撮合这些人,她会给这些优质品介绍一个长相平庸、家底殷实的对象。照她的说法,这叫荤素搭配法。秦阿姨非常反对的就是我这样的,一个钳工学徒,垂涎于科室女青年,根本就是痴心妄想。假如我托她去给我说合说合小噘嘴,她最后一定会给我拉一个又有钱又难看的小丫头，并且，其有钱程度和难看程度成正比。

秦阿姨撮人，有一种不可置疑的力量。要是拒绝这种撮合，那你就完蛋了，那最小的排骨，那隔夜的肉丸子，都会出现在你的饭盆里。

那天我一听秦阿姨要来，就恭喜白蓝。我问她："给你撮的是谁啊？"

白蓝说："好像是宣传科的小毕。"

我不认识宣传科的小毕，我说："噢，就是画黑板报的啊。"

白蓝说："不要乱讲，宣传科不只是画黑板报。"

"但我只看见过他们画黑板报。"我顿了顿，故意问她，"那我应该走开才对啊，何必在这里做电灯泡呢？"

"她缠了我很久，我烦她，又不好意思赶她走。你在这里坐一会儿，她觉得没劲了，就会走了。"

"秦阿姨可没这么简单，她会一次又一次地来撮合的。"

"我就烦这个，没完没了。"

"顺便问问，这次是秦阿姨硬撮，还是小毕看上你了？"

白蓝脸上红了红，低声说："小毕。"

我盘腿坐在体检床上，一双臭脚暴露在空气里，白蓝说我的鞋子有问题，会弄出脚气。当时我穿的是一双真皮运动鞋，说是真皮，其实是他妈的人造革，地摊上买的，根本不透气。我说这也没办法，贵的鞋子我买不起，而且也不适合穿着去拆水泵。白蓝问，厂里不是发劳动皮鞋了吗。我说这就别提了，那种劳动皮鞋穿在脚上，一天的工夫，就把袜子磨得前穿后破，我都赔进去十几双袜子了，工人师傅都是赤脚穿劳动皮鞋，我不行，我脚嫩。白蓝皱着眉头说："也好，但愿能把秦阿姨熏跑。"

后来秦阿姨真的来了，她那两坨青春红非常的醒目，她后面还跟着一个人，高个子，白净脸，戴着一副眼镜。我猜这就是小毕，果然没错，我可没想到秦阿姨会把小毕也带来。那天因为有我在场，秦阿姨的声音压得非常轻，好像是地下党接头。白蓝也压低了声音，我听不清他们说些什么。倒是小毕，在屋子里随便走了一圈，打量打量医务室的摆设，眼睛扫过我，嘴角微微上翘，看起来是在笑，其实没有任何表情。

他和白蓝之间的对话是这样的：

"你好，我是小毕。毕国强。"

"你好，我是白蓝。"

"我还是第一次来医务室。"

"是吗？"

"经常看见你。"

"我倒不经常看见你。"

"因为我不常生病嘛。呵呵呵。"

"呵呵呵。"

"我进厂没多久。我是化工职大毕业的。你呢？"

"呵呵呵。"

"这里环境不错。"

"呵呵呵。"

趁着这个工夫，秦阿姨走到我身边，她先是看了我几眼，打算把我看毛了。一般来说，秦阿姨用这种目光看着你，就意味着你喜事上门了，不毛才怪。但我既然受了白蓝的委托，就得硬撑着。秦阿姨问我："路小路，你在这里干什么？"

我说："复查。"

"查什么？"

"脑袋啊。上次撞在水泵上，到现在还经常犯晕。"

"噢。"秦阿姨若有所思地点了点头,"是你的脚臭吧?太厉害了。"

"我现在什么都闻不出来,我脑子撞坏了。"

秦阿姨同情地看着我,说:"等你康复了,我给你介绍个女朋友。不过你还得把脚臭治好,用生姜水泡脚,不然只能给你介绍一个有口臭的女朋友了。"

我操,我一听这话,实在憋不住,哈哈大笑起来。秦阿姨你太可爱了,脚臭配口臭,我输给你。这种配对法简直是在做水稻杂交试验,我生出来的小孩可能是个脚臭与口臭的双料冠军,到时候拜托你给他找个腋臭的配偶吧。等我的孙子出生,他就是一个生化武器。

我这么笑着,打断了白蓝和小毕之间的对话。白蓝走过来,煞有介事地对秦阿姨说:"秦阿姨,你不要刺激路小路,他好像是脑干撞坏了,经常有过激反应。"我听了这话,几乎笑得要滚下体检床。

后来秦阿姨和小毕走了。小毕走的时候还跟白蓝握了握手,他那微微上翘的嘴角始终翘在那里。他连看都没看我一眼,说明涵养很深。那时候我和白蓝说起小毕,我说,我很欣赏他的嘴角,总是翘着,他笑起来是用胸腔共鸣,很节制地笑三到四声,笑三声是表示好笑,笑四声是表示很好笑,他的笑声总是第一声比较重,渐次减弱。我想小毕最后会成为毕科长乃至毕厂长的吧?白蓝说,观察得挺仔细啊,你也这么笑笑,也能做科长吗?

我说,我不行,我钳工一个,这种笑容出现在我脸上,那就是我脑干真的被撞坏了。我天生嘴角下垂,一副图财害命的样子。至于笑声,呵呵呵,或者呵呵呵呵,我都学不来,我笑起来是先弱后强,越笑越厉害,这他妈还是像个图财害命的。

白蓝说:"路小路,你有妒忌心理。"

我叹了口气。九二年,在小毕身上我看到了我所有的理想,化工职大毕业，宣传科画黑板报，白白净净很斯文，并且，他妈的，连对于女人的口味都如此相似。但我还是一个修水泵的小厮，我看起来是没指望了。

那时候她听我说到这些，化工职大，宣传科，她就静静地听着，也不笑，也不插嘴。她说我嫉妒小毕，只说了这么一次，后来她说这种感觉不是嫉妒，最多只能算是艳羡。我不知道艳羡是什么意思，大概是非常非常羡慕吧。我问她，艳羡和嫉妒有什么区别。她想了想说："嫉妒嘛，你就会去破坏人家，可是你也破坏不了小毕，所以只能是艳羡。"我觉得很不是滋味，但也说不出个所以然来。

后来她遇到我，对我说："那天的事谢谢你。秦阿姨再也没有找过我。"

我说："操，她是没找过你。但我吃了一个礼拜的隔夜肉丸子！"

那年秋天，因为我跑得够快，骑三轮不要命，所以救了德卵。厂里说要嘉奖我，给我发了三十块钱的奖金。我在化工厂干过很多好事，无一报答，也干过很多坏事，也无一报应，唯独这一次拿到三十块奖金，回去对我妈说，我妈很开心。她说小路终于长大了，以后她生病，我也可以骑着三轮送她去医院。

我把这事情给白蓝听，我说，德卵这条命就值三十块。白蓝说："别太得意，上次农民工救了你，一毛钱都没有。"

我说："我不是这个意思，救德卵主要是你指挥得当，该嘉奖的是你。"

她说："我是医生，我救人是职责，出了岔子要处分，你跑得慢会被处分吗？"

她这么一说，我又觉得自己很伟大，我说："对对对，你是恪尽职守，我是助人为乐，性质不一样。"

她翻了我一个白眼说："你好像还挺有文化的，居然会用成语，这样的钳工我可没见过。"

我说："操，承蒙你看得起，不如咱们去把这三十块吃掉吧，我请你吃肯德基。"

九二年的时候戴城开了一家肯德基，顾客人山人海。在此之前，戴城是一个脏了吧唧的城市，马路边上永远泛着油光七彩的脏水，大排档就在脏水之上开张。戴城的餐馆以面馆为主，这里的人爱吃很细的龙须面。所有的面馆里都飞着苍蝇，那些吃过的面碗，服务员把汤水倒掉，在一个脸盆里涮一涮，接着又端上来。即使是比较高档的餐厅，也不会有空调，只有电风扇，冬天就更别提暖气了。至于那些服务员的脸色，一个比一个像茄子，经常能在街上看到服务员和顾客打架，一群顾客打一个服务员，或是一群服务员打一个顾客。

那时候吃面都是抢座位的，具体来说，跑进一个面馆，看到人山人海，就瞅准一个空凳子，拎在手里，然后去账台买票，再拎着凳子去灶台领面，最后再把凳子放下，坐在那里吃面。假如不曾抢到凳子，最后很有可能站着吃面。戴城人认为，站着吃面是叫花子，丢祖宗的脸。有些面馆很狡猾，故意用那种条凳，总不能举着个条凳去领面条啊。为了抢坐这个条凳，最后也会酿成斗殴，条凳就成了凶器。

戴城有了肯德基以后，大家好像开窍了，渐渐明白什么叫吃饭。吃饭得窗明几净，得有音乐，不能飞满苍蝇，最起码服务员不能打顾客吧。人不是猪，不是一辈子都只能接受茄子脸的，所以人类会进化。你可以说人类是一代一代进化的，但是在九十年代看来，很像是一年进化一次。九十年代就是这样奇怪。

我和白蓝在快餐店里坐着，我对她说，我高中时代的理想，是去做营业员。她乐了,说营业员都可以成为一个人的理想,这个有点出乎意料。我就说,我初中时代的理想更不靠谱,是跟着我堂哥去收保护费。她问,那你小学时候呢。我说我想不起来了,小时候的事情,想当解放军,想当警察,想当画家。我画画不错的,画女人脸尤其拿手。

我又要说到小毕了,我说:"小毕在厂门口画黑板报,我看见了。"

白蓝看着我,若有所思地说:"路小路,你应该去读书。"

"我爸爸会把我搞进化工职大的。"

"化工职大已经停办了,不再招生了。你不知道?"她说,"你还记得化验室那个胖胖的姑娘吗?她是厂长的女儿,今年要去读职大,也被退回来了。"

"那她怎么办?"

白蓝生气地说:"我们现在在说你。你怎么办?"

"我也不知道。"

"你应该去读自考大学,或者夜大。这样对你有好处。一辈子做钳工?"

"那种大学要自费的。"

白蓝说:"到底是我白痴还是你白痴?"

她真的生气了,只顾喝可乐,眼睛看着窗外,做出不想理睬我的样子。说实话,我也不知道自己应该怎么办,假如当初我不是进工厂做学徒,而是在马路上贩香烟,现在就应该在做买卖,应该在进货,应该在数钱,而不会有时间去考虑成人大学的事情。我可以什么都不想,把香烟事业越做越大,从地摊发展到杂货店,再发展到饭馆,然后我差不多就老了,可以去死了。我没想到做钳工是如此地复杂,令人头疼。钳工的一生真他娘的漫长,看不到尽头。为

了让她高兴一点,我就问她:

"白蓝,什么叫子宫脱落?"

她睁大眼睛。"你说什么?"

事情是这样的,有一天我到厂里去修水泵,听见几个上三班的阿姨在聊天,一个说自己有子宫脱落,另一个说,那就好办了。我心想,子宫脱落无论如何也是一种病,虽然我也不知道它是怎么脱落的,会脱落到哪里去,但肯定不是好事,怎么会好呢?我揣着这个问题去问老牛逼,老牛逼说,子宫脱落就可以调出车间,去干些比较轻松的工作,比如看仓库啊,看水泵啊。

当时我们厂里有很多女工,据说,她们的病例卡上都有着相似的毛病,不是子宫肌瘤就是子宫下垂,反正都是些妇科病。如果让她们去上三班,她们的子宫随时都有掉下来的可能。厂长可以辞退工人,可以让工人去干最苦最脏的活,但厂长不能让中年女工的子宫掉下来,会被她们的家属砍死。这就是工厂的生存哲学。由于子宫脱落具有如此好的待遇,据说我们厂的女工,一旦生了小孩,立刻就会给自己去弄一张子宫脱落的证明,一度二度三度,车间主任见了非常头疼,那么多子宫脱落的女人,到底该照顾谁呢?车间主任很可怜,无论他照顾哪个女的,别人都会说他跟那女的上过床,不用大家起哄,车间主任的老婆就会杀到厂里来。

白蓝说:"你一个小学徒怎么问这种下流的问题?"我说这是生理卫生问题,不算下流,只是有点恶心而已。再说,秦阿姨要给我介绍女朋友,万一她给我找一个子宫脱落的,我糊里糊涂上当,那不是很惨吗?

"好吧,你听着。"白蓝举起一块炸鸡说,"呶,这就有点像女人的子宫。"我听了头一昏,嘴里的炸鸡脱落在盘子里。白蓝继续说:"女性生育以后子宫下垂,严重的就会脱落,犯这个病的人不能从事强体力劳动，得养着。知道了吗？"

我问："她们是真的脱落还是假的脱落呢？"

"路小路，你太无聊。"

白蓝被我气得噎住了，要是我真的娶了她，她将来很可能是被噎死的。后来我们在街上走，她走得很慢，也不说话。那是一个黄昏，天色早早地黑了，这说明秋天就要过去了。十多年前，我在工厂里，下午四点就下班，天色都是很明亮的，可以吃一顿点心再回家，可以在街上闲逛很久。如今则完全相反，办公室里很明亮，下班走到街上就发现天色昏暗，霓虹灯下影影幢幢的人群在挤公交车，这种感觉好像坐国际航班，必须倒一倒时差。我说的是上海。

那天，我对白蓝说，其实我只是想逗她开心，子宫脱落，我认为很好笑，但她不觉得好笑，那我就不说了。白蓝说，她不喜欢工厂，不喜欢那里的人，也不喜欢那里的话题。我说，我也不喜欢，并且不喜欢别人叫我小学徒、小钳工，但我认为这些不喜欢并不值得让我生气，因为它们都是很真实的事情，并不是造谣，也不是梦想。梦想和造谣有异曲同工之妙，它们都会使你愤怒，乃至扭曲。假如工厂是现实，那么，子宫脱落也是现实，一点都不荒谬，我愿意去谈论这些，用一句冠冕堂皇的话说，叫作正视现实。

我们推着自行车走到一条小街上，两侧高高的围墙，里面种着梧桐树，有一些枯叶掉落在街上。她用皮鞋踩着落叶，每一片叶子都发出嘎吱一声，她说，这些树叶在夏天的枝头被风刮出沙沙声，秋天掉落在地上，被踩出嘎吱声，每一片树叶都能发出它们独自的声音。沙沙声也很美，嘎吱声也很美。她说："踩过的枯叶，你再去踩它，就不会有声音了。"

这个话题很不现实，令我想吻她。我们推着自行车，有经验的人都知道，推着自行车接吻是很不方便的，尤其不适合初次接吻。

而且，谈恋爱的时候，想接吻就不能说话，得保持沉默一段时间，你不能一边说话一边索吻，这是找抽。我有点怕白蓝，这个人不太好相处，用书面的话说，有点喜怒无常。我想起她三版女郎的造型，给我买烟，这是我不能忘记的。一想到这个，我就有点昏头，想去吻她，然后干点别的，但我们之间隔着自行车，很碍事。当时我也年轻，其实满可以说："我们谈恋爱吧。"等她答应下来，再找个地方细细地吻。但我压根没想到这个，我就想到了吻，又够不着。我不说话，心里想着这个事，由得她在马路上独自抒情。后来，我放弃了在马路上吻她的念头，还是医务室比较清净。她以为我在听她抒情，其实我心里一片焦急，动的全是坏脑筋。

晚上我送她回家，她住在新知新村。那是戴城大学的教职员工住宅区，是一个知识分子比较密集的地方，和农药新村完全不一样。农药新村满世界跑鸡鸭，根本是个大农场，新知新村则很安静，一排排窗户里都透出橙色的台灯光。四周草丛里，只有秋虫的鸣叫，我们轻轻走过，虫声停顿，等我们走远，它便继续歌唱。这种停顿仿佛在向我和白蓝致敬。农药新村这个时候是家庭卡拉OK的黄金时间，无数个麦克风同时向着夜空发出鬼哭狼嚎声，好像是罗马尼亚的哥特城堡。

她说："到了。"停车，上锁。我问她："就送到这里吗？"她点点头，对我说："今天说的话，你好好回去想想吧。"我说我知道了，成人大学，既然上不了化工职大，那就试试成人大学吧。后来我目送着她上楼，三楼的某一个窗口，灯光亮起来，我想那就是白蓝的家。

那是我第一次去新知新村，那地方很安静，给我的感觉很好。我回到农药新村时，心想，妈的，又要忍受那无穷无尽的卡拉OK，结果那天还真没有卡拉OK。有两户人家用麦克风在吵架，一百分贝以上的脏话带着混响效果在农药新村的天空中盘旋。我希望他们用杀猪刀砍来砍去，死光了就安静了，但他们不砍，他们很有耐性地对着麦克风骂："操你妈哟哟哟哟哟。"这种创意简直可以让周围的人都去自杀。这就是我生活的地方。

　　九二年秋天，厂里出了个不大不小的事。那是我请白蓝吃饭的第二天，所以记得特别清楚。人年纪大了，很多记忆都要借助于其他记忆才能重回我身边，好像往日寄出的信，很多年后被退回，自己拆开读着，自己都会觉得有点新鲜。那天我本来是要去医务室索吻，我都想好了，该怎么起承转合，该怎么循序渐进。我高中时候也吻过女孩子，我们同校的女生，成绩很差，长得不赖，她稍微扭了几下，随后就范。之后我就经常去吻她，她也不反抗，甚至懒得扭几下。我想，接吻就是这么个前倨后恭的事情吧。

　　我想着索吻的事情，拆水泵的时候手脚就慢了点，耽误了很久。后来听见有个女工在喊："不好了，快去看，仪表室的阿芳爬到烟囱上去了！"然后，化工厂的工人就不上班了，扔下手里的活，纷纷往锅炉房跑。

　　我们厂的锅炉房，有个大烟囱。这话等于放屁，哪个厂的锅炉房都有烟囱。我们厂的大烟囱有三十米高，又粗又壮，建造于五十年代。一般来说，工厂的烟囱上都有钢筋把手，像梯子一样，以便修理工爬上去。我们厂的钢筋把手很奇怪，把手之间的距离特别短，好像儿童乐园的冒险之路，小孩都能爬。这很危险，偏偏厂里还不把这条巴别塔的通道锁起来，只挂了一个牌子：危险，闲人勿上。想自杀的人管你这个？爬上去再说吧。

　　阿芳就是这么爬上去的，爬的时候没人发现，上去二十米她觉得脚软了，就挂在了那里。被人发现之后，厂里所有的人都跑过来围观。关于阿芳的事情，简单来说，是她和一个科员谈恋爱，被群众揭发出来。科员是有老婆的，该老婆是厂里著名的老虎，和我师姐并称东邪西毒。老虎说，她要把阿芳的×挖出来。这种话，在一般人听来，只当是威胁，但我这种见识过老虎的人就知道，她说得出做得到，在这个世界上她除了自己×不肯挖，其他任何人的都无所谓。我要是阿芳，我也得爬到烟囱上去，遇到老虎最好的办法就是爬树嘛，小时候老师教过（我那小学老师，专门教我们怎么对付老虎狗熊鳄鱼，也不知道为什么）。

阿芳不但要爬上去，还要跳下来，这成了大事。化工厂的烟囱，有史以来，仅有三个人打算这么干。第一位是在六一年，粮票让人给偷了，那时候丢了粮票就等于判了死刑，他爬上去十米，因为饿，再也爬不动了，另外爬得太高也不便于和下面的人沟通。厂里的领导过来劝他，化工厂毕竟不是专政机构，还是讲点人情味的，领导也不想就这么死掉人。这位死活不肯爬下来，但是也不肯蹦下来，十米和三十米其实是一样的，无非是摔得够不够碎。这位对着领导狂喊："我要吃包子！我要吃肉包子！"领导说，给你吃，都给你吃，你下来就给你吃。这位不信，下来了怕被厂里处分。后来僵持时间太长，大家都没辙，从食堂里请来了大师傅，大师傅用勺子敲着饭盆喊道："开饭啦开饭啦，猪油菜饭加咸肉。"周围的人眼睛都绿了，上面这位一看架势不对，再挂在烟囱上很可能什么都吃不到，立刻出溜了下来。脚一着地，就被保卫科架走了。

第二位是七一年，厂里的破坏分子，具体破坏什么就不知道了。他是在早晨的雾气中爬上了烟囱，他爬到了顶上，周围一个人也没有，他在上面抽了根烟，大概还坐了一会儿，然后就跳了下来。后来察看现场，就是在烟囱顶上发现了个新鲜的烟屁股，推断他是从三十米的高度往下跳的，其实二十米和十米都能摔死，不用爬那么高，但他还是爬了上去，大概还看了看风景，但据说那天雾很大，什么都看不见。站在烟囱上，往雾里跳，有一种如痴如醉的感觉吧？我这也是瞎猜，我也没上去过。

阿芳是第三个。她挂在二十米的高度，显示出爱情的力量。为了包子可以爬十米，为了爱情可以爬二十米，如果爬到三十米的顶上，那就什么都不为，只为了想死。由此可见，爱情是高于饥饿的，但不能高于死亡。

我跑到现场，只见人山人海，全是不蓝不绿的工作服，中间夹杂着几件橄榄绿的警服，那不是警察，而是化工厂的厂警。这些人全都仰着头，好像集体出鼻血，在所有视线聚焦的点上，仪表维修女工阿芳悬挂在烟囱壁上。那天天气真不错，烟囱冒着白烟，天上的云是鳞片状的。由于距离很远，我只能看见个火柴盒大小的人影，看不见她的脸，但我身边的人好像有特异功能，七嘴八舌说："她在哭！她在发抖！她要跳下来啦！"我心想，这要是跳下来，肯定不是摔在水泥地上，而是摔在一大片脑袋上。有几个阿姨憋不住，开始掉眼泪，说这孩子太可怜了，被干部诱奸，只能爬到烟囱上去寻死。

我扒开人群，往里死钻，到人群核心处看见了白蓝。其实她在这里也派不上用场，阿芳真要跳下来，她唯一能做的就是确认死亡。但围观的人认为她是厂医，至少应该负点责任，她就站在那里喊："阿芳！阿芳！"我捅了捅她，说："我爬上去抱她下来。"白蓝说："没你什么事。你上去？她一脚就能把你踹下来。"我说不要紧，绑个安全带就可以了。这时阿芳喊道："你们都不要上来！上来我就跳下去！"

白蓝说："去把王陶福找来！"王陶福就是那个诱奸犯。厂警很开心地说："王陶福被他老婆打伤啦，今天没上班。"白蓝傻了眼，问我："那怎么办？"我摇摇头，我也想不出办法，这不是骑三轮玩命，这是爬烟囱，要是我爬上去她就跳下来，那我就成了比诱奸犯还可怕的诱杀犯。

那天厂里的主要领导全都开会去了，只剩下一个管销售的副厂长。别人请他去主持局面，他挠头说，爱情问题，我一个管销售的解决不了哇。于是去请宣传科，宣传科平时只管画黑板报，从来没有这种 face to face 的经验，科长很犹豫，下面的工人就说，你们他妈的一群倒 B。科长听了，就拎了个电喇叭，点齐了十二个宣传科员开赴现场，其中就有小毕。这帮人取代了白蓝和我的位置。工人看了这架势，就说："这宣传科，十三个酒囊饭袋。"宣传科长也不理睬工人们，举起电喇叭，试了试声音，然后就对着阿芳喊："阿芳，你这是破坏生产的行为，马上下来，立刻下来！"烟囱上的阿芳放声大哭。宣传科长又喊："阿芳，王陶福已经被他老婆打伤了，你们的事情，厂里会处理的……"后面的阿姨听了，把手心里的瓜子全都扔到了科长的后脑壳上，说："要死啊，你干脆直接把她推下来吧！"科长举着电喇叭大喝："不许起哄，全都回去上班！"后面的工人说："滚你妈的蛋，猪猡！"

这时，小毕一把抢过宣传科长的电喇叭。小毕很镇定，他很威严地对后面的工人说："大家安静，不要闹，救人要紧。"工人听了这话，居然都安静下来。小毕举着电喇叭，很温和地对阿芳说："阿芳，我是宣传科的小毕。我们谈谈吧。你今年多大了？"阿芳在上面说了一句什么，我也听不清。小毕却神奇地听清了："噢，你二十四岁了。二十四岁的人，怎么还这么爱闹别扭呢？你要相信厂里是会保护你的，会为你说话的，厂里不会因为这点事情毁了你的前途。我们也不会允许谁来伤害你的。"后面的工人听了，哗哗地鼓掌。小毕说："如果有谁要在厂里胡作非为，我毕国强第一个不答应，我第一个站出来为你说话！"这时，宣传科的汪阿姨接过喇叭说："小毕是化工局毕副局长的儿子，他说的话，阿芳你还信不过吗？"后面的人听了，又发出噢噢的惊叹。

　　总之，阿芳最后下来了，而出风头的是小毕。过去人们只知道宣传科来了个白白净净的青年，平时也不大说话，现在大家知道，他是毕副局长的儿子。他后来成为全厂科室女青年的偶像，一点都不奇怪。小毕的镇定和机智征服了阿芳，也征服了阿姨们，他非常准确地抓住了阿芳的心理：其实她不是要自杀，而是要避老虎。阿芳下来之后，小毕看见她腿上和肘上擦破了，就对白蓝说："先带她到医务室去吧。"与此同时，他驱散了围观的人群，让大家正常上班去。白蓝牵着阿芳的手，往医务室走去，一路上阿芳还在哭，把头靠在白蓝的肩膀上。我混在剩余的闲人之中，也往医务室去。

　　白蓝在医务室里为阿芳擦了点红药水，围观的人照例堵在门口。忽然，楼梯口传来一阵啰唆，有人大喊，不好啦老虎来啦。我只感到眼前一阵旋风掠过，王陶福的老婆像闪电一样出现在医务室，举着五根指甲扑向阿芳，并且喊着："我挖了你的×！"这婆娘足有八十公斤重，黑脸，歪嘴，头发像钢丝一样。她其实不是老虎，而是野猪。那时候干部们都回办公室了，医务室里除了白蓝以外，就只剩下十几个看热闹的闲人，谁也没想到王陶福的老婆来得这么快，这么迅猛。王陶福的老婆咆哮说："装死给谁看？跳楼啊，我跟你一起跳！"

　　假如我一生中所经历的场景都可以倒放，以慢镜头的形式一遍遍重新来过，那么，医务室的那一幕肯定是排名前五位的经典镜头。白蓝像橄榄球运动员一样扑过去，抱住了老虎的腰，准确地说，是用整个身体抵住了老虎。老虎疯了，抓住白蓝的头发使劲摇晃，白蓝一声不吭，猛地张嘴，吭哧一口咬在了老虎的腰里。

在一片惊叫声中,我看见阿芳从体检床上跳上窗台,她的身影在依稀发黄的树冠上一闪而过。

定格。

早在十多年前,我便知道,暴力是一件很糟糕的事情,不但会弄伤别人,自己也会受到惩罚。但暴力不是天生的,在某些时候,暴力甚至就像上帝的骰子,可以光顾任何人。好比我,从进厂那天起就不爽,老想找人比划比划,最后呢,只能去和水泵比划。我一身油污,面如死灰,走路摇摇晃晃,形同杀胚,但我其实很少有机会打人,这说明上帝的骰子没有掷到我这一边,肾上腺激素再旺盛也是枉然。与此同时,上帝看中了白蓝,一个和平主义者,居然把老虎咬得哭了。

那天我们趴在窗口往下看,阿芳躺在一棵树下,她也在哭。她还能哭就好办了,厂里派一辆车,把她送到医院里一查,胫骨骨折。这都是题外话了。工人都跑光以后,老虎也被保卫科带去交代问题,一路上哭哭啼啼的,自知闯了大祸。下午,钳工班让我去甲醛车间拆个水泵,我心想,万一再把老子熏昏过去,这回白医生估计不会有心思抢救我了。我就让魏懿歆替我去拆水泵,自己又换了身干净的工作服往医务室去了。

我推开医务室的门,里面一个人也没有。隔壁图书馆的海燕走过来,告诉我,小毕来找过白蓝,两个人出去了。她冲我眨眨眼,我什么也没说,往体检床上一坐,点上一根香烟,等着白蓝回来。

我就这么独自坐着,坐了很久。我总觉得自己需要去想一些问题,严格地说,是思考。我现在三十多岁,回望自己的前半生,这种需要思考的瞬间,其实也不多,况且也思考不出什么名堂。我的前半生,多数时候都是恍然大悟,好像轮胎扎上了钉子,这种清醒是不需要用思考来到达的。每次我感到自己需要思考,就会找个安静的地方坐下来,并不指望自己能想出什么好办法,有时候糊里糊涂睡着了,有时候抽掉半包烟,拍拍屁股回家。

医务室是如此的安静。世界上的一切安静于我而言都是好的,假如我是个流氓,往那里一坐,就可以说,打打杀杀的日子我已经过厌了。但我不是流氓,而是修水泵的学徒,打打杀杀的是别人。我只能认为,安静是一种好,即使毫无理由,我也想安静安静。

大约两个小时之后,白蓝从外面进来,她看见我,愣了一下。我坐在体检床上,晃荡着两条腿,地上有四五个烟头。我对她笑了笑。后来,她对我说,那天我笑得很难看,夹着香烟的手指在发抖,也不知道为什么。我说,我就怕你身后还站着个小毕,结果没看见小毕,他妈的,你不能明白我有多激动。我毕竟才二十岁,这还是虚岁,其实是十九。白蓝说:难怪你那天的样子好像犯了心脏病。

白蓝说,以后不要在医务室抽烟。我点点头,把手里的烟头嗖地弹到窗外。我问她好点了没有。她看了看我,忽然愤怒地说:好个屁,你看我的头发,都被她抓下来了一绺。她低下头给我看。我说还好,抓得比较散,所以没有秃斑,以前拷问犯人才是真的一小撮一小撮地揪头发,脑袋上会留下黄豆大的秃斑,很难看。打架的时候不太会出现这种情况。白蓝说:她竟然抓我的头发,这个泼妇。我说:亏得你咬了她一口,真是应了那句话,兔子急了也咬人。白蓝说:你还说呢,你看你平时凶巴巴的,好像一条小狼狗,到了这个节骨眼上也不帮我一把,好歹你可以掐住她脖子吧。我听了就笑,说:她又没咬你,我凭什么掐她脖子呀。

那时候白蓝对我的评价就是:路小路的体质属于傻粗型的,骑三轮没问题,脑袋撞在水泵上也没问题,但反应比较慢,不够迅速。这种体质的人只适合做人盾、强劳力、粗使丫鬟。凡是需要用大脑和小脑来解决的问题，路小路都不能胜任，纯粹就是一个肌肉坨子。我问她什么是人盾，她说是保镖的一种，专门用来挡子弹的，其实路小路连人盾都不如，基本上是人桩。我听了这种评价，或者说是鉴定，心里很不高兴。我说：

"既然如此，我替你去把王陶福的老婆拍了。"

"拍什么？"

"拍砖头啊！"

白蓝说不用去拍了，王陶福的老婆被她咬得很惨，另一方面又导致了阿芳跳楼，目前还在保卫科哭呢。保卫科的人也不喜欢老虎，平时找不到机会整她，这回逮住了，威胁要送她去拘留。这个老虎非常狡猾，她说自己根本不是去吓唬阿芳的，而是去探望她，要不是白蓝揪住自己，阿芳绝对不会跳下去。照这么说下去，事情的性质就变了，阿芳是失足坠楼，白蓝和老虎是女流氓斗殴。我说："我能作证，老虎说要挖了阿芳的那个。"白蓝说省省吧，早就有人自告奋勇去作证了，这么高尚的事情轮不到你。

我对白蓝说，老虎我就不去拍了，我从来没拍过女人，即使黑脸歪嘴的也没拍过。但是，我一定会为了她去拍某一个人，这是迟早的事情，以洗刷人盾和人桩的耻辱。

她说："拍谁呢？"

我说："谁敢惹你，我就拍谁。"她听了就笑，在有趣与嘲笑之间摇摆着。

关于小毕的事情，我始终没有问她。后来，过了很久，我想起这事，又旧话重提。她说小毕主要是想安慰安慰她，另外对于自己副局长儿子的身份又解释了一下，别的就没什么了。我问她："那天你们去了哪里？"白蓝说，就在河边走走。我就不再说什么了。有关那条河，在我的印象中是又黑又臭，沿着那种河散步，一点也不浪漫。但工人们还是喜欢蹲在河边，因为河里有船，船是会动的，人若是极度无聊，看见一点会动弹的东西也是好的。机器当然是纹丝不动，要动了就是炸了，云是会动的，但实在太缓慢，与之相比，看船不失为一个很好的选择。工人看船的时候也看到了白蓝和小毕，排除掉河水的脏和臭，这幕景象也算是浪漫的。工人回来就说，毕公子和白医生在谈恋爱，两个在河边散步呢。这种谣言传到科室里，有人说他们很般配，又有人说白医生手脚麻利，轻飘飘就把副局长的儿子擒入囊中。

　　这些流言蜚语传到我耳朵里，我当时是很平静的，一点都不嫉妒。嫉妒具有一种层次感，就是说，你只能去嫉妒那些和你差不多的人，我高中的时候曾经嫉妒过班长，因为老师喜欢他，但我绝不至于去嫉妒一个重点高中的学生，因为不在一个层次上。我也不会去嫉妒那些长跑冠军，根本就不是一个笼里的鸟嘛。同理，我也嫉妒不了小毕，因为他是副局长的儿子。

　　白蓝也说过，我不能嫉妒小毕，充其量就是艳羡。后来我连艳羡也推翻了，我为了一个女的而去艳羡某个男的，这也太猥亵太弱智了。我向白蓝声明，应该是小毕嫉妒我、艳羡我才对，但他没有这么做，所以我觉得有点不爽。妈的，我一个钳工，把自己的感情搞得那么细腻，我脑子有病啊？

　　我一度以为白医生会跟小毕谈恋爱，可是，一个月以后，别人告诉我小毕新找了个女朋友，是市委某个领导的女儿，白医生彻底没戏。工人们很兴奋，把白蓝当成秦香莲，等着她也去爬烟囱，可惜白医生非常无所谓，这件事让所有人都很失望，除了我。

　　九二年秋天，一切都乱糟糟的，有时很闹，有时很寂寞。我脸上长了些青春痘，那玩意高一的时候长过，后来退了下去，这时又长了出来。我还经常觉得喉咙痛,因为身体火烧火燎,于是感到身边的世界也是火烧火燎的。我妈去看病的时候顺带把我也捎上,让老中医给我把把脉,老中医说我是什么肺胃过热,我以为是呼吸系统和消化系统都出了毛病,后来他说不是的,喷点西瓜霜就好了。我想我是永远也搞不明白中医了。

初冬的时候,计生办贴了张通告在食堂门口,写着"未上环的女工速去医务室上环"。这通告是一张粉红色宣传纸,有窗户那么大,贴在食堂门口,人人得而见之。女工一看,就知道是什么意思,低着头走过去了。看不懂的是一伙男工,他们围着通告咬文嚼字,未上环的女工都要上环,那么处女也没上环,难道也要去给她们上环吗?正好计生办的人叼着包子走过,被男工揪住,请他解释一下处女上环的问题。这人觉得,工人虽然粗鲁,在某些方面还是很有想法的,就把通告揭下来。第二天食堂门口出现了一张粉绿色的宣传纸,上面写着"未上环的已婚女工速去医务室上环"。工人们继续围观,把这人又拦了下来,问:"难道我们厂里的未婚女工都上了环?现在轮到已婚女工上环?"计生办的人也傻了眼,一个管计划生育的,搞得像是研究逻辑学的。

其实,正确的做法,应该是对着工人师傅哈哈大笑,然后说:"回去问你妈吧。"这才是工厂应有的逻辑。

上环工作一旦开始,我就不能去小红楼了,连楼底下都不能站。那里进进出出的全是老阿姨,别看老阿姨平时很随便,上环的时候特别严肃,一不许看,二不许问。男工也很自觉,照迷信的说法,女性身上的某部分器官代表着厄运,工人阶级觉悟高,除非是变态,没有人愿意去随便看这个玩意。

上环的时候见不到白蓝,但我还得上班。我每天跟锈螺丝较劲,以前读书的时候,老师说要做一颗永不生锈的螺丝钉,真进了工厂才知道，这世界上哪有不生锈的螺丝，恰恰相反，所有的螺丝都是生锈的。干这个活，唯一的好处是使我的肌肉越来越发达。我进厂之前挺瘦的，后来做钳工，一顿中饭吃六个大包子，吃完就去泵房，把包子转换成卡路里，施加于螺丝之上。这么干能不变成一个壮汉吗？

有关为白蓝拍人的事，其实还值得补充几件。

我曾经和她在街上走，遇到歪卵。那天是深夜了，在戴城一家电影院门口，歪卵师傅戴着一顶呢绒鸭舌帽，穿着黑大衣，还戴着一副黑框眼镜。他把大衣领子竖起来，这样就使他的歪头看起来不那么歪。说真的，要不是有几个人在打他，我根本就不能认出这是歪卵师傅。我也不明白他为什么打扮成这样，你可以把歪卵想象成一个异装癖，一个露阴癖，但绝对想不到他会这么酷地出现在深夜的电影院门口。

歪卵师傅被打得很难看，打人的是老流氓。小流氓打人喜欢打脸，老流氓是往身上踹，脸上一点血都不会有。四个人围着歪卵，把手抄在裤兜里，来来回回地踹他，把他当成是个足球。这种取乐式的打法，一般不会伤人，但完全不把对方的实力当回事，伤的是自尊心。这也就是歪卵，换成是我师姐，早就把四个鸡巴都咬下来了。

后来我和白蓝去救人。我仗着力气大，先拽开一个，那位手还抄在裤兜里，趔趄了一下。趁着这个机会，歪卵师傅嗖的一下就跑了，我也想不到一个开刨床的歪头竟然能跑那么快，眨眼之间就消失在夜幕中。那四个人也很惊奇，本来是在欺负一个小个子的歪头，忽然歪头变成了壮汉，就是孙悟空变身也不可能这么快。第二天我还特地就此事去问歪卵，他穿着一身破破烂烂的工作服蜷缩在刨床后面，拒不承认有这件事，别的师傅也说不可能，穿风衣戴眼镜的歪卵，这简直是个神话。我越发不信，要扒他的裤子，看看他屁股上有没有青紫。歪卵跳起来，也是这么嗖地跑掉了。我这才发现，作为钳工班的文工团，短跑乃是歪卵师傅的绝技，经常在关键时刻使他逃脱危险。

那天我就惨了，本来是见义勇为，结果受害者跑了，如果打架那就是流氓斗殴。我还在犹豫，到底是该拖着白蓝狂跑，还是让白蓝先跑，我留下来死扛。后来觉得手上多了样东西，一看，是一块砖，黑乎乎的粘着泥巴，是白蓝把它递到我手里。我心里又激动又无奈，这时她冲我眨眨眼睛。

那四个人之中，有一个高大的长头发对我说："你好像是路霸的弟弟吧？"路霸是我堂哥的绰号，他像我这么大的时候，一直混迹在电影院一带。我立刻就承认自己是路霸的弟弟。长头发说："嘿，你小时候我带你去收过保护费的，你还记得吗？"我说我不记得了，好几年前的事了。长头发说："好几年不见，你变化太大啦。"这话就奇怪了，既然变化太大，怎么又把我认了出来？长头发接着说："你现在长得跟路霸一模一样啦。"

那次我手里拎了砖头，最后谁也没拍，白蓝又笑了很久。她还问我，路霸是你哥哥吗。我说是堂哥，绰号路霸，不是抢中巴车的那种车匪路霸，而是因为他和我一样，也姓路，这个绰号从他中学时代就喊起了。白蓝说，你也算家学渊源。我说这叫什么话，难道我们家是流氓之家？流氓不是天生的，你说爱因斯坦和牛顿是天生的，我姑且相信，但流氓不是天生的。白蓝就说："我没说你是天生的，我只是说家学渊源，你不爱听就算了，当我没说。"

后来她又问我："怎么样？砖头递得及时吗？"

我说这简直没章法，那块砖不是红砖，是黑砖，本身很薄，日晒雨淋的捏在手里都发酥,这种砖连鸡都拍不死。白蓝说,没办法,电影院门口,能找到一块砖已经很不容易了。我又说,这种时候,明明应该拔腿就跑的,递一块砖上来,简直是添乱。她就笑嘻嘻地说:"你可以一边逃一边扔砖头啊。"我根本没法跟她讨论这种问题,只说她心血来潮,会把人害死。

九三年春天我也四处找砖头,要拍食堂里的吴主任。那天中午,食堂里的东西不新鲜,吃得到处都是拉稀的人。我们厂的食堂有规矩,干部是十一点半吃午饭,工人是十二点吃午饭,干部餐比较丰盛,轮到工人就全是些残羹冷菜。这事情让工人很不爽,职工代表大会上拍桌子骂娘,后勤部就去找食堂,说能不能统一吃饭,免得工人造反。食堂的吴主任说,这可不行,工人干部一起吃饭,食堂的人手不够。有一阵子就改成工人先吃饭,干部后吃饭,结果端上来的米饭全是夹生的,肉丸子掰开一看,里面粉红色的都没熟。工人就急了,又在职代会上骂娘。吴主任说,这没办法,工人的数量是干部的十倍,工人先吃饭,食堂还是来不及做。

我们恨吴主任已经不是一天两天了,我也搞不清一个食堂的头头,怎么就成了主任。常识告诉我,带主任的都不能打,车间主任,班主任,主任医师。这口气憋了很久。

那年春天的食物中毒,局限在工人范围内,干部绝大多数都好好的。说是食物中毒,其实也都不是很严重,呕吐昏迷抽搐的基本没有,但个个都拉稀。工人们都气疯了,一是因为干部都安然无恙,倒霉的全是工人,二是因为很多工人都没有拉在厕所里,而是拉在了裤子上。

出了这事,人人都想到白医生。我那时候经常表扬她,你不是白蓝,你是白求恩。我跑到医务室,里面围满了人,都在领药。等到人群稍稍散去,我进去跟她打招呼,她顺手塞给我一包黄连素,还说:"从卫生所紧急调来的药,记得多喝水,发生呕吐就立刻告诉我。"

我说:"我没事啊。"

白蓝很诧异地问我:"你没在食堂吃饭?"

"吃了。我中午就吃了三两面。"

"噢,面没有问题,问题都在荤菜上。"她说,"帮我个忙,把这几个药箱子搬过去。"我替她搬箱子的工夫,又蹿进来七八个人,找她配药,拿到药以后就倏忽消失了,动作轻快得跟鬼魅一样。我说这家伙有点像闹霍乱啊。白蓝说:"你见过霍乱吗?你别在这里添乱了。"

我被她撵出来之后,在厂区闲逛,厂里基本处于停产的状态,到处都是提着裤子狂奔的人,有人跑着跑着就蹲了下来,说哎哟哎哟不行了出来了。后来我去尿尿,发现厕所里挤满了人,个个龇牙咧嘴。化工厂的厕所就那么几个,集体拉稀的时候根本应付不过来。我看了这情景,只能掉头往回走,跑到办公大楼的厕所门口,里面照样满满登登,全是工人师傅。我只能跑到大楼后面的小夹弄去尿尿,迎头撞上倒B。倒B也来这里尿尿,办完了事,正往回走。倒B说:"路小路,不许在这里拉屎。"我说:"去你妈的,老子是小便。"倒B狐疑地问:"工人都在拉稀,你小便?"我就当着他的面把裤子拉链拉开,一边尿,一边说:"走远点,尿你逼脚上。"

食物中毒事件之后,厂里没有任何交代。有一天,白蓝跑到厂办去破口大骂,厂办的人也无可奈何,他们也不明白一个小厂医为什么搞得这么激动,好像联合国难民署的。白蓝说,这么大面积的食物中毒,为什么不处理姓吴的。厂办的人想了想说,以前没这个惯例,以前也有集体拉稀,吃点黄连素就好了。白蓝纠正说,这不是集体拉稀,是集体食物中毒。厂办的人说,我们这里都叫集体拉稀，不稀奇的，食物中毒听起来太严肃了，影响不好。

厂办的人还告诉白蓝，吴主任没什么文化，也不大知道食品卫生，你去他家看看就知道了，小孩脸上全是蛔虫斑。但是，吴主任是厂长的大舅子，处理他很困难。吴主任本人也是这起事件的受害者，他也吃拉稀了，这说明他不是故意投毒。既然不是故意的，那就没有处理他的必要，不就是几斤变质的猪肉吗。白蓝听了这话，就在厂办砸热水瓶，一个两个三个，一共砸了三个。厂办的人静静地看着她把热水瓶砸光，对她说："小白啊，气也撒了，人也骂了，回去工作吧。"她没辙，只好灰头土脸地回来了。

那时候我对白蓝说："你真牛，敢砸厂办的热水瓶。"

她说："而且砸了三个。"

我说："你就是送我三个热水瓶，我也不敢拿到厂办去砸。"

她气呼呼地说："你和我不一样，你学徒工。我怕什么？我不是白求恩吗？"

事实上，尽管她砸了厂办的热水瓶，吴主任还是好好的，只有食堂里负责采购的师傅被调走了，去糖精车间去做操作工。我们厂里很古怪，犯了事的都会被送去造糖精，好像古时候的充军发配。我对白蓝说，到此为止吧，你要想顺藤摸瓜，那就摸到厂长的瓜上，那样的话，你也差不多可以去做操作工了。白蓝说，全是体制问题，搞不好了。

我那时候搞不清什么叫体制问题，说实话，现在也搞不清。我在电视上看经济学家讨论体制问题，争来争去，说的是一个厂到底应该归个人还是归集体，鸡巴，它爱归谁就归谁。假如一个厂老是让工人拉着稀去上班，这个体制就不怎么样，反之，则还有一点可信度。我对白蓝说，其实你去找小毕，让他跟他爸爸说一声，比你砸一百个热水瓶都管用。白蓝瞪着眼睛说："你是不是一天不说小

119

毕就浑身难受？"

我说："那么还有一种办法，我去把吴主任拍了。"

白蓝说："你拍他，于事无补。"

我向她解释说，其实工人并不在乎食物中毒，只要吃不死，就没什么大不了的。工人在乎的是拉稀这件事本身。化工厂里的工人都是被毒气熏得半死不活的，干活也好，性交也好，全凭一口气撑着，这口气要是漏了，人就完蛋。我自己做钳工的，我很清楚，自己不是史泰龙，而是举着饼干的蚂蚁，一个力大无穷同时又极其脆弱的微小生物。谁要让工人拉稀，谁就是把他们肛门上的塞子拔了下来，泄了气的工人等于是废物一个。干这种坏事的人，就是工贼，就是破坏分子，就是反革命。我不拍他还能拍谁？

白蓝："你就乱扣帽子吧，你知道什么叫工贼反革命？"她让我不要管这个事情，拍吴主任是错误的，这又不是私仇。我说："说了半天你还是没明白，公仇私仇还不是一样？"我想到一个词，叫作公报私仇，假如我去替白蓝拍了吴主任，那就应该倒过来，叫私报公仇。

那几天我在秘密筹划着拍吴主任。既然是给他颜色看，那就不能把他拍死，拍死了那就轮到我看颜色了。其次也不能拍轻了，让他以为我在他脑袋上抹灰。我小的时候，我堂哥有个女朋友，她很美，唯一的缺点就是颧骨有点高，这让她看起来像个女煞星。她陪着我堂哥出生入死，打遍北环区无敌手。她很喜欢我，让我叫她嫂子。我嫂子那时候教我怎么拍人，说起来也简单，就是趁没人的时候揣一块砖头，悄悄跟在人家后面，蹑手蹑脚走近，然后迅速把砖头平拍在此人头顶上。据她说，拍后脑勺是会弄死人的，拍头顶最多脑震荡。对方捂着脑袋倒下的时候，你就朝前或者朝左右方向飞奔而逃，最好不要往回跑，因为被拍的人挨了突袭，会本能地向后看，你要是往后逃，就会被他看见背影。

我嫂子说，其实看见背影也没什么了不起，但是小路那么帅的背影，就会被人认出来。此话乃是我嫂子的原话，不是我吹嘘自己帅。

我打算为白蓝出口恶气，好几天都在观察吴主任的行动路线，我是青工，不能公然拍主任，那会使厂里所有的主任感到愤怒。不料这事情出了岔子，有一天下午，工厂里很安静，吴主任在宿舍区走过，正好几个锅炉房的师傅坐在那里。食物中毒期间，锅炉房的师傅也拉稀，他们拉稀的时候挤不进厕所，只能在煤堆里拉，虽然这很方便，但是世界上没有人天生喜欢在煤堆里拉稀。况且拉出来的稀，还得由他们自己铲到锅炉里去。锅炉房的师傅看见吴主任，气不打一处来，也没说话，也没吓唬他，就地捡了块砖头拍花了他的脑袋。吴主任一头鲜血，栽倒在地。

拍完他之后，四周静静的，也没人围观。师傅们一想，把他撂在地上恐怕要出人命，就架着他去医务室去包扎。这种气度，真不是我能学得像的。

白蓝看见几个膀大腰粗的大汉架着个血人进来，走近一看，是吴主任。白蓝立刻喊了起来："路小路呢？他躲哪里去了？"

锅炉房的师傅们认得我，说："没见到他啊。"

白蓝问："他把人打成这样，跑了吗？"

师傅们说："哦，不是他打的，是我们打的。"

事过之后，我为自己没有抢到先手而后悔，我对白蓝解释说，不是我下手慢，实在是锅炉房的师傅太牛逼，他们是死猪不怕开水烫，说动手就动手，一点前戏都没有的。我不行，我是学徒，不能公然拍人。

白蓝说我："路小路，你就像个暴民，不知道你中年以后会怎么样。"我从她那里学了很多新名词，暴民是其中之一。我对她说，我无所谓，反正我才二十岁，以后有的是机会洗心革面，但在我二十岁的时候，能想得出来的也就是拿砖头去拍人。脑袋硬的人有权这么想，像你白蓝这样，跑到厂办去瞎嚷嚷，砸热水瓶，最后还不是悻悻而归？

她说："你就是个暴民，自己都承认了。"

我说："省省吧，半斤八两，你还咬人呢，你还砸热水瓶呢。我抄一块板砖就算暴民？"

白蓝说："你一辈子就靠砖头去过日子吧，你读大学，你结婚，都揣着块砖头去吧。"

我曾经笑话她，没见过大世面，拍个砖头就大惊小怪的，流氓打群架的场面我都见过。白蓝森然地说："你见过什么大场面，你那点场面算个屁，见过坦克和机枪吗？我可都见过。"我听了这话吓了一跳，再问下去，她就什么都不肯说了。

那阵子我和白蓝吵吵闹闹的，我在充满噪音的地方，而白蓝的医务室则像停尸房一样安静，这两种地方都会让人的脾气变得很糟糕，前者是狂躁症，后者是忧郁症，但有时候我又觉得是反过来的，我是忧郁的，她是狂躁的。她对我的暴民倾向很不满，声称不会再给我递砖头，还说我不是小狼狗，而是小疯狗。这个我不能接受，疯狗见人就咬，我至少还是有点立场的。

吴主任被拍伤以后，食堂的伙食一下子好了起来，肉丸子比以前大了一圈，饭里也没有石子了，青菜里也找不到虫子了。工人的伙食接近于干部餐的水准。我心想，吴主任，不打你还真不行，打了你，午饭的质量立刻提高，你他妈这不是找打吗？你不是诱惑我们做暴民吗？当然，上述的想法，我都没有告诉白蓝，我心里知道暴民不是什么好东西，我的问题是，不做暴民，究竟该去做什么，究竟该洗心革面成为什么样的人，这些都找不到答案。

第 六 章

换 灯 泡 的 堂 吉 诃 德

我和张小尹说起以前的故事,我常常很自豪地说:我以前做过电工的。她听不明白,电工有什么可骄傲的。她说她姨夫以前也是电工,现在是厂长。我听了顿觉自卑,一个电工要做到厂长,在我看来是不可能完成的任务。

九十年代初,在那家没前途的化工厂里,人人都想做电工。电工最清闲,而且有技术,电工是糖精厂最体面的工种,如果你掌握了全厂的电路分布图,连车间主任都得喊你爷爷。电工的技术要求很高,不像钳工和管工那能糊弄过去,电工手艺不行就会把自己电死,这简直是一种生物学上的优胜劣汰。

刚进厂的时候,倒 B 给我上安全教育课,他说一个违章操作的人会把自己弄死,当然也有可能弄死别人。结果一语成谶,九三年果然有人城门失火,殃及池鱼。电工班的几个师傅在车间里做大检修,有一个师傅站在梯子上布线,另一个人在外面推电闸,结果鬼使神差地推错了,不该通电的那根电线里跑进了 380 伏的电流。里面的师傅浑然不知,用手摸上去,只来得及喊了一声"耶",就从梯子上倒栽下来,后脖子着地,立刻昏迷,送到医院没多久就死了。

事发之后,公安局开了一辆警车过来,把推闸的那位师傅抓进去了。那师傅还问保卫科的人:"我这得算自首吧?"保卫科的人说:"去吧,最多判十年。"

出事的时候,现场还有一个旁观的师傅,看到死人的场面,深受刺激,脑子转不过弯,傻了半个多月,吃饭拉屎都不能自理。厂里只能把他调到技术科去,管管资料,倒倒茶水。别人也搞不清他是真傻还是假傻,反正家属说了,脑子受刺激也是工伤,这笔账也得算到那个肇事者头上。至于死掉的那个师傅,处理起来反而简单,按工伤标准发放抚恤金,开追悼会。最难处理的是抓进去的那个,要判刑,家属当然不干了,带了二三十号人冲到厂里来,态度极其蛮横,把整个办公大楼的热水瓶全都砸了。

出了生产事故,全厂都受牵连,半年的安全奖金全都没了。一时间,厂里贴了很多宣传标语:保障安全生产,安全第一,安全警钟长鸣。与此同时,安全科又召开了一次培训,把平时不注意安全的工人召集在一起上课,还考试,考试不过关就扣奖金。倒 B 说我是钳工班最没有安全意识的,把我叫进去再培训,考了两次没通过,扣了半个月的奖金。后来就不考了,因为水泵来不及修。

池鱼既殁,就得重新放鱼苗。电工班一下子减员三个,活都来不及做。我爸爸听说这个消息,反应奇快,跑到化工局送了一把礼券,又给机修车间主任和电工班班长分别送了一条中华烟。之后的那个礼拜,我就拎着一袋劳保用品去电工班上班了。

钳工升级为电工,是一件了不起的事,我对我爸爸刮目相看。虽然化工职大已经泡汤了,但毕竟不是我爸爸的错。这么一想,我心里就平衡多了。电工也不错,至少我已经到达了工人阶级的顶峰。

做电工必须有电工证,否则不能上岗。电工证得去考,而且是局里统考,但是,拿到电工证未必就能做电工。谁做电工完全是厂里说了算，电工班有好几个师傅都没证，照样干了很多年，相反，锅炉房有个师傅考出了电工证，但他一辈子也进不了电工班。当时我在电工班领的是四级工资，这是在钳工班锉铁块得来的，我锉了一块铁坨子所以我是四级钳工，四级钳工调到电工班就是四级电工的待遇……这个来龙去脉很古怪，我自己也搞不明白。白蓝说这是管理问题，我们厂太混乱了，我说管理混乱也有好处，这便宜让我得着了，我不能总是倒霉，也应该占点小便宜了吧。

后来我还被糖精车间的一个青工拦住，此人姓焦，绰号焦头。焦头是一个特别上进的青年，到处参加培训，想要逃离糖精车间。可是他越这么干，厂里就越不调他，据说辩证法就是这个样子的，也叫天威难测。焦头指着我的鼻子问："路小路，你有电工证吗？"我呆头呆脑地说，没有哇。焦头说："你没有电工证，凭什么进电工班？"我当然不能说我爸爸送香烟的事，我就说："我他妈也不知道。"然后我问他："你凭什么审问我？你有电工证啊？"焦头就从包里摸出来一本硬面的小本子，在我眼前晃了晃："看，这就是我的电工证！"

我说："不行，你得给我翻翻，万一是你的独生子女证呢？蒙我啊？"焦头理直气壮地把本子塞到我手里，我一看，还真不是电工证，是会计证。焦头很抱歉地对我说："对不起，我拿错了。"然后又从包里拿出真正的电工证给我看，也是个小本子，贴着他的照片，有一个钢印敲在他脸上。焦头说："路小路，你开后门，是不正之风。我考了这么多证书，我还是在造糖精，太不公平了。"

我说："操，你还有什么证，就一起拿出来吧。"他又拿出了计算机一级证书、办公自动化证书、国标舞蹈培训证、三级厨师证……我他妈的完全看傻了。焦头说："这些全是实打实考出来的。路小路，你什么证书都没有，凭什么做电工？"我像看神经病一样看着他，说："你丫真是焦头一个。你他妈的再缠着我，我就揍你。"他听了就立刻消失了。

后来我反省自己，对焦头太凶恶，很伤他的自尊。但我也不打算去道歉，我看见这种神经兮兮的人很害怕。一个工人，考了那么多证书，而且都是初级的，我也搞不明白他想干什么。后来听说他在考律师证，假如考上了这个证书，想打他就难了，我还是离他远一点吧。

我去电工班报到，引路人是小噘嘴。她把我叫到劳资科，当时我从泵房回来，穿着小半年没洗的工作服，这衣服已经不是蓝绿色了，而是死黑死黑的，去挤公共汽车再好不过，但也可能被人打死。我腰里绑着一根巴掌宽的工作皮带，皮带上挂着各色扳手，左边是两个活络扳手，右边是四个套筒扳手，屁兜里插着老虎钳和螺丝刀，耳朵上夹着一根红塔山。我浑身散发着工人阶级的气味，再也不是当初那个期期艾艾的、神色慌张的学徒工了。

小噘嘴看到我的样子，很恶心地皱了皱眉头，说："你怎么搞得跟土匪一样？"我说厂里在大检修，必须带齐工具，样子是野蛮了点，但这表示我在辛勤劳动。她很不满意地说："又不是没发给你劳保用品，你的工具包呢？"我说早他娘的烂穿了。

小噘嘴说："路小路，想必你也知道了，今天调你去电工班。"我嘿嘿地笑。她说："你爸真行啊，什么时候把你弄进科室里来啊？"我说："别取笑我了，坐科室会生痔疮的。"

她送我去电工班，路上对我说："路小路，你在厂里的表现很糟糕，本来胡科长要调你去糖精车间上三班的。"

我说："你别相信倒B对我的污蔑，其实我表现很好的，我还救过德卵呢，发了我三十块钱奖金。"

小噘嘴说："人不能总是吃老本，你又不是救过厂长，不值得这么得意。"

我说："你这话有道理，我一定好好改造。"

小噘嘴说："你真贫嘴，你那三十块钱奖励还是我给你打的申请呢。"

我说："你把我训那么惨，适当的时候也该奖励奖励嘛，不能总是给我看棍子，而不给我吃糖。"

小噘嘴说："哎哟，还记恨哪？你对着人家抡锉刀，要不是有你爸爸顶着，早把你发配到糖精车间去了。"

我叹了口气，我向她详细解释了锉刀的作用，锉刀是没有刀刃的，锉刀也没有刀尖，锉刀的作用面是在两侧，难道我用锉刀把倒B锉死？这倒很新鲜，从来没听说过。我本人就是那把无害的锉刀，扬来扬去，最后还是得去面对铁坨子，别无选择。小噘嘴说："噢，原来锉刀是这个样子的。那你也不能抡锉刀啊。"我心想，你这个五谷不分的小白痴。

小噘嘴送我去电工班，我一直很感激她。其实电工班的人都认识我，一起打牌，一起抽烟，但小噘嘴带我进去，显得我面子很大。后来才知道，她其实是去看另外一个人的。

现在让我回忆电工班，我会说，首先，它就像个鸦片馆，其次，它还是像个鸦片馆。与钳工班的四处漏风正相反，电工班是一个水泥房子，造得跟碉堡一样，一扇小门进去，绕过一条走廊，再往里走是一个拱形的门洞，有点像阿拉伯宫殿的造型。这房子连一扇窗都没有，黑咕隆咚，亮着几盏小灯。几张年久发黑的办公桌，桌子后面不是椅子，而是躺椅，电工们全都横在躺椅上抽烟。由于没有窗，也不通风，整个房间烟雾不散，就像个鸦片馆。以前我不太爱来这里，嫌空气质量太差，时间久了会得肺癌。可我既然做了电工，也就只能忍受这种恶劣的环境了。

我在电工班唯一的工作就是到处给人换灯泡。电工得会修马达、会修触报器、会安装低压电路、会爬电线杆……这些都很复杂，所有技术性的工作与我完全无关，我根本没学过。师傅们说，不着急，慢慢学，先去换灯泡吧。

老牛逼曾经对我下过结论，说我没有机械天赋，修不了水泵，所以只能把水泵都报废掉。这么干其实很罪过，很多水泵就这么白白地被送进了废品仓库，假如我干的不是钳工，而是医生，那火葬场的人肯定得忙死。推己及人，推水泵及自己，我应该感到惭愧。但是，做电工就不会有任何负罪感了，灯泡坏掉是修不好的，没有人会修电灯泡，如果你能找到一个会修灯泡的人，他一定是个比爱迪生更伟大的天才，因为爱迪生发明灯泡的时候就没打算让人去修它。我只需要把坏灯泡拧下来，扔进垃圾桶，再拧上去一个好灯泡就可以了。从卡路里的角度来说，这是一个比钳工轻松一百倍的工作。唯一的缺憾是，水泵不太容易坏，而灯泡经常出问题，并且，全厂有几千个灯泡，一天换上二三十个灯泡乃是家常便饭。

换灯泡很容易，带一支电笔，扛一把竹梯就可以了。我每天扛着竹梯在厂里跑东跑西，白蓝说我像扫烟囱的男孩，最好再带把扫帚。我以前看过本书，扫烟囱的男孩从烟囱里掉下来，被有钱人家的女孩看到了，他们就结下了友谊，友谊是爱情的前奏。这是一个英国的故事，好像很浪漫。不幸的是我也读过狄更斯的《奥立弗·退斯特》，我知道扫烟囱的男孩经常被卡在烟囱里，下面的人不知道，一点火，男孩被熏成烤鸭。烤鸭好吃，但绝不浪漫，像我这么一条壮汉真的去扫烟囱，必然会被卡住，而成为牺牲品。我只能说白蓝有点异想天开，我做了电工，她也为我高兴，这是真的。

做电工不用穿工作服，电工是非常干净的工种，而且这种干净显示出了电工的技术水平，牛逼的师傅在车间里做八个小时，身上的衣服都不带一点灰尘的，这就叫水平。只有在大检修的时候，因为有领导在场，我们才套上工作服，至于平时则是一身枪驳领双排扣的西装，笔挺地穿在身上。九十年代初，枪驳领西装非常流行，双排扣子最好是金色的，更神气。那时候还流行穿太子裤，又肥又大，裤腰上打着八到十六个褶子。太子裤配金色扣子的枪驳领西装，脚下是一双白色的真皮运动鞋，就这么个鸟样。这种装扮走在厂里非常吓人，认识的人知道是电工发神经，不认识的还以为是外商来考察。这种装扮还有个特点：枪驳领西装很长，而太子裤显得腿很短，我们就是一群上身笔挺修长，而下身短成一橛的怪人，自己还觉得很时髦。

那时候我没有枪驳领西装，穿着工作服出去混，反而被人嘲笑，车间里的阿姨甚至都不信任我，对我的工作造成了很大的影响。为了公关形象，我必须穿得跟他们一样。我央求着我妈，去裁缝那里做了一件枪驳领西装，竖条纹的，近看像囚服，远看像旧社会上海百乐门的小开。我妈看了也很满意，说我神气得不得了。我穿着这件西装到处招摇，后来不穿了，因为只有民工才穿枪驳领的西装，城里人改穿单排扣小领子的款式了。枪驳领的西装成为民工的标志，非常巧合的是，他们穿着这种西装砌砖头、捡垃圾、骑三轮，和我们当年如出一辙。

到了夏天，西装不能穿了，我们还是穿太子裤。上身则什么都不穿，就这么光着，八个褶子的太子裤配上光膀子，使我们看起来就像一群阿拉伯舞娘。夏天的早晨，我们骑车到电工班，把衬衫一脱，就这么站在电工班门口抽烟。我们还把皮带松开一个扣，裤子就松松垮垮地挂在胯上，露出肚脐三寸之下的一小撮阴毛。路过的师傅们看了，纷纷叫好，小姑娘则面红耳赤，急匆匆地跑过去。

那时候白蓝看见我的舞娘装束，骇得目瞪口呆。我赶紧提裤子，免得她看见我的阴毛。后来她说这个裤子好，肥大宽松，勃起的时候看不见。我立刻想起自己在医务室里昏迷的事情，妈的，哪壶不开提哪壶。她又嘲笑我说："当心老阿姨流鼻血。"

那天我刚到电工班报到，就接到了一份外出干活的差使，电工班班长对我说，去制冷车间换灯泡。电工班班长三十多岁，绰号鸡头，这个绰号很难听，他以前的绰号叫鸡鸡，更难听，做了班组长才升级为鸡头。鸡头就鸡头吧，总比鸡鸡好听一点。他给了我一个380伏的灯泡，并且告诉我，灯泡分为两种，220伏和380伏的，如果把220伏的灯泡塞到380伏的插口上，那个灯泡就会变成一个小型的炸弹，玻璃碎片崩到眼睛里就会变成瞎子阿炳，以后只能到工会里去拉二胡。我战战兢兢地拿着灯泡。鸡头又说，去制冷车间找黄春妹吧。

我问鸡头："黄春妹是谁？"

鸡头说："一个很胖的女人，大概有你两个那么宽，很容易找的。找不到就问别人吧，制冷车间都知道黄春妹。"

我听他这么形容，觉得有点心虚。鸡头皱着眉头说："怕什么？一个胖女人就把你吓成这样，那要是遇到瘦女人怎么办？"他说的近乎黑话，我又听不懂了。鸡头就把身边的一个青工叫过来，陪我一起去。他叫小李，我以前没见过他。他说："哦，我是从橡胶厂新调来的。我见过黄春妹的，很胖的。"鸡头说："对，就是那个胖老虎。"

我和小李一起去制冷车间。他比我大一岁，技校毕业，学的就是电工。我们都是新人，相互结伴胆子大，于是揣着灯泡，扛着梯子，哼着小曲去找胖老虎黄春妹。

路上，小李说："你们这里，那种阿姨，原来叫老虎啊。"

我问："你们橡胶厂呢？"

"我们那里叫蝗虫，又叫菜皮，又叫烂污女人。"

我问小李，为什么鸡头说胖女人比瘦女人好对付。小李挠了挠头说："我也不大清楚，以前橡胶厂里的师傅说，瘦女人欲望很强烈的，会把人吸干掉。"

关于瘦女人的问题，超出了我当时对性的理解，我一直以为胖女人难对付，因为体形比较庞大嘛。瘦女人可怕，似乎不符合逻辑。后来有个学生物的朋友告诉我，工厂的传说是有道理的，从生物学的角度来说，体形较大的生物其繁殖能力都比较弱，大象、鲸鱼、熊猫，莫不如是。相反，较小的生物其繁殖能力必定旺盛，老鼠就是典型。我回忆工厂里的阿姨，就说，她们面黄肌瘦，形容枯槁，性欲旺盛。生物学家说，性是另一种形式的战争，在这种战争中不一定以体形大小决定胜负。我年轻时所犯的糊涂，就是把性爱和打架混为一谈。

那天，我和小李跑进制冷车间，到操作室一看，见了鬼，一个人都没有，更别提黄春妹了。这种情况很可怕，可以直接去安全科举报他们，无人看管的车间随时都可能爆炸。小李放亮了嗓子喊："黄春妹！黄春妹！"可是机器的轰鸣像战斗机在我们头上呼啸，根本听不清他的声音。我和他分头去找，过了一会儿，小李冲过来对我说，他找到黄春妹了。我跟着他跑过去，发现在车间偏僻角落的一架鼓风机前面，晾着一些女式内衣，都是零零碎碎的小布片，其中却有一个巨大的白布兜子。我问小李："黄春妹呢？"

小李指着白布兜子，大声喊："这是黄春妹的胸罩！"

我见过的最大的胸罩就是在制冷车间里，它飘啊飘地晾在昏暗的角落,白色的,缝制得很差,胸罩上的带子被风吹得绞作一团。小李说,这只能是黄春妹的胸罩,除非制冷车间有另外一个胖子。我和小李都忍不住上去摸了摸,虽然我们都知道,随便摸一个晾出来的胸罩是件非常恶劣的事情,但我们纯粹是为了证明眼前看到的这一幕并不是幻觉。

我对小李说:"妈的,你找到她的胸罩有屁用啊!"

小李说:"你笨啊,只要守着胸罩就能等来黄春妹,她总得戴着胸罩下班吧。"

我说:"这他妈哪里是个胸罩啊?这分明是一个降落伞。"

后来,我们看见制冷车间的大门口晃进来一个巨大的影子,这影子慢慢移动着,当她晃到我们眼前时,我确信,这就是降落伞的主人黄春妹。小李说:"黄春妹,你们车间里一个人都没有!"黄春妹说:"哇!要死啊!千万不要告诉别人啊!"为了讨好我们,她并没有急于让我们换灯泡,而是从口袋里掏出一把香瓜子,用那只钵大的拳头抓着,塞到我和小李的手心。她说:"吃瓜子呀。"

我握着那堆瓜子,还带着她手上的温度。我必须很负责地说,黄春妹不是老虎,她只是长得胖一点而已。她脾气很好,我们去换灯泡,她在梯子边上呵呵地笑,也不知道笑什么,她还帮我们扶着梯子。她给我们看她打的毛衣,那是一件像蚊帐一样大的衣服。这姑娘快三十了还没嫁出去,假如瘦一点的话,大概是个不错的老婆。黄春妹还问我们,有没有合适的对象给她介绍一个。我和小李面面相觑,也不知道该怎么回答她。

回到电工班,我郑重地对鸡头说,黄春妹不是老虎。鸡头根本无所谓,他觉得胖成那样的女人就是老虎,不管脾气好不好。我对鸡头说,这太不人道了。鸡头说:"你们真有空,还跟她聊天啊?吃了她的零食没有?"我和小李老老实实地点头,同时又说了降落伞那一节,鸡头哈哈大笑,说我们脑子有病,偷看女人的胸罩。结果,过了一个礼拜,附近管工班、钳工班的人都跑过来嘲笑我们,说我们是变态狂,喜欢看女人的胸罩,还要凑上去闻闻。最后的结论是:路小路和李光南(就是小李)专偷人家的胸罩,本厂女工失窃的胸罩,作案者很可能就是我们俩。我和小李面对一群穿着工作服的师傅,就是有一百张嘴也说不清。照书上的说法,从一开始就陷于辩诬的地位了。

我二十岁那年只是希望厂里的灯泡长命百岁地亮着,除此以外别无所求,我既不是强奸犯也不是变态狂,对女人的胸罩虽然很有兴趣,但绝不至于到偷一个胸罩来闻一闻的程度。工人说的那些全是谣言。但是,活在世界上,老是要为自己是不是变态而争辩,实在很无趣。而变态这个词恰如烙印,只要我跟它沾上边,别人就永远会记得我是个变态。后来厂里有人偷窥女浴室,保卫科的人第一时间就来调查我和小李的动向,说我们是重要嫌疑犯,或者是从犯,或者是教唆犯。

九三年我从一个后进青年直线堕落成偷胸罩的变态狂,这纯粹是起哄造成的结果,整个过程乱糟糟的,也找不到造谣者。在钳工班里,我是老牛逼的徒弟,谁也不敢惹我,到了电工班,我没有师父,于是就成了弱势群体,谁都可以欺负我。我怀疑鸡头就是造谣的人,但他是班组长,我不能打他,也不一定打得过,众所周知,鸡头的两个兄弟三个小舅子一个姐夫全都在厂里做工人,这些人蹦出来能把我踩扁了。如果我想找死,得罪鸡头一定是条捷径。

我在电工班干活的时候,没有师父带我,只能自学电工技术,但我什么都学不会。小李是科班出身,技术很扎实,他教我安装触报器,教我修马达,这些活都很复杂,我转眼就忘记得一干二净。

由此可见，我也没有电工天赋。小李也不生气，说："你就跟着我到处换灯泡吧。"

每天清晨，我骑自行车上班，沿着郊区的公路走，那条路上是浩浩荡荡的上班人流，自行车和卡车混在一起。骑车的人都是睡眼惺忪，开卡车的都是外地司机，一晚上没睡了，疲劳驾驶。这两种人混在一起经常出事。我见过有人被卡车蹭了一下，倒在地上就再也没起来，我也见过早晨去买菜的老太横穿马路，卡车呼的一声从她身上就过去了。这些都像曾经看过的电影一样，回想起来，觉得很诡异。

每天上班前，我妈都会叮嘱我一句：小心汽车啊。那阵子戴城开发工业园区，把农田填平了造厂房，到处都是运土方的大车，在马路上开得稀里哗啦犹如坦克。这种土方车好像只装了油门，从来没见过司机踩刹车的。在我的印象中，只有日本人的神风敢死队才有这种派头。鬼子飞行员在登机之前一定要凝望富士山的方向，把布条绑在脑门上，然后高唱"君之代"，因为马上就要去送死。至于土方车的司机，他们既不唱歌也不绑布条，他们很开心，因为这种车子只会让别人死掉。

我上班的那条路上，大清早就开着三种卡车：土方车，化工原料车，还有大粪车。这三种卡车互不相让，土方车马力强劲，大粪车臭气熏天，化工原料车更是不得了，不是剧毒品就是易燃易爆品。有一次遇到土方车和大粪车在街上飙车，这两个舒马赫的快乐变成了行人的灾难，黄土和大粪在车屁股后面飞溅，像雨却是黏的，像雪却是黑的，像火山灰却是臭的。车过之处，路人哇呀呀一片惨叫。

我妈妈一直到去世之前还保持着这个习惯，每天要叮嘱一声，小心汽车。她很爱我，怕我被卡车撞死。凡所爱之人都不要死于卡车之下，太惨，神经受不了。她还有一个潜台词是：不要被大粪车和土方车压死。这是对的,被那种车子压死,毫无荣誉可言,别人只会说我是个白痴,看见那么大的家伙撞过来,居然不知道躲一下。当然还有化工原料车,但我不怕化工原料车,因为都是我们厂里的卡车,司机和我熟得很,他要是撞死了我,我一定会跑到司机班去抽他的脸。

我做了电工以后,我妈担心我被电死。我就解释给她听,触电也分很多种,具体来说,有如下四种:

1.沾上220伏电流,这是家用电路,基本上是被打一下,不会出人命。

2.沾上380伏电流,这是工业电路,会把人粘住,电流通过心脏15秒钟大概就会死掉。

3.沾上1万伏以上的高压电,摸到这个电门立刻就死了,变成一只烤鸡,烧得连亲妈都认不出来。

4.被闪电劈中,那个威力最大,能把房子都给端了。

其实还有一种触电,那就是挨了电警棍,如果想尝这味道可以去联防队试试。

我妈听了就很担心地说:"那你千万别去摸高压电啊,免得我认不出你。"我爸爸瞪着眼睛说:"你当他白痴啊,没事去摸高压电,他够得着吗?"

我受了我妈的心理暗示,每天早上先是要担心自己被卡车撞,进了厂门就要担心自己触电。这种心理对我学习电工技术没有任何好处,我干活的时候很谨慎,用师傅们的话说:缩手缩脚好像一个冬天的鸡巴。鸡头说:"做电工没有不挨家伙(就是触电的意思)的,电工最牛逼的就是带电操作。"我问他什么是带电操作,小李在旁边解释说,就是在电闸不拉下来的情况下搞维修,有电的,技术不过关就会闯祸,要么短路,要么电死。

这时，鸡头捋起袖子，在电工班里找了个电门，他把手伸到电门里摸了一下，说："嗯，有电的。"然后得意洋洋地对我说："怎么样？厉害吧？"我看傻了眼，拼命点头。鸡头说：你也来试试看。

我在鸡头的强迫下，把手伸到那个电门里，毫无疑问，我不是绝缘体，于是发出一声惨叫，整个人像被机枪扫射一样跳了起来。一股电流从我的手指猛蹿到手肘上，触电的部位像火烧一样疼。等我猛地缩回手之后，一切又都归于平静，电还在电门里，我还在地球上，鸡头还在人世间。我看着鸡头，强忍着愤怒，没有把拳头戳到他脸上去。鸡头轻描淡写地说，每天摸一次就习惯了，习惯了就不害怕了。

不久之后，鸡头收了一个嫡传的徒弟，叫元小伟。元小伟干活也是缩手缩脚，比我更缩，师傅们说：简直是西伯利亚的鸡巴。鸡头是班组长，当然受不了这种羞辱，就把元小伟叫过去。鸡头照例把自己的手伸到电门里摸了一下，问元小伟：怎么样！元小伟笑嘻嘻地说，这个电门没电。鸡头说，那你摸一下。然后元小伟就主动把手伸了进去，发出了和我一样的惨叫。这还不算完，鸡头冷冷地说：以后每天中午摸一次。此后的每一个中午，元小伟都会发出相同的惨叫，我们所有的人都跑到门口去抽烟，实在太惨，听了晚上做噩梦。

小李曾经不屑地对我说，摸电门是有窍门的，像鸡头这么干，早晚会把元小伟弄死。我已经不关心这些了，只要鸡头不让我去摸电门，随便谁死了都可以。我还是继续扛着竹梯换灯泡吧，凡是遇上什么带电操作的技术活，我一概往后面退，像意大利人一样耸肩摊手说："我不会，你另外找人吧。"

我现在住在上海一个爬满蟑螂的屋子里，老式的筒子楼，房间朝北，共用煤卫，对家是一户退休夫妻。他们从来不跟我说话，相互之间也很少有交谈，用现在流行的说法，这是得了失语症。我要是老了，不知道会不会变成这个怂样，我是很啰唆的一个人。

筒子楼里的电路很差，和工厂里几乎没有区别，一块红色木制的配电板上，安装着电表、保险丝、闸刀。这里的电线都老化了，我掰开看过，是铝芯的，很差。当年我在工厂里用的电线都是铜芯的。我对张小尹说，这地方很容易着火的。张小尹和我住在一起，我们没事的时候就在屋子里喷杀虫剂，然后数蟑螂。

前几天屋子里忽然停电了，一秒钟以后电又来了，一秒钟以后又停电了，这样往复了四次。当时我正在看足球转播，而张小尹趴在电脑前面写小说，她没来得及存盘，写出来的两千个字全都废了，而我错过了一个不怎么精彩的进球。张小尹说："这供电局怎么回事？"

我从沙发里跳了起来。我做过电工，知道不是供电局的问题，供电局的电工都受过正规训练，绝不会这么干活。须知，这种干法会把所有的家电都烧成一堆废铁。我冲出房门，破口大骂："操你妈！会修电路吗？"结果我看见邻居老头站在楼道的配电板前面，正拿着一把螺丝刀瞎捅一气。老头瞥了我一眼，冷冷地说："我家停电了，关你什么事？"

我说："操，老鳖。有你这么修电路的吗？把你家的触报器推上去！"

老头说："你骂人！"

我摇了摇头，跟这样的老头没有任何解释的必要，我捋起袖子跑到他房间里去，借着楼道里的灯光，找到了门框上方的触报器，瞅准了跳起来一推，他屋子里的日光灯噗噗地跳了几下，重新放射出灰暗的光芒。这灯管两头发黑，看来就快报废了。

老头看了看日光灯,然后一步三摇地走进了屋子,顺手把我推了出来,说:"你放规矩点,谁请你到我家来了?"他砰地关上门。我隔着门说:"操,要不是我,你丫现在就被电死啦。"

我回到自己的屋子里,关上门,张小尹说我脾气不好。我说,我就是受不了有人拿电门开玩笑,真的会死掉人的。这么小的筒子楼,对家要是办丧事,还不得把我烦死?我点起一根香烟,要把电工班的故事讲给她听。这时,对门的老头忽然砰砰地捶我家的门:

"姓路的,把厨房里的垃圾倒掉!"

我再次跳起来:"操你大爷!别以为你年纪老我就不敢打你!"

我做电工的时候,脾气没这么大,因为技术差,做人也就低调起来。但工人们还是很尊重我,如果我不给他们换灯泡,他们就没法干活,没法打牌,没法打毛衣,走路会跌进沟里。在昏暗的车间里,灯泡是唯一的光源。换灯泡的时候,通常是小李在下面扶着竹梯,而我像个猴子一样爬上去,把坏灯泡拧下来,再把好灯泡拧上去。事情就这么简单。

那时候工人师傅不正经,把灯泡叫卵泡,把灯管叫鸡巴。他们一个电话打到电工班,换卵泡,换鸡巴,就这么乱喊一气。

小李说,爬梯子拧灯泡其实也很危险,如果被电着了,人会朝后倒,从两米高的地方倒栽葱下来,基本上是后脑着地,就是武侠小说里说的玉枕穴。摔得不巧会送命,摔得巧就成了一个脖子举不起来的高位截瘫,别说做爱,就是手淫都很困难。

换灯泡必须得两个人一起行动,这不是浪费人力,一个人爬梯子,另一个人扶梯子。没人扶的竹梯会从墙面上滑溜下来,上面干活的人就惨了,通常摔断锁骨和肋骨,也有人把整个下巴摔碎了。

我们换灯泡的时候,除了爬梯子以外,还揣着几个大白兔奶糖,遇到有小姑娘，就把奶糖掏出来给人吃，然后就坐在桌子上与人聊天，这么一圈搞下来，换一个灯泡得花半天时间——不是虚指的半天，而是实打实的半天，整整四个工时。以前做钳工，都是和泵房的阿姨打交道，虽然她们很香艳，但我毕竟不好意思泡太久。后来做了电工，有机会去化验室，去车间操作室，我发现那种地方全是没结婚的小姑娘，她们香喷喷甜蜜蜜，是电工青年的最爱。我们长时间逗留在她们身边，哪儿都不想去，待腻了就换个姑娘聊天。那时候凡有人来电工班找我和小李，答复一概是：他们去换灯泡了，去哪里不知道。唐诗云：松下问师傅，童子采药去，只在此山中，云深不知处。我们当时就是那个德性。

有时鸡头也会训我们。鸡头说："你们他妈的出去换个灯泡，我两圈麻将打完了回来，你们还在换灯泡！"

小李说："没办法呀，换好了灯泡，还帮女工修电风扇，还修电吹风。"

鸡头说："你有没有给她们洗短裤？"

小李说："没有呀。"

我说："女工说了，下回请你过去，顺带把电热炉也一起修修。那玩意我们不会修。"

鸡头说："我不去！"

那阵子因为谣传我们偷胸罩，师傅们都嘲笑我们，但阿姨们都很理解，阿姨们甚至对师傅们说："啊哟，有什么了不起的，两个小伙子发春，很正常。你们当年难道就没偷过胸罩？"师傅们就拍着自己的脑袋，说不出话来。后来我们辩解说，不是偷胸罩，而是看见黄春妹晾着的降落伞，忍不住上去研究研究。阿姨们说："啊哟，她的胸罩，美国人都想研究。"

变态事件在阿姨们的吵吵闹闹中逐渐消解，师傅们都听阿姨的，阿姨说我们正常，那就是正常。后来，她们打电话到电工班，凡是要换灯泡，就会对鸡头说："鸡头啊，我们这里灯泡要换啊，把你们的小路和小李叫过来吧。"鸡头哈哈大笑说："你当我这里是夜总会啊，可以点小姐啊？"每当这时，我和小李就收拾收拾工具，准备出台。假如去的不是我们，而是其他师傅，阿姨们就很不开心，第二天故意弄坏几个灯泡，还得点名让我们去。我们确实就像做三陪的，可以被点的。一直到很久以后，劳资科发现了这个情况，大为恼怒，说是变相色情活动，我们才结束了这种点名出台的生涯。

九三年，由于换灯泡，我跑遍了厂里的每个角落。

我去过各大车间，去过锅炉房，去过食堂，去过男厕所和女厕所，男浴室和女浴室，男更衣间与女更衣间，去过厂长办公室，去过档案室、汽车班、废品仓库……哪里有灯泡，哪里就有我扛着竹梯的身影。在女工更衣间里，我和小李参观过一溜十几个胸罩，大大小小，晾在一根绳子上。本厂的女工有在上班时间洗胸罩的爱好，洗好了就晾在那里，也没人管她们。胸罩以白色和肉色居多，偶见粉色的，最激动人心的是黑色胸罩，太他妈的前卫了。这些胸罩我看了很久，我二十岁了，没有结婚，没有女朋友，我过的是一种无性的生活，当我想起自己曾经在一片胸罩底下盘桓，就不能不说，我曾经是个性压抑。

某些地方与更衣间相反，拧完了灯泡就赶紧闪人，比如厂长办公室。那地方没什么好玩的，被厂长认准了脸孔，就是一场灾难。厂长办公室有一个美女，常年坐在一张办公桌后面，她戴着金丝边眼镜，绾着乌黑的头发，露出光洁雪白的额头，很像希腊雕塑。我们换灯泡的时候，她坐在那里静静地看着，不说话，也不动，真像是被砌在办公桌后面。假如她不是那么的美，不是那么的没有烟火气,也许我们会请她吃大白兔奶糖?

　　做了电工,平时不能去的地方,都可以名正言顺地跑进去。厂长办公室、档案科、财务科这些神圣的地方我都去过,还有女厕所,那地方没什么神圣的,但是灯泡不亮就会有女工掉茅坑里,所以也得去。女厕所没什么好玩的,如果换灯泡的时间太长,外面的女工就会破口大骂,说我们是吃干饭的,掉在茅坑里才好。

　　还有女澡堂。我们进去换灯泡,会在门口大喊三声:"有人吗?！！！"然后才跑进去。上班时间澡堂是不开放的,但有些女工会偷偷溜进去洗澡,如果电工忘记喊那么一声,就会发生扫烟囱男孩撞上洗澡女孩的事情,这很像是一个童话,结局却可能很悲惨。

　　有一天,电工班的六根去女澡堂换灯泡。本来应该是我去的,但我在和鸡头下象棋。六根一个人扛着梯子去换灯泡,当时是中午,整个澡堂静悄悄的,也没有水声,也没有说话声,外面的树上有一只杜鹃在叫。六根有点迷糊,他走进澡堂时忘记了喊一声。于是,他扛着梯子撞见了一个女工,赤身裸体,乳房饱满,阴毛上还沾着白色的肥皂沫。六根扔下梯子就跑,后面女澡堂的门帘里伸出一个湿漉漉的脑袋,对着他的背影大喊:"抓流氓!抓住六根!"

　　六根被保卫科抓了进去,没多久就放了出来。保卫科一查,该女工在上班时间洗澡,而六根是去执行正常的工作任务,错的是女工,不是六根。问题是,这个女工是个没结婚的姑娘。鸡头说:"这下完了,六根得娶她了。"我们都很害怕,这也不是旧社会,看见裸体就得娶回家。鸡头对六根说:"你出去躲几天吧。"还没等六根答应,电工班闯进来四条大汉,后面跟着那个女工。女工一指六根:就是他。四条大汉拍出四把杀猪刀,要挖六根的眼睛。电工班没窗户,六根无处可逃,绕着办公桌打转,被人擒住,按倒在桌子上。六根说:"他妈的,就算要挖我眼睛,也不用拿四把刀子吧?"

当时我们都吓坏了，对方都是拿刀的，而且是杀猪刀。这种刀子又长又宽，黑沉沉的沾着血腥味。只有鸡头还保持着镇静，鸡头往地上摔了一个茶杯盖子，然后说："闹够了吗？"

女工说："没闹够！鸡头你靠边站，不然连你的鸡眼都挖出来！"女工说着，手一挥，指向六根的四把杀猪刀，立刻有两把掉头对准了鸡头。

鸡头立刻软了，鸡头说："有话好商量。反正他该看不该看的都看了，要不我撮合撮合，照老规矩办？挖眼睛有什么好玩的？还是谈谈恋爱算啦。"

女工本来脸色铁青，后来就红扑扑的，好像挺害羞的。她朝六根看了看，六根仰面躺在桌子上，衣衫凌乱，眼神惊慌，好像被强奸过的样子。六根是一个瘦小干枯的青年电工，一双三角眼加一对大龅牙，还不到三十岁就已经秃顶。六根是农村户口，爹妈都在乡下种地，家里还有一个痴呆的弟弟。六根只有小学文凭，初中留了三级都没能毕业，只能出来做工。六根是个六指所以他叫六根。六根就是一部找对象的反面教材，一部缺陷大辞典。

女工咬牙切齿说："谁要嫁给他？！"

鸡头说："那你想怎么样？你想嫁给谁？"

女工昂起头，凛然环顾电工班。我们这些看热闹的小电工不禁集体哆嗦了一下，接二连三躲出去抽烟。被人砍了也就算了，万一要顶替六根去娶她，那真是生不如死。

那天我站在电工班外面，对小李说："万一是我们两个一起撞见了赤膊女人，那怎么办？到底谁娶她啊？"

小李说："我想大概会让我们抓阄吧。"

"万一是个老太太呢？"

"那就挖眼睛啦，挖眼睛就不用抓阄啦。"

其实挖眼睛根本不用四把杀猪刀,拍出杀猪刀,纯粹胜于气势。挖眼睛只要一橛直径三公分的镀锌管,也就是家里的自来水管子,套在眼眶上,用手往里一拍,噗的一声,眼珠子就会从管子里掉出来,下面再放个酒杯就能直接泡酒喝。旧社会的土司就是这么干的,用的是竹筒。杀猪刀是很不科学的。

这事最后是由鸡头出面摆平的。反正六根没有娶这个姑娘,也没有被挖眼睛。六根自己很灰心,说,这么难看这么霸道的姑娘,看见她赤膊而且闹得满城风雨,在这种情况下她都不肯嫁给他,说明他这辈子娶不到老婆了。鸡头就安慰他说:六根,你不要老是着眼于城里姑娘,你在乡下还是属于优秀青年的。然后鸡头警告我们:以后不许乱跑乱动,尤其是小路和小李,换灯泡那么好玩吗?看看六根吧。

六根的霉运并未就此结束。

九三年的春天,我们到处参观胸罩,成了个性压抑。我以为只有我们是性压抑,其实工厂里到处都是性压抑。我师姐阿英就是其中之一。那年她三十二岁,同龄的男人都结婚了,她又不想嫁个拖油瓶,就把目光投射到了三十岁以下的大龄未婚青年身上。

阿英年轻的时候曾经放出话来:上三班的男人别想娶她。此话出口,所有上三班的男人都松了口气,并且哈哈大笑。这是工厂里尽人皆知的笑话之一。上白班的男人看见她都绕着道走,生怕她起歹心。我师姐一等就是十年,闺房之前是门可罗雀,用师傅们的话说:大腿里都结满蜘蛛网了。

那年春天特别长,天气一直是闷闷的,有一种无法逃脱的困怠。污水处理房那一带,白色的污水泡沫在天空中飘扬,像雪,像柳絮,像落花。假如你不介意它们是污水泡沫,这景色还是可圈可点的,很像古代诗词里描写的场景，特别容易产生闺怨之类的情思。我师姐坐在污水处理间里，她给食堂里的秦阿姨摇了个电话，请秦阿姨去撮合一下电工班的六根。秦阿姨说："哦，就是那个偷看女人洗澡的人啊。谁那么不开眼，看中了他呀？"阿英怒吼一声："我！"

后来秦阿姨跑来说媒，她的态度也很务实：六根，你想娶个城里姑娘吗？阿英是唯一的选择。六根就转过头来问我："小路，你是老牛逼的徒弟，你觉得他们家怎么样？"我摇了摇头，我已经很久没见过老牛逼了，不知道他是不是骑着土摩托周游列国去了。我只能说：六根，你自己保重吧。

阿英要和六根谈恋爱，全厂都知道了。厂里的人说：这是癞蛤蟆想吃乌鸦肉。这帮工人太刻薄。后来他们约会了几次，据六根说，阿英还是很温柔的，并没有想要咬掉他的那个。出去吃饭，都是阿英买单，虽然她吃相有点难看，嚼东西吧唧吧唧的，但六根不嫌弃，六根自己也好不到哪里去。

我师姐恋爱之后，性情大变，去食堂打饭都知道排队了，去女厕所方便的时候也不会让隔壁男人听见她讲话的声音了。鸡头说："爱情是会改变一个人的。"那阵子六根也特别精神，穿上了金扣子的枪驳领西装，还剪了一个像香港歌星郭富城一样的发型，就是前面有点秃顶，挡不住眼睛，只能稀稀拉拉地挡住额头。这是六根生平第一次谈恋爱，起初我们替他捏一把汗，后来我们发现六根和阿英是非常般配的一对，他们可能就要结婚了。

有一天，我和小李去换灯泡，回到电工班门口，看见一个老太太站在凳子上，她把裤带挂在大门的气窗上，打了个结，然后把脑袋伸了进去。我们认得，这是六根的妈，大惊之下，小李抱住老太太的腿，我冲进电工班去报信。六根正躺在里面抽烟呢。我说六根你他妈的还在抽烟你老妈都吊在门框上啦快出去看看吧。众人一听，全都跑了出来。六根跑到他妈妈跟前,扑通一声跪下说:"妈,你有什么事情想不开的?"

六根妈说:"你是不是在跟那个阿英谈朋友?"

六根说:"是啊。"

六根妈放声大哭:"六根,你要是把她娶回家,你对得起你爸爸吗?我还不如死了算了,全家遭罪哟。"

我们当时听得云里雾里,六根娶了阿英就对不起自己爸爸,难道他爸爸曾经和阿英有一腿?众所周知,六根的爸爸是个乡下人,养猪种菜,长得比六根还不如。六根悄悄告诉我们,事情是这样的:工厂门口的桥上,晨昏之际,有很多菜农挑着蔬菜摆摊,就成了个菜市场。我师姐有个很不好的习惯,她跑桥上去买青菜,总是抓起一把,噼里啪啦把菜叶子掰掉,掰成一个小菜心,她就抓着一大把菜心回家去了。假如她心情好,会顺手扔下一毛钱,假如心情不好就什么都没有了。菜农怕她怕得要死,一旦见到她出现在眼前,菜农就会把整个身体趴在竹筐上,护菜。这个动作好像是在做健身操。我师姐也不说话,就从脚底下摘下鞋子,照着菜农的后脑勺猛打。这些挨打的菜农之中,有一个就是六根的爸爸。

六根说:"我爸爸至少被她打过三次,抢走的菜心数都数不清。"

我说:"她打人的时候,不知道是你爸爸吧?"

六根说:"她是不知道,可我爸爸一辈子都记住她了。"

我们把六根妈从凳子上抱下来,老太太的哭声绵长而响亮,并且按照他们乡下的哭法,哭出了起伏跌宕的音调。这下把厂里的闲人都招来了,四周围了上百个工人看热闹。六根妈就把阿英如何用鞋底打六根爸的事情,详细地再三地说给众人听。六根妈是乡下口音,这种口音在大家听来都很有趣,人们一边听一边笑,听不懂的地方还有人主动做翻译。后来六根哭了,六根说:妈,我不跟她谈了，我听你的话。

我师姐阿英想必是在第一时间就知道了这个事,我以为她会抡着鞋底子跑过来,照着六根的脸上连抽几十下,甚至把这个乡下老太挂在上吊绳上,重新吊死她算了。但她没有这么干,她出乎众人意料,在污水处理间里安安静静地坐着。后来她一直这么坐着,一个嫁不出去的老虎,等同于报废的水泵。在污水处理间里,观赏那些满天飘扬的泡沫,把它们想象成雪或花,这也是一件可以接受的事情。她就这么坐着,直到成为一坨坚硬的影子,留在了我的脑子里。

在厂里,我和小李是哥们。

其实我没什么朋友,读书的时候,朋友仅限于同学之间,进了工厂之后就少有联系。我的生活圈子就是在农药新村和糖精厂之间,两点一线,想不出还能到哪里去找朋友。对我来说,异性之爱是一种渴望,同性之间则不存在这种念头,既然它不是渴望,那就可以被我忽略掉。后来我遇到李光南,我们一起看过黄春妹的胸罩,一起被诬蔑为变态青少年,有了一种患难与共的错觉。

有一天,小噘嘴把我拦住。她说:"路小路,你是不是真的和李光南一起看过黄春妹的胸罩?"

我说:"你怎么也跟工人一样无聊啊?老是憋着想知道这些。"

小噘嘴说:"我问你问题,你只要回答是或不是。"

"你又不是法院,我干吗要这么回答啊?"

"肯定是你带他去看黄春妹的。"小噘嘴涨红了脸说。

"你说错了,明明是他带我去看的。胸罩也是他发现的。"

小噘嘴真的生气了,扭头就走,一根红肠似的辫子在我眼前晃。

后来我把这事情说给小李听,小李说:"我正要问你呢,是不是你在杜洁面前胡说八道啊？"我问他，谁是杜洁。他说就是小噘嘴。我有点明白过来，我问他："你们俩什么关系啊？"

小李交代说，他和小噘嘴是小学到初中的同学，九年时间里，陆续有四五年是同桌。小噘嘴读书的时候很凶，小李比较温顺，老师大概也有点变态，就爱把他们俩放在一起，主要是看小噘嘴欺负小李。谁知这两人最后竟欺负出了感情，初中二年级就谈恋爱，毕业以后，小噘嘴读了个中专，学什么企业管理，小李考上了技校，读电工。照理说，前者是干部编制，后者是工人编制，两个人应该吹了才对，但青梅竹马毕竟不是摆炮的，两人感情深得很，把阶级差异忘得一干二净。小李从橡胶厂调到糖精厂，就是为了小噘嘴。我听了这些，不禁也唏嘘，我的小学同桌全都被我欺负得嗷嗷叫，当时我只图一时之快，没想到长大了还能搞一个过来谈谈恋爱。我想她们是再也不会愿意理我了，她们不带着男朋友来报仇，已经算是我的运气了。

后来一段时间，小噘嘴一直说我带坏了小李，本来好好的一个男青年，夏天也光着膀子穿着太子裤，露出阴毛被老阿姨观赏，成了个臭不要脸的东西。我对她解释，我根本没有带坏李光南，我是和他一起光膀子露阴毛的，这都是跟电工班的师傅学的。但她根本不听，好像是我抢了她心爱的玩具。

当初她送我到电工班报到，并不是因为我面子大，而是为了去看李光南。这两个人谈恋爱纯粹偷偷摸摸，好像学校里搞早恋，让人想不明白。小噘嘴身边依旧是一群科室青年围着，小李身边则没什么人愿意围，也就是我跟着他一起去换灯泡而已。厂里谈恋爱确实很不方便，会引来围观，干部群众说三道四，最后双双被送到糖精车间去上三班，班次还给你错开，一个早班，另一个夜班，整个成了猫头鹰和三黄鸡之间的恋爱。秘密恋爱是一种聪明的办法，熬

147

到登记结婚，领导就不好意思对你下毒手了。

那一年除了看过黄春妹的胸罩，还有一件事，是我和小李凭运气撞上的。但我们都没敢说出去，不是怕被小噘嘴知道，而是怕被人打死。

五月里的一个下午，我和小李到锅炉房去换灯泡。锅炉房的师傅我们都认识，他们打架的水平在工厂里首屈一指。他们个个都是五短身材，被腱子肉撑得像一个充气人，而且都是黑不溜秋的。和他们搞好关系很容易，发几根香烟就可以了，锅炉房的师傅要求特别低。

那天，师傅们指了指那排铁制的楼梯说："上面有七个灯泡都不亮了。"我和小李说："操，邪门，七个都不亮了？"锅炉房师傅说："不是一起坏的，是一个一个坏的，叫你们过来一起换了它，省得你们跑七趟。"我和小李冲着师傅们竖大拇指："哥们，够意思。"师傅们笑了笑说："自己上去吧，我们就不陪你们了。"

锅炉房在厂区边缘，外面就是围墙，围墙外面就是民房。整个锅炉房黑乎乎的，灯光暗淡，到处都是煤灰，而且很热。在这种地方工作的人，就算浑身长满腱子肉，到老了以后还是会有肺病。人的气要是喘不过来，腱子肉就彻底白练了。

本厂的锅炉房在这一带是出名的。化工厂有四害：毒气，脏水，煤灰，以及母老虎。其中，煤灰之害就产自锅炉房。一年四季，不管刮什么风，煤灰都在天空中飘扬，到了下雨天，顺着屋檐淌下来的全是墨汁一样的黑水。那时候经常有居民拎着扫帚木棍打到我们厂里来，白天晾出去的衣服，晚上收回来居然变成了黑的。男人回到家一看那衣服，劈手就给女人一记耳光，女人大哭，就冲到我们厂里来闹。

煤灰之害还造成了那一片居民的肤色与众不同，都是黑擦擦的，小孩更是像特种兵一样,完全看不出他们的人种。一到下雨天,那些小孩的脸上就被雨水冲出一道道白色的痕迹,好像斑马一样。

那天,我和小李顺着铁制的梯子往上爬,爬上去五米,到达了第一个平台,找到了第一个不亮的灯泡。再往上爬,找到第二和第三个不亮的灯泡。锅炉房非常大,光线很暗,四周有窗,但这些窗的采光能力很差,一部分玻璃已经不存在了,另一部分玻璃上积着厚厚的煤灰。

我在第三个平台换灯泡的时候,小李忽然踢了我一脚,说:"你看。"我茫然四顾。小李指了指窗外说:"看那里。"

那是一套"回"字形的二层瓦房,这是戴城最常见的民房,中间一个小天井,四周一圈屋子。我们的位置略高于房顶,从这里可以看到一扇窗,在那扇窗里面,有个女人在慢慢地脱她的衣服。她先是从脑袋上摘下了汗衫,露出肉色的胸罩。说实话,因为胸罩的颜色接近于肤色,远远望去,还以为她是个没有乳头的女人。再后来她就把胸罩也摘了下来。整个一幕,从头至尾,她的脸都被屋檐挡住了,我们看到的只是她的胸罩和胸。

我立刻想起了李晓燕奶奶的麻袋片,在乌糟糟的人群中惨不忍睹的那一幕。我一生中看到的乳房从此不再是麻袋片,而是圆形的,饱满的,有着实实在在的乳头的。每当想到这个,我就要头疼,好像被人用榔头敲了一下,最好去吃阿司匹林。这事情发生得如此突然,所以你不能说我是个色狼。古代欧洲那些大航海的水手,在漫漫的航程中犯起了性苦闷,远远看见大海中的海牛,于是把那长着乳房的怪物当作美人鱼。同样的道理,我们两个无聊的小电工,看见真实的人类乳房,对此没有任何免疫力。

我和小李目瞪口呆地看着,直到她缓缓离开了窗口,我们的视线被黑色的屋檐阻隔。如果我们的目光具有杀伤力,肯定会把那屋檐轰成碎片。我听见李光南咽了一口唾沫,于是我也咽了一口唾沫。我们俩都默不作声。后来小李说:"这个事情,千万不要说出去。"

我说:"你当我傻啊,黄春妹的亏吃得还不够啊?"

小李说,这件事情比黄春妹的严肃一百倍,那些生活在民房里的人,或多或少都和厂里的人认得,有些甚至还是职工家属,如果这件事传出去,很快就会有人来报仇,把我们俩杀死在锅炉房里,用煤渣掩埋起来,变成两具人干,或者索性毁尸灭迹,扔到锅炉里烧掉。我听了这个,心里一寒,我倒是不怕被烧掉,但变成人干太可怕了。白蓝带我去看过博物馆里的"楼兰美女",其实整个一具被烘烤过的尸体,那就是人干。

九三年我怀疑自己是个性压抑,有关这个词,我也是一知半解。没有女人而想女人,那是性压抑,想女人而撞到女人换衣服,我就不知道是什么了。当时我把这件事看得非常严重,认为是麻袋片之后上帝给我的补偿,现在想想,其实也没什么。我看到的只是半裸,比六根差远了。当时我二十一岁,活了五分之一个世纪,才撞上个半裸,运气也不见得好。但我不能说自己运气差到了家,如果真是运气差到了家,我应该是看见了黄春妹的裸体,并且被她逼婚。这些都是小李说的。

第七章

在希望的田野上

现在走到化工厂的门口,看到的依然是十年前的厂门,水泥砌成的一个门楼,铁丝网编成的大门。很多人一辈子都是在这个门口进进出出。再往东走是郊区,有大片农田,农田之间有一条公路,去往上海。这条公路在我的视线中是笔直的,好像用西瓜刀劈开的一样。

化工厂的围墙很长,大约两米五高。这个高度我即使穿着枪驳领的西装,也能一跃而上,西装上绝不会沾着一点泥巴。通常我在司机班那一带上墙,那儿比较干净,不至于掉进什么阴沟里。众所周知,化工厂有很多阴沟,阴沟里流的不是脏水,而是沸水,是盐酸,掉进去再捞上来就成了涮羊肉。

翻墙乃是我的嗜好。小时候看过一个动画片叫《崂山道士》,说穿墙术的。我对穿墙术特别感兴趣,可惜它不存在于现实世界,既然不能穿墙,那就只能学翻墙。在这件事上,我好像很有天赋,我以为自己可以去做特种兵,但别人说我是天生的贼胚子。上学的时候因为翻墙,被教务处抓到过几回,教导主任问我:为什么好好的大门不走,偏要翻墙。我回答不出所以然,他就说我是盗贼本性,难以成器。

　　念书的时候，因为逃学，翻墙多数是翻出去，工作以后恰恰相反，因为迟到，多数是翻进来。化工厂的墙外种着许多树，我双脚叉开，在围墙和树干上蹬几下，人就蹿上去了。我曾站在墙头久久不肯下来，我观察过那堵墙，它是用红砖砌成，实心的，腰线以下和墙顶上涂着水泥，由于年深日久，墙根长满青苔。墙外的泥土是黑色的，长着很多草，墙内的泥土是红的黄的蓝的绿的，都被化工原料染成了奇异的颜色。墙头上有白花花的鸟粪，有枯叶和梧桐子，偶尔有一只野猫蹲伏在不远处，除此以外别无他物。

　　站在墙上看外面的街道，景色很奇异。我可以俯瞰过路的行人与车辆，好像电影一样。有一次我看到一个男人匆匆跑到墙角，他没发现我蹲在墙头。他拉下裤子拉链，就在我的正下方，掏出鸡巴用力地小便，尿水冲在墙根上发出噗噜噗噜的一串声音。我蹲在墙头静静地看他，嘴里叼着烟，后来烟灰飘在了他的龟头上。他打了个哆嗦，猛然抬头发现了我，对着我破口大骂。

　　我没有和他对骂。蹲在墙上会有一种错觉，以为自己不属于这个世界。我回忆教导主任的话：盗贼成性。我他妈连厂里的手套都没偷过一副。翻墙有很多种目的，有人偷东西，有人窥淫，有人纯粹是为了体验不属于这个世界的感觉。后者更像诗人，但是诗人不会把烟灰落到人家龟头上去。

　　那天我沿墙而行，注意避开那些茂密的树叶，叶子上会有毛毛虫，扎在身上又痛又痒。走到司机班，我跳上一辆卡车，再从卡车上出溜下来。我忘记把香烟掐掉了，叼着一根烟在生产区里走。还没走出十米，忽然有人对我大吼：

　　"路小路！抽游烟！"

　　所谓游烟，就是叼着香烟到处晃悠，这是最危险的，会把所有的厂房设备都炸到天上去。我不是故意要抽游烟，不管炸着什么，首先飞上天的是我自己。以自己的生命为代价去搞破坏，这不是我的风格。我赶紧把烟踩灭，那人又大吼：

"路小路，乱扔烟头！"

乱扔烟头也会爆炸，或者是火灾，这都是安全常识。我心里焦躁，正想骂那个人多管闲事，他已经旋风一样来到我面前。我一看，立刻没了脾气，他是劳资科长胡得力。

那天我吓破了胆，返身要逃，胡得力一把揪住我的西装。我试图挣扎，我不喜欢自己的衣服被别人捏在手里，而且是我唯一的枪驳领西装。我使了一个反擒拿的招数，用力压他的手腕，本来还能使一招撩阴腿，但我没敢使出来，要是我把劳资科长的睾丸踢飞了，明天就该去牢里上班了。我压了压胡得力的手腕，居然毫无动静，肱二头肌真他妈的白练了。我像一个跳伦巴舞的女人，在他的把持之下剧烈扭动、翻转。他的右手像钳子一样擒着我，左手反捏住我的手腕，一把扭到了背后。我咬了咬牙，忍住没喊疼。

胡得力把我的西装从后面撩起来，顺势在我手腕上打了个结。这他妈太离谱，这是刑警干的活，哪里像个劳资科长。他拎着我往劳资科去，一路上，工人师傅都在笑，说：胡科长，好身手啊。胡得力还挺得意。我心想，要不是看在你劳资科长的份上，我早就把你丫睾丸踢飞了。

我被押到劳资科，先看见小蹶嘴对我做了个幸灾乐祸的表情，又看见胡得力那张铁板一样的脸。胡得力对小蹶嘴说，把劳动纪律手册拿出来，查一查，该怎么罚，罚死这小子。我当时头一昏，以为一年的奖金都泡汤了。后来查出来，生产区抽游烟罚款二十元，乱扔烟头罚款二十元，至于翻墙，根本没这条。整个也就是罚四十块钱。胡得力自己也有点蒙了，对小蹶嘴说："怎么才罚这么点？"

小噘嘴说:"胡科,一直就是罚这么多的。八五年的劳动纪律,到现在都没改过。"

胡得力说:"不行,起码扣他两个月奖金!"

我说:"你这是违法行为,公报私仇!"

胡得力说:"我就是法!我想怎么罚你就怎么罚!"

有关我在生产区被胡得力活擒的事,我想起一个细节:当时有一只鸟飞过我的头顶,拉下了一滴白花花的鸟粪。这滴鸟粪本来应该落在我的脑袋上,结果,由于厮打和挣扎,鸟粪落在了胡得力的头上。他没发现。看着近在咫尺的鸟粪,我忍不住笑了,一笑就走了气,被胡得力彻底制服。

我想不明白那滴鸟粪是什么意思,有什么征兆,或者带有什么暗示,但它确实很好玩。世界是由无数巧合组成的,假如让我在鸟粪和胡得力之间做选择,我情愿选择前者,因为洗个澡就能解决。但我同时认为,我撞上胡得力完全不是巧合,而是一种必然。既然它是必然的,那么,鸟粪还是由胡得力去承受吧,我不能在两件事情上同时倒霉。

我和胡得力结下了梁子。照小李的说法,我死定了。小噘嘴传出内部消息,劳动纪律重新修订,翻墙一律按盗窃论处,不管口袋里有没有揣东西,不管是往里翻还是往外翻。至于抽游烟,新的规定是罚款五百元。其余迟到早退的罚款金额也相应提高。那阵子工人师傅恨死了我,说我一粒老鼠屎,坏了所有人的汤。与此同时,他们也恨胡得力,用了很多脏话,在此不宜一一表述。

为了端正纪律,每天早上胡得力都站在厂门口抓迟到,七点五十五分,他踱到传达室,站在那儿等待上班铃声响起。八点整,传达室的铃声响起,等它停下的时候,就意味着抓迟到的工作开始了。那时候也没有打卡机,抓迟到完全依赖人工,这就使得迟到的概念成为争论的焦点。具体来说,工厂门口有一条笔直的白线,铃声停止的一瞬间,一些职工的自行车前轮过了线,而后轮还在线外,这到底算不算迟到?还有一些职工被前面的人挡在白线之外,认为是前面的人故意堵塞交通,这算不算迟到?还有一些人声称自己早就上班了,只不过又晃出去买了包香烟,这算不算迟到?凡此种种,都要胡得力来解决。

对付这种人工式的抓迟到,有一条原则:宁愿迟到一小时,绝不迟到一分钟。胡得力是干部,不是看大门的,不可能在传达室门口站上一整天。八点三十分,他就慢慢地踱回劳资科,坐在炮楼上,偶尔看一眼厂门口。这时候只需要倒退着走进厂里,他看见的只能是我的屁股,然后往附近的树丛里一钻,万事大吉。

起初,我被胡得力抓到过几次。他会很开心地大喊一声:"路小路,迟到!"我一哆嗦,就从自行车上摔了下来,被他逮了个正着,揪着我的领子让我填罚款单,还得站在厂门口示众,手里拿着一张工厂里的信笺,上书四个大字:我迟到了。胡得力说,这是对付懒散青工的办法,专门用来整我这种不求上进的小青年。他还对我说,人最重要的是羞耻心。

我示众的时候,整个厂门口冷冷清清的,工人都在上班。我举着那张信笺,也不知道举给谁看。胡得力站在我对面,用目光测试着我的羞耻心。当时他说,路小路,你的眼睛里没有羞耻。我说,胡科长,你把我剥光了站在这里,我就会有羞耻了。他听了这话,就对我大声呵斥:"举高点!把纸举高点!"

我示众的时候,附近化验大楼的女孩子从窗口探出头来看我,还用瓜子皮扔我。这些姑娘我都认识,经常去她们那里换灯泡,还请她们吃糖,给她们讲鬼故事。我很喜欢她们,因为她们都很干净,穿的是白大褂一样的化验服，到了夏天，这身衣服之下就是胸罩和裤头。白大褂很薄，隐隐地能看到这些内衣的轮廓。我一想到化验室的女孩，就会想入非非。瓜子皮落在脑袋上也很快乐，古代的书生和我一样，走过勾栏瓦舍，被凭栏女子用瓜子皮击中脑门，这是一件很意淫的事情。趁着胡得力不注意，我对她们投去一个微笑，甚至挥挥手，她们就很嚣张地将瓜子皮一把一把朝我扔，我也不知道她们哪来这么多瓜子皮，大概平时特地攒下来，专门对付我这种懒散青工的。此时胡得力扭头朝她们张望，那几个脑袋就嗖地消失在窗口，像一群受惊的松鼠。这一点我最是佩服，她们从来不会落到胡得力手里。

假如让我来形容，胡得力就像是个猎人，站在厂门口打猎。那些松鼠一样的化验室女孩当然不会引起他的兴趣，就在这时，我出现了，我就是胡得力寻觅已久的大狗熊，只有把我一枪撂倒，才配得上劳资科长的光荣称号。如果你打了一只狗熊，也会把它的皮剥下来，挂在墙壁上展览。对狗熊而言，这纯粹是命运使然。但我愤怒的是另一件事：你不能要求一只狗熊有羞耻心，这他妈太奢侈，狗熊是不能为羞耻心负责的。

我不是傻子，被抓过几次之后，开始向老师傅们学习，上班迟到就往茶馆里一钻。那家茶馆如今已被拆掉了，早先，这里是一间昏暗的平房，没有招牌，走进去先是看见一个老虎灶，灶头上永远烧着一壶水，两盏二十瓦的灯泡悬于头顶，灯下是几张旧得发黑的桌子，一些被屁股磨亮的条凳。郊区的老头就在这里喝茶，老头们看见我钻进来，就会嘲笑道："嘿，又是个迟到的。"

在茶馆里泡着，看完两局棋，绿茶喝得想尿尿，差不多就是九点钟了，这时候胡得力已经回到炮楼里去了，我就把自行车停在附近的车摊上，让修车师傅替我看着，自己一溜烟蹿进厂里。有时候动作快如闪电,门房的老头只觉得眼前一花,还以为闪过去一只野猫。

当然,茶馆并不是绝对安全,有一次胡得力不知哪里来了股雅兴,居然踱到茶馆里来查岗。他一进门就看见我,正在那里下象棋呢。胡得力冷笑了一声,对我说:"你这个月奖金全没啦。"我心里一寒,下错了一步棋,当场被老头将死,输给了他两毛钱。

茶馆据点被查抄之后,我去更远的游戏房打"街霸",这比下象棋更好玩,也更安全。唯独麻烦的是,打游戏常常使我忘记了时间,等我想起要上班,跑出昏暗的游戏房,太阳已经悬在了头顶,差不多可以去食堂吃午饭了。

九三年和我一起站在厂门口示众的,还有一个高个子,绰号长脚。长脚是个管工,年纪和我差不多大。胡得力让他举着另一张信笺,上面同样写着:我迟到了。长脚比较有羞耻心,而且有恐惧心,看见胡得力就吓得说不出话,态度极其端正,把那张信笺举得很高。由于他的身高一米九五,信笺就在两米五以上的高空,谁也看不见上面写着什么。胡得力认为长脚是在故意耍宝,比路小路更缺乏羞耻心。

那一次,长脚示众还不到十分钟,管工班的班长就把他喊了回去,因为管子没人修。有关管工,简单的解释,就是负责安装和维修那些化工管道的,这个工种很古怪,既可以很清闲,也可以累得像苦力。具体来说,如果你不干活,任由管子漏掉,那就很清闲,如果你到处去检查管子,全厂的管子加起来大概有几百公里,你就成了苦力。我厂的管工班极其懒散,师傅们都不大爱干活,所有的工作交给一个人包办,这个人就是长脚。

照我的看法,上班不干活其实也挺无聊的,总要稍微动弹动弹。

但管工班的师傅们发展出了另一项工作：下围棋。其中有几个师傅已经是业余二段了。这伙师傅手筋大得出奇，都是刘小光和刘昌赫那个流派的，只是格调低下，盘面上落下五个棋子之后，必定开始绞杀，毫无教养，完全是流氓棋，大概和他们的工种也有一点关系吧。管工班的师傅下棋，全是站着的，叼着烟，喝着茶。小小一个班组，摆了四五个棋局，杀得天昏地暗。师傅们一下棋，当然顾不上干活了，凡有管道泄漏，就指着长脚说："去，长脚，修管子去！"长脚就老老实实地扛着工具出去干活了，很不幸，整个管工班里只有他一个人是棋盲。

有一天，我和小李又跑到锅炉房去换灯泡。我们还惦记着瓦房底下的半裸体，当然，不会每次都这么好的运气。爬到最高那层平台，那里黑漆漆的，头顶上有轰隆隆的声音，并且非常热。我刚把灯泡摘下来，忽然从黑暗的角落里钻出一个瘦骨伶仃的脑袋，这个脑袋在有光的地方瞪着我，乍一看，以为他没有长着身体，光是一个脑袋浮在半空中。我吓了一大跳，手里的灯泡从二十多米高的平台上掉了下去。

这个脑袋快乐地看着我们，并且喊我们的名字："李光南，路小路。"仔细一看，原来是长脚，他个子太高，难怪被我误认为是飘在空中的脑袋。我骂道："操，长脚，你在这里干什么？"

长脚说："我在修管子。"

小李说："你出来，你躲这里吓死人。"

长脚从阴暗处走出来，他很高很瘦，工作服穿在身上，横宽竖短，非常好看。管工班的师傅们给他起了很多绰号，长脚、仙鹤、竹竿、火筷、圆规、僵尸、高跷……化工厂的师傅们都是修辞大师，取的绰号无比精准。照我的看法，他们都不是什么好东西，就因为长脚不会下围棋，所以得干八个人的活，还要忍受所有的嘲笑。

那天长脚说他在修管子，其实是骗人。我和小李都不是傻子，一眼就看出蹊跷。锅炉房的顶层是最偏僻的地方，常年无人，在这种地方通常不会干什么好事。小李在平台上巡了一圈，没发现什么异常。长脚问："你们找什么？"小李说："你会不会带个女人在这里嘛？"长脚大惊失色，连声说："不要乱讲，传出去会害死我的。"

我说："长脚，你老实交代，在这里干什么？"

长脚说："修管子。"

我说："你连个扳手都没带，你修鸟个管子啊？"

长脚皱着眉头，抿着嘴，从侧面看，他的脸呈C形，好像吃多了中药。这个表情是长脚的招牌。小李说："长脚，你不会在这里手淫吧？"长脚做了个要昏过去的表情，说："你们真下流。我在这里复习功课。"

"你复习鸟个功课啊？考八级管工？"

长脚说："我复习语文。"

我搞不懂，长脚一个管工，学什么语文。照我看，他还不如去学学围棋，可以少干点活。后来小李提醒我，长脚是要参加成人高考。长脚点头，从屁兜里掏出一本成人高考复习资料，果然是《语文》。《语文》我最喜欢了，可惜那时候已经忘记得差不多了。

小李说长脚惨了，被他们班组长知道，肯定打断他的腿。我说不至于吧，他又不是奴隶，凭什么不能参加成人高考。长脚对我说："路小路，你千万不要说出去。你要是说出去，我就到你家门口自杀。"我非常嫌恶地把他推开，说："长脚，你这个变态！"

事实上，小李没有说错。成人高考是公开的，每个适龄青年都可以参加，但厂里对此非常反感，但凡参加成人高考的青工，都被认为是不务正业，好高骛远，三心二意，朝秦暮楚。对付这样的青工，最好的办法就是送到糖精车间去上三班。那时候我们都安慰长脚，放心，你不会去上三班的，你调走了就没人修管子了。长脚说："我就烦修管子！"

其实，长脚曾经多次想调到电工班。电工班比较轻松，像他这么个身高，拧灯泡连梯子都不需要，最多找个小板凳就可以了。问题是，修管子同样需要身高，化工厂的管子也都是架在半空中的。

为了调动工种的问题，长脚曾经去找过管工班长，请他吃饭，要求调到电工班。那位业余二段的围棋家不动声色地吃完了饭，等长脚把用意说清，就抹了抹嘴说："你去找鸡头，他同意的话，我就没意见。"长脚又请鸡头吃饭，鸡头抹了抹嘴说："你去找车间主任，他同意的话，我就没意见。"长脚又请车间主任吃饭，车间主任比较难请，请了三次才赏脸。车间主任抹了抹嘴说："你去找胡得力，他要是同意，我就没意见。"一听胡得力的名字，长脚立刻犯病，腿肚子都哆嗦。他跑到办公大楼里，在劳资科门口转了十几个来回，鼓足勇气冲进去。胡得力一见他进来，不等他开口，就厉声呵斥："长脚，我听你们车间里汇报上来，说你又不安心工作！"长脚听了，一肚子的勇气都成了个屁。

那时候我们都劝长脚，别指望了，你要是调走，管工班的师傅就得去干活，围棋水平肯定下降，这是全厂的损失，是国家的损失。长脚哭笑不得，非常沮丧。后来六根还给长脚出馊主意，教他日本式的励志法，就是每天早上对着镜子说出自己的愿望，大声地喊，还要握紧拳头，这样就能给自己以希望。长脚不知道该喊什么，六根说："你就对着镜子喊'我是电工！我是电工！'"

那天在锅炉房，长脚让我们一定要保守秘密。假如管工班知道他在复习功课，就会派他去做最脏最苦的活，累得像条狗一样，根本没精力去读书。他说着说着，居然哭了，脸像茄子一样发紫。我和小李都很怕他哭，这个仙鹤活像个女人，哭起来会发出抽噎的声音,很恶心。我们用手拍着他的头,安慰他,顺便把手上的煤灰也擦了个干净。我们答应他,不说出去。长脚还不放心,忽然说:"我们结拜兄弟吧,这样你们就不能出卖我了。"

我嘲笑地说:"还是结拜兄妹吧。"长脚瞪着我说:"小路,你看不起我!"我当然不想让长脚误会,这样他又要哭死。我说结拜就结拜。长脚说,电工刀呢,歃血为盟,在手心割一刀,把手握在一起,血就融进去了,就是兄弟。小李就掏出一把电工刀,磨得铿亮的,说:"你先割。"长脚拿着刀子,看了半天说:割肉太疼了,而且血融在一起会传染肝炎,还是发誓吧。

那天我们就举手发誓:陈国威,路小路,李光南,某年月日结拜兄弟,皇天在上,煤灰在下,谁要是叛变,就天诛地灭,千刀万剐。发过了誓,我们对长脚说:"这下你满意了吧?"长脚说,还要排座次。算了一下年纪,小李最大,长脚次之,我最小。长脚说他是老二,就是关公。我们就嘲笑他:"管工,关公,你做定了。"长脚很不高兴,说:"还是叫我老二吧。"老二是鸡鸡的意思,不过我没再嘲笑他,怕他又哭。

长脚曾经对我们说他的人生计划:考上夜大,读一个机电一体化专业,毕业以后通过送礼走后门,做一个技术员,然后调到科室里,然后做科长。这是一个美好的计划,每一步都很惊险。

结拜之后,长脚的秘密没能守住,倒不是因为我们泄密,而是管工班开始了大检修,得把全厂的管子都检查一遍。管工班的师傅不得不放下围棋,象征性地干一点活,主要还是依靠长脚。长脚是骨干力量,当然少不了他。不幸的是,偏偏就少了他。

管工班的师傅不见了长脚,比丢了儿子还着急,扯着嗓子满厂乱喊:"长脚!修管子喽!长脚!修管子喽!"喊了半天,还是不见他的踪影。以前他很乖的,好像一条训练有素的狗,喊一声就会出现在眼前。师傅们急疯了,满处乱找,有人要打电话报警,有人要去他家报丧,以为他淹死在某个贮槽里了。后来,有个锅炉房的师傅跑了过来,指了指那根冒黑烟的烟囱。人们心领神会,十分钟后,把长脚从锅炉房里揪了下来,同时也从他屁兜里掏出了那本《语文》。

长脚也快疯了,成人高考迫在眉睫,如果考不上,就意味着他得在管工班多干一年。被揪下来之后,没过五分钟他又消失了,这回是在废品仓库抓住了他。后来分别在食堂、图书馆、男浴室把他擒获。长脚曾经对我说,能不能去求白蓝开放一下妇检室,那里最清净,而且师傅们不敢冲进去。他知道我和白蓝关系不错,但我没答应他。那阵子,管工班又兴起了一项更高雅的运动:猎狐。一群师傅在工厂的森林中围捕长脚,后来发展到全厂的师傅都在围捕他,谁逮住长脚,管工班长就发给他一根红塔山。既然有了彩头,大家就更开心了。最后,管工班派出两个师傅,每天接送长脚上下班,吃饭拉屎都盯着他,把这个一米九五的仙鹤逼得无路可走,只能老老实实去修管子。

有关化工厂的管道,其实也是很有趣的。早在进厂之前,我爸爸就提醒过我,化工厂的管道是不能轻易接近的。这些管道有各种颜色,认准颜色对我的生命财产有好处:绿的是水管,红的是原料管,白的是蒸汽管,蓝的是惰性气体管。这些管道大多架在空中,像肠子一样蜿蜒曲折。没事最好不要在管道下面待着,水管漏了不要紧,万一是硫酸管子漏了,就很恐怖。我亲眼看见有人在硫酸管道下面站着,忽然之间,他的脑袋上冒出了一缕白烟,好像升仙,然后他就像大熊猫一样在地上打起滚来。

我厂的管道,是一个叫梁秃子的工程师设计的。他非常有创意,把硫酸管道架在水管的正上方,这些水管通往澡堂。假如硫酸管子漏了，硫酸滴在水管上，渗进去，通过水管流到澡堂，洗澡的人就会觉得身上有点疼。被这种低浓度硫酸浇在身上，我们就趴在窗口通知外面："妈了个逼，硫酸管子又漏啦！"

我必须说，梁秃子还是一个有良心的人，这些洗澡水不但不会伤害身体，而且有杀菌作用，可以治疗阴道炎和包皮炎，但它确实又辣又疼，不是正常人能受得了的。梁秃子对自己的发明非常得意，管道泄漏，浴室报警，可以去申请国际专利。毫无疑问，全厂职工都恨死了他，没有人愿意在洗澡的时候做一个自动报警器。

这种愤怒从梁秃子身上蔓延，并殃及长脚。管工负责管道维修，管工班唯一干活的就是长脚，不恨他恨谁啊？有时候，下班洗澡，洗淋浴的人会忽然大喊："哎哟，硫酸管子又漏啦！长脚呢？"别人就报告说，长脚在大浴池里泡着呢。这时，就会有三五个师傅把长脚从水里捞上来，冲着他大骂："长脚，操你妈，修管子去！"长脚涨红了脸，一声不吭，湿淋淋地套上棉毛裤就往外跑。当他冲出去的时候，楼上女澡堂的窗口伸出几十个湿漉漉的脑袋，冲着他齐声大骂："长脚，操你妈，修管子去！"

有关长脚，照他自己说，活在一个生不如死的世界里，这个世界里有很多人是疯子，他们平时很正常，看见长脚就会变成疯子。他就是一个令人发疯的 key。我建议他去做手术，把腿锯掉二十公分，别人就不会欺负他了。工厂就是这样，如果你长得和别人不一样，就会引起别人虐待的欲望。

长脚东躲西藏，后来终于把管工班的师傅们惹急了，他们一锤子敲开了长脚的工具箱，从里面搜出来一叠复习资料，找了个火炉，一把烧成了灰烬。长脚从外面回来之后，发现工具箱洞开，自己的复习资料不见了，就对师傅们说："别开玩笑了，把资料还给我。"

师傅们说："烧了。"

长脚说:"我保证不躲了,你们把资料还给我。"

师傅们说:"烧了。"

长脚拿起一把扳手,说:"去你妈的,还给我!"

师傅们说:"烧了。"

长脚操起扳手,举到空中,那样子好像是要行凶。这个动作要是由我来做,师傅们早就逃了,可惜,长脚太缺乏威慑力。师傅们瞪了他一眼,然后把帽子都摘了下来,把脑袋凑到扳手下面,说:"往这儿敲,你敲一下,我就工伤半年。"长脚看着那七八个脑袋,首先,他不敢敲,其次,他也不知道该敲谁好。扳手最终敲在了师傅们的棋盘上,那些棋盘都是钢板做的,用刮刀在上面画出格子,扳手只能敲出一声巨响,以及一串火星。师傅们哈哈大笑,长脚放声大哭,往河边跑去。

我和小李在管工班门口目睹了整个过程,连师傅们烧书也看到了。有个老师傅说,管工班的师傅很厉害,当年造反搞武斗,他们拿着长枪(其实是一根两头削尖的管子)攻打图书馆,把整个图书馆都烧了,长脚那几本破书算个鸟。

长脚虽然窝囊,但还是我们的结拜兄弟,我和小李跟在他身后,一直追到桥上。长脚趴在桥栏杆上,对着河中的货船掉眼泪,喉咙里发出呃呃的声音,好像要噎死过去。我们怕他跳河,就抱着他的腰。我奶奶说过,撞墙抱头,上吊抱脚,跳河抱腰,都是拯救自杀者的办法。长脚却不肯离开,双手抓住桥栏杆,双脚抵住桥沿,好像一张弓一样被我们拉开,这就更不能放手了,因为一松手就会把他弹到河里去。最后小李把手伸到长脚腰眼里,点了一下,他就松了劲,我们把他扛到街上,长脚坐在马路牙子上,像个女人一样啜泣。

我和小李一左一右护住长脚,防他再跳河,长脚脸上哭出了深一道浅一道的泪痕。路过的工人对我们喊："路小路，李光南，你们俩又欺负长脚！"

长脚哭够了之后，对我们说："我要辞职！"

"去哪里啊？"

"不管去哪里，我就是要辞职。"

"可是你去哪里呢？"

长脚说不出来，我们也说不出来。九三年，坐在河边，河很宽，河水是黑色的。去哪里这种问题是不能想的，假如我去想，就不免要再问自己，我从哪里来？我是谁？这他妈不是一个电工该想的问题。长脚是不可能辞职的，他只会做管工，我甚至还不如他，我只会拧螺丝拧灯泡。后来厂里跑出来一个车间管理员，指着长脚说："长脚，修管子去！"长脚已经哭累了，只能站起来，老老实实地跟着他走了。我坐在马路牙子上，点起一根香烟，等烟燃尽了，我拍拍屁股，和小李一起去换灯泡。

我曾经问过小李，你技术不错，又很年轻，为什么不到三资企业去撞撞运气。小李说，三资企业管得很严，动不动就被开除掉，国营企业虽然操蛋，但它不能开除职工，除非你真的去打车间主任。

我那时候对三资企业没什么概念，只知道是香港人、台湾人以及外国人开的厂，至于它们和国营企业有什么区别，大概就是工资比较高吧？小李给我算过一笔账，在糖精厂，我们一天干两个小时的活，其余六小时闲着，在三资企业一天马不停蹄地干八个小时的活，工资却不会高出四倍。这是显而易见的道理。后来我遇到个高中同学，他在一个韩国人的厂里做流水线，他说，一天至少干十个小时，连小便都要登记挂号。

九十年代，戴城开发工业园区，到处都是土方车，在大街上横冲直撞。这些土方车从农田运来泥土，把另外一些农田填平，造厂房。六根说，他们村里来了一些穿西装的人，说是免费给农民挖鱼塘。农民开心死了，养鱼比种地挣钱。于是挖土机就开进了村子，日夜不停地挖鱼塘。六根的爸爸一觉醒来，发现自己家的菜地全都变成了四方形的大坑，足有三米深，掉进去根本爬不上来。等到他爸爸回过神来，已经晚了，他们家的房子仿佛耸立在一座山丘上，四周全是深坑。下过雨之后，他家就成了个孤岛，得坐在木桶里游出去。六根爸爸没办法，只好放了鱼苗来养。有一天，村里的小化工厂放污水，鱼全死了。

六根家的菜地，最终变成了工业园区的地基。我们嘲笑他：六根，你家好大的游泳池啊，可惜全是深水区。

那时候，戴城的工业园区，据说是新加坡投资的。全市的干部群众都很紧张，新加坡人就要来了。我以前不知道新加坡，据说是一个国家，据说是一个城市，后来知道这个城市就是这个国家。戴城的报纸上说，新加坡是一个花园一样的城市，又干净又安全，而且很有钱。

九三年的时候，我鬼使神差地听过一场报告。有几个领导跑到新加坡去考察，然后召集了一些青年去听报告。我们坐在一个小会堂里，看了好多幻灯片。领导说，以后戴城会成为一个劳动力奇缺的城市，因为很多外商都会到这里来开厂，以后就再也不用担心找不到工作了。下面的青年听得很受鼓舞。领导忽然又说，但是，戴城群众的素质有待提高，新加坡的法律很严，谁要是随地吐痰，就会被拉进去用皮鞭抽，这皮鞭可不是你们爸爸的皮带，而是特制皮鞭，并且像鞋子一样有尺码，按照各人的体重挨不同规格的鞭子。小孩有小孩的鞭子，女人有女人的鞭子，退休工人有退休工人的鞭子。这一鞭子下去就变成半残废，得在床上躺一个月，养好了伤，再拉进去抽第二鞭子，如此循环直到抽完。最重要的是，新加坡是个法治国家，不可以托关系走后门，你要是犯了事，就算你爸爸是公安局长都没用。领导说完这个就对着我们奸笑，我心想，他妈的难道我们国家就不是法治国家吗？

我当时没什么法律常识，听到这种胡诌，吓得要死，以为那个南洋的花园国家会向戴城派遣行刑队。这些行刑队会站在街上，戴着红袖章，凡是看见不文明的行为，就一鞭子抽过去，连罚款都不需要，因为他们有钱，不稀罕人民币，他们的嗜好就是抽人。由于他们的文明水准特别高，所以看不顺眼的东西也特别多，像我们厂里的人几乎个个都可能挨鞭子。这场报告听得我一头雾水，假如马上就有鞭子等着我们，为什么大家还那么鼓舞？后来白蓝说我脑子有病，听报告时候断章取义，就听出这种效果来。

我对工业园区和三资企业抱有恐惧感，就是从这场报告开始的。后来，新加坡人来参观戴城，全市发动爱国卫生运动，连我们农药新村都在大扫除，还灭鼠。我妈妈问街道主任："新加坡人会到我们这里来吗？"街道主任说："我也不知道，但灭鼠很有必要，万一老鼠跑到宾馆去呢？"灭鼠运动之后，老鼠没见少，农药新村的鸡鸭被毒死了一大片，又不能吃，只能任由它们在草丛里发臭。那时候新加坡人已经不干了，工业园区投资到了另外一个城市，死鸡死鸭没人管。

有关三资企业，对一个戴城人而言，始终是奋斗目标之一。另外还有两个普遍的奋斗目标：考上大学，开个杂货店。除此以外就没什么了。坐科室那是梦想，不是目标，奋斗了也没鸟用的。当时，糖精厂里暗流涌动，很多人都想去三资企业碰碰运气。我以为小李会去，或者是长脚，没想到第一个吃螃蟹的竟然是六根。

有一天六根对我们说，他要去一家台资企业做电工。我们都很吃惊,说:"六根,你辞职啦?"六根说:"我没有辞职,我有一大把调休,可以歇三个月。我打算去台资企业干三个月,干得好就辞职,干不好再回来嘛。"我问他:"不调你档案啊?"六根说:"三个月试用期,不要档案的。知道什么是试用期吗?"我还真不知道,糖精厂没有试用期的,进厂就签合同。六根说:"小路,你要多见见世面,三资企业很现代化的,管理也是现代化的。"我们就夸他聪明,六根最喜欢别人夸他聪明。

后来六根就去了。过了一个礼拜,六根又出现在我们面前,他鼻青脸肿,嘴上结着血痂,看这样子是被人打过了。

六根告诉我们,台资企业在很远的镇上,每天早上五点钟,那个厂里有一辆破破烂烂的中巴车,把员工接到镇上去上班。更多的员工是住在厂里的。六根很看不顺眼,三资企业的厂车竟然是一辆中巴车,而且那么破。中巴车也奇怪,不给进厂门,是停在马路上的,工人得在门口打卡,然后才能徒步走进去。

六根第一天上班,下了中巴车,打了卡,趾高气扬往厂里走。他发现台资企业很奇怪,工人走进厂门都是安安静静的,没有人交谈,更没有人说笑。工厂门口站着八个穿武警服的保安。这种武警服在地摊上都能买到,是农民工和小流氓穿的,六根也就没在意。他想不明白的是,为什么上班时候要在门口站八个保安,糖精厂最多就站一个胡得力嘛。另外,这家台资企业才两百个工人,就要用八个保安,而糖精厂几千个职工,也才配备了五个厂警。这莫非是劳改营啊?

六根很犹豫地站在门口张望,后来有个保安走过来,操着外地口音对他说:"你这个傻逼在这里看个鬼啊?"六根一听就生气了,六根是电工,虽然长得难看了点,但手艺很好,糖精厂的厂警从来不敢对他这么凶的。六根指着保安说:"你他妈说什么?"话音未落，忽然屁股上挨了一脚，接着当头又挨了一拳，然后他就被十六个拳头包围在中间。八个保安围着他，像打狗一样打他。周围的工人依然静悄悄地走过，没有人围观，也没有人劝架。

六根被打昏了过去，醒来发现自己被扔到了国道边上，衬衫（已经完全是布条了）口袋里塞着一张开除通知单。六根没搞明白，自己还没上班，就莫名其妙挨了一顿打，然后就被开除了。国道上全是风驰电掣的汽车，六根伸出手想拦车，那些车发出巨大的噪音从他身边开过，没有一辆减速的。六根沿着国道往回走，走得很慢，他感觉自己的腰被人打断了。太阳下山的时候，他看见一片波光粼粼的水面，水中央有个岛，岛上有几幢农村的小楼房。他知道自己到家了。

六根被暴打之后，我们都断了去三资企业的念头。无处可去也是一种快乐，还是老老实实拧灯泡吧。叔本华说，一切幸福都是消极的。没事的时候，我们几个青工就坐在花坛边上，看工厂里形形色色的人。比如说，王陶福的老婆追打王陶福，他们从生产区打到办公楼，从澡堂打到食堂，很像一部叫作《猫和老鼠》的美国动画片。王陶福是档案科的，其人精瘦，因为阿芳跳楼跳烟囱的事，我们都叫他诱奸犯。他老婆追打他的时候，手里拎着各种东西，有时候是扫帚，有时候是钢管，凶神恶煞，大呼小叫，锐不可当。王陶福则是一声不吭，闷头逃命。工人看到这种情景，总是拍手叫好，还给他们加油，干部看了，往往是皱着眉头，嘀咕一声："不成体统。"

后来王陶福的老婆发展出了另一项技能，扔砖头。她追不上王陶福，就在手里揣着板砖扔他，这就不是夫妻打架了，因为扔砖头会把人砸死。但是，可爱的是，他老婆从来砸不中他，有时候追得非常近，砖头几乎可以直接拍在王陶福的后脑勺上，但她还是会砸偏掉，砖头从王陶福的耳边嗖地飞过。照鸡头的说法，他老婆简直是故意的，这种打杀都快成为一档节目了。由于她乱扔砖头，厂里的玻璃窗碎了好些，大家都在玻璃上贴着透明胶带，防止玻璃碴子崩到脸上。

有一天王陶福被他老婆追到了死胡同里，当时他非常绝望，前面是一堵墙，后面是他老婆，他老婆后面是一群看热闹的工人。我都怀疑他是不是渴望长出一对翅膀，可以飞到天上去。王陶福停住脚步，做了个暂停的手势，走到他老婆面前，劈手扇了她一个耳光，然后就抱头蹲在地上，任由他老婆发泄。那婆娘真不是个省油的灯，挨了耳光之后，大叫一声，一脚踹翻王陶福，坐在他胸口，然后从脑袋上摘下一根钢丝发夹，她就用这根发夹在王陶福的脸上划了一个血淋淋的"井"字。

我小时候种牛痘，胳膊上有个"井"，后来看到有人把牛痘种在自己男人脸上，这个事情叹为观止。"井"字伤疤就留在了王陶福的脸上，过了一些日子，这伤疤褪去了一半，变成一个"牛"字，操，每当看到王陶福，我们就会想起他老婆的牛逼。

除了看夫妻追打，我们还会看到干群对打。有一天，废品仓库的方瞎子把保卫科长推到了茅坑里。方瞎子不是真的瞎子，只是绰号如此，一般的解释是认为他不长眼睛，见谁灭谁。那天保卫科长走过生产区，想要小便，来不及回办公大楼，就在附近找了个厕所，恰好方瞎子在大便。方瞎子是蹲在小便池上拉屎的，这非常恶劣，后面来小便的人必须注视着他的屎。保卫科长见了，非常生气，就骂了一句。身为保卫科长，对这种行为提出抗议，这也很正常，一般工人也只能接受。后来拉屎的人抬起头来，保卫科长倒吸一口凉气：原来是方瞎子！

方瞎子对保卫科长说，你不要走。他擦好屁股，拉上裤子，走到保卫科长面前，然后就把那张用过的草纸按在了保卫科长的脸上。趁着保卫科长惊慌失措之际，他又把他推进了茅坑里。这一切发生得非常快，如电光火石一般，据说这就是高手。等我们跑过去看热闹的时候，一切都结束了，唯有地上一串粘着屎的脚印，无声地诉说着发生过的事情。

我们当时不明白，保卫科长身高一米七五，很壮，而方瞎子身高才一米六，还有点驼背，凭什么方瞎子就把保卫科长按到了屎堆里。鸡头说，你们还不知道方瞎子吧，他当年拉过电闸。因为一件小事扣了他的奖金，他也没闹，也没威胁谁，独自跑到生产区的配电房，一把拉下了全厂四个车间的生产电路，轰的一声，糖精厂忽然鸦雀无声，马达不转了，锅炉不叫了，反应釜不反应了。甲醛车间上百万的原料，在炉子里电加热，就此变成一堆废料。

我以前听老牛逼说过，有人牛逼到敢去拉电闸，没想到就是方瞎子。我说我知道，听说他还扛着炸药包去厂长办公室。鸡头说，不是炸药包啦，是雷管，拉电闸是犯法的，本来保卫科要把他抓进去，搞破坏至少劳动教养，谁知方瞎子全身绑着二十根雷管冲到了厂长办公室。当时的厂长快退休了，都吓傻了，没有人愿意干一辈子革命工作在退休之前被炸死，这种死法太冤枉。就这样，方瞎子没被抓进去，厂长也没被炸死。方瞎子这么个破坏狂人，最后被调到废品仓库当闲差，那儿全是些破烂玩意，他想砸什么就随便砸吧。

我们几个小青工听得咋舌。鸡头总结说，所以啊，保卫科长不是输在体力上，而是输在气势上。

见识了方瞎子，我们对鸡头说，真是一山还比一山高啊，以前就知道老牛逼不能惹，现在才知道厂里有这多高人。鸡头冷笑一声，说，你们知道个屁，真正的高人是谁，你们根本不知道。后来，鸡头指给我们看，那个扫地的老头，又瘦又干，皮肤苍白，长得有点像欧洲人。鸡头说，你们知道他是谁吗。我们一起摇头，这扫地的老头是个孤老，住在附近的毛竹棚子里，很少说话，也从来不正眼对我们看的。鸡头说，他是国民党的青年师师长，二十岁就当上了少将，黄维兵团的，淮海大战时候被我军俘虏，关了些年再放出来，就在我们厂扫地。老头伦敦留学，一口标准的英语。他还有好多部下都在香港台湾。据说老部下来探望他，要接他去享福，老头只捏着扫帚不说话。

九三年，我在工厂里做电工，每天到厂里的澡堂去洗澡。那个澡堂在工厂宿舍区的正对面，一楼是男澡堂，二楼是女澡堂。男澡堂有一个大浴池，还有淋浴间，女澡堂则没有浴池。我一直以为女人也能蹲在浴池里泡澡，后来去过女浴室才知道，女人只能淋浴。我是去女浴室换灯泡，而不是偷窥。

九三年在宿舍楼抓到一个偷窥狂，这人拿着望远镜对着女浴室观望。我们厂的宿舍楼，是一幢极破的三层楼房子，木结构的，住着很多老鼠，平时根本没什么人愿意进去，一是怕房子倒了砸死在里面，二是怕着火了烧死在里面，三是怕被耗子咬了染上鼠疫。此人就蹲在三楼的走廊里，静悄悄的，看得很开心。后来，夕阳照在他的望远镜上，光线反射到女浴室的窗口，有个女工觉得很晃眼，朝那个方向看了看，心领神会，然后就跑下来喊人，抓流氓。

这个流氓是梁秃子的儿子，在甲醛车间做管理员的。梁秃子造了那么缺德的管道，现在终于有把柄被群众捏在了手里，本来应该把他们父子俩都吊在厂门口，剥光了衣服用新加坡皮鞭抽打的，但这个老东西非常狡猾，他竟然对厂长说，他儿子不是变态偷窥狂，而是对人体解剖感兴趣。他儿子的志向是要考医学院，结果呢，只能为医学院提供福尔马林，这就使他产生了一种医生情结，老想看看人体。厂里看在梁秃子是工程师的份上（也不知道他送掉了多少中华烟），居然不做任何处理，把他儿子放了。

出事的当天，我们几个人跑到宿舍楼里，那里很安静，夕阳都快落山了，几只耗子吱吱叫唤着从我们眼前走过。我，长脚，小李，我们三个很好奇，想从那个位置上尝试一下，是不是真的能看见女澡堂。我们站在窗口，那里离澡堂大概有三百米远，用肉眼几乎什么都看不到。

后来小李忽然拉了我一把，指着窗台以下的墙壁对我说："你看。"我定睛看去，那里粘着一串乳白色的、黏糊糊的液体，这种液体在我梦见女人的时候也曾出现过，但我从未有过将它们射在宿舍墙壁上的念头。男人长了个鸡巴本来是好事，但要是拎着它到处乱射，这就有点说不过去。长脚视力不大好，还凑过去看，我们就吓唬他："长脚，我要是在你屁股上踹一脚，那东西就能粘到你鼻子上去。"

我们把这件事告诉了保卫科，我们说梁秃子的儿子不是医生变态狂，而是实打实的窥淫癖，有精液作证。总不能说医生在做手术的时候会有性欲吧？射到病人的腹腔里？这他妈太扯淡了。可是保卫科的人不相信我们，几个小青工，嫉妒梁秃子的儿子，他看到了赤膊女人而我们没有看到。跟这帮干部没什么可多说的。

有一天我出去换灯泡，站在梯子上，忽然看到对面屋檐下写着六个大字：胡得力，没鸡巴。又研究了一下，到底是谁干的。小李说："这还用研究吗？当然是你写的，你最恨他了。"我说我没干过这么无聊的事。小李说："那你再费神把字擦掉吧。"我说这种事也不能由我来做。

九三年厂里评先进，那是冬天了，我站在厂门口的宣传栏前面，我看到玻璃橱窗后面贴着很多照片，全是那一年的先进工作者。其中有白蓝，也有胡得力。第二天清晨，起着大雾，我很早到厂，经过宣传栏的时候看了看，发现照片外面的玻璃上被人用水笔画了些图案，白蓝的脸上画了一道胡子，胡得力的嘴巴上被人画了个鸡巴。很滑稽。我擦掉了白蓝的胡子，但吃不准是否要替胡得力擦掉鸡巴，那鸡巴画得惟妙惟肖，恶心得我都不想去碰。后来有人走过来了，我迅速返身，遁入茫茫大雾之中。

第八章

野 花

　　我离开工厂之后,有很多个夜晚,都在稿纸上描述它。有时候我把它写得非常伤感,有时候则非常快乐。我从来没有写过白蓝,除了这一次。即使是在我三十岁以后,写到她,也只是一些断断续续的故事,我不能一次就把她说完。我做不到。在我有限的生命里,我将一次次地把她放下,又重新拾起。我用这种方式所表达的已经不是爱了,而是怀念。但是这种怀念来自于我身体最深的地方,是我血液中的一部分,不仅是白蓝,还有其他人。

　　每一个秋天,站在白蓝的医务室里,都能看到工厂外面的野花。那是一种没有名字的花,大多数是黄色的,还有一小部分是橙色的。这些低矮的野花沿着工厂的围墙,一直开到远处的公路两旁,它们非常绚丽,像很炽烈的阳光照射在地面上的颜色。连片的,绵延的,在阴暗的地方似乎要断绝,但在开阔之处又骤然呈现出一片盛景。这种野花的花期很长,从十月开始,一直到霜降大地,它们都出现在我的视线中,用一种骄傲而无所谓的表情。在它们盛开的季节里,有些路人随意地采摘它们,然后又随意地抛弃在路上,车辆碾过,黄色的花瓣被挤压得粉身碎骨。即使如此,也无损于它们本身的美丽。

我喜欢站在医务室的窗口，有时她不在，门没锁，我也擅自跑进去，站在那里。她进来之后发现我在，起初她不说什么，后来次数多了，她说："小路，没有人的房间，除非是你自己的房间，否则不要随便闯进来。"我说："你说话这么绕，我一句都听不懂。"她摇了摇头说："跟你讲不明白。最近又被胡得力抓到了吗？"我说："没有啊。我最近很老实。"每当说到胡得力，她就会再加一句："你是个叛逆青年。"

我对她说，我不是叛逆青年。我做工人就是这个样子，迟到早退，翻墙骂人，诸如此类的坏事，每个工人都可以去干。假如我去写诗，那我才是工人之中的叛逆青年。我还说到我堂哥，那个收保护费的，他也不是叛逆，他们黑社会里面的规矩比厂里大多了，谁敢不服？假如他去考大学，那他就是黑社会之中的叛逆青年。这种叛逆很少的，它不会被人扁，只会被人嘲笑。我一直认为，被扁的理想是值得坚持的，被嘲笑的理想就很难说了。

白蓝听了这些，就说："我没说错，其实你还是个叛逆青年。"我听了这话，无言以对。

九三年春天，我曾经和她一起去参加过化工局的一次先进事迹报告，当时，每个厂派十个代表去参加，工会组织的。我在工会的名声还是不错的，工会的徐大屁眼选了几个优秀职工，后来想到我和白蓝曾经救过德卵，这也勉强算是一件先进事迹。徐大屁眼就把我喊过去，通知我星期六下午不用上班了，去局里听报告。我对报告不感兴趣，但可以不用上班，当然乐意，何况是和白蓝在一起。

那天我和白蓝骑着自行车，来到化工局的礼堂，里面挂着很大的红色横幅，灯光明亮，人头攒动，好像有一种开宴会的气氛。白蓝说,坐到角落里去吧。我不干,我要坐到第一排,她说我脑子有病,第一排都是领导坐的,那就第二排吧。我们坐在一个半秃的脑袋后面,我点起一根香烟,白蓝说这里大概不能抽烟,我返身一看,后面至少有十七八个工人都叼着香烟呢。听报告的时候,前面的领导也抽烟,台上的先进模范也抽烟,那时候没有所谓禁烟的概念,只要不在生产区,只要不会炸死人,香烟是随便抽的。

出乎我的意料,先进事迹报告会很好听。有人掉进污水池,另一个人去救他,那人救上来了,另一个人死了。有人勇斗歹徒,歹徒来厂里偷钢材,英雄拿着一个手电筒对付四个拿刀的,被捅成重伤,当然他的手电筒也砸中了其中某个歹徒。有人一年四季免费给厂里职工疏通下水道,老婆闹着要跟他离婚,因为他干这个有瘾,连家里房顶漏了都不管。有人看见毒气泄漏,非但不往外跑,还冲进去关阀门,群众的生命保住了,他自己被熏成了傻子。

我听了这些故事,对白蓝说,我一直以为自己救德卵很伟大,可以上台做报告,现在才知道这根本算不上个鸟毛。这些先进事迹太厉害了,你看过《圣斗士星矢》吗,他们简直就是圣斗士。白蓝说,闭嘴,什么神斗士的,乱七八糟。

后来上来了一个老头,是个老英雄,他为了修一台进口机器,把左手的四个手指头,连带小半个手掌全都轧掉了。他伸出左手给我们看,那只手上长着肉乎乎的四根东西。老英雄盛赞医生的再生手术,那个手术很神奇,就是在他的肋骨上开一个口子,把他的残手埋到肋部,缝上,这样子就像一个人总是在掏自己的钱包一样。过几个月再拿出来,残手之上就长出了一块肉,但这块肉是不分叉的,看起来就像藤子不二雄的机器猫哆啦 A 梦,医生再用刀子把这块肉切成四条,好像削胡萝卜一样削成手指状,再包扎起来,就成了四根手指。当然,也可以切成八条,有八根手指也挺酷的,跟章鱼一样。

我听到这里，又目睹四根肉棍，很后悔自己坐在第二排。太残忍，胃里不舒服。我扭头瞥了一眼白蓝，她聚精会神地对着老头看，还频频点头，很有兴趣的样子。我忘记了，她是医生，不是变态。

我问白蓝，手指被轧下来到底该怎么办？我有一个女同学，在轴承厂工作，开车床的，他们厂里隔三岔五被轧掉手指，一年下来，能捧出一碗手指，非常吓人。我那个女同学不久前也把手指弄断了，当场疼昏过去，边上的工人把她送到医院，有个小学徒听说现在可以接手指，就把她的断指捡起来，泡在酒精里一起送了过去。医生见了那手指，二话没说，直接送去做标本了。白蓝翻着眼珠摇头，说："怎么可以泡在酒精里呢？太无知了！"我说酒精不是防腐的吗，还杀菌呢。白蓝说："泡在酒精里，组织功能全都坏死了。应该找冰块，找不到冰块就用雪糕棒冰。"

听完报告出来，已经五点多钟。我说："以后这种报告我再也不来听了，本来是四点钟下班的，听个报告搞到五点多，不合算。"

白蓝说："去吃饭？我请客。"

我们在街上找饭馆，我和白蓝没有固定吃饭的老地方，我说去吃面，她说吃面太寒伧，吃西餐吧。后来我们跑进一家牛扒城，闹哄哄的全是人，这是戴城唯一可以用刀叉吃东西的地方，桌子都是用大木板做的，有点像猪肉店的砧板，凳子也是他妈的条凳，只不过比面馆里的条凳更宽更长。服务员端着刺啦刺啦的铁板牛扒在人群中穿梭。有人不吃饭，对着一个二十九吋的电视机狂唱卡拉OK，唱的是张学友的《吻别》。这根本不是西餐厅，我在电视里见过西餐厅的，那里很安静，还点蜡烛，服务员穿得像新郎。白蓝说："你说的那是法国西餐厅，这个是美国西部的西餐厅。"

我们坐下来，在一群女中学生之中，大家都坐在一张条凳上。

有个女中学生胸部特别大,她图方便,把两个胸就放在了桌子上。铁板牛扒端上来之后,刺啦刺啦的,全都溅在她的胸上,她尖叫着跳了起来。我看得好玩,白蓝拧了拧我的胳膊说:"不许朝人家看,小流氓。"

我哈哈大笑,我想起李晓燕奶奶的事情,当时我妈也是这么对我说的。后来我想到李晓燕的奶奶已经死了,心里有点难过,我就不笑了。这件事情我一直希望它没有发生过:我没有看到过麻袋片,或者,她没有跳楼。这样我都能过意得去。

我和白蓝是并排坐着的,这么讲话很不方便,后来我骑在条凳上和她讲话。她没法骑,她那天穿着一步裙,就算不穿裙子,她也未必愿意骑着凳子和我说话吧。

她说:"小路,你自己知道吗?你和别的青工不一样。"

我问她:"不一样在哪里?"

"我说不上来,你以后也许能去做点别的。"

"做什么呢?"

"你不要用这么弱智的方式和我说话,可以吗?"她瞪我一眼。

我说,我来告诉你吧,我和别人有什么不一样。我的数学老师说过,我是一个悲观的人,我以为这个世界上这种人比比皆是,后来发现不是这样。悲观的人很少很少,有些人本来应该悲观的,可是他们打麻将唱卡拉OK,非常快乐。我身边全都是这样的人,我不知道自己应该用什么方式来看这个世界,悲伤的,还是乐观的。我小时候认为,一件事情要么是快乐的,要么是悲伤的,它们之间不具备共通性。可是我终于发现,悲伤和快乐可以在同一件事情上呈现,比如你咬了王陶福的老婆,很多人都认为这是一件好玩的事,都笑死了,但我却感到悲伤。我悲伤得简直希望自己去代替你咬她,这样就不会那么难过了。这就是我和别人的不同,仅仅是微小的不同,不足以让我去做点别的。我和我身边的世界隔着一条河流,彼此都把对方当成是神经分裂。

那天我在吵吵闹闹的牛扒城,用很低的声音说,白蓝,我爱你。但那地方太吵,连我自己都听不清。说完这句话,她没有任何反应,我想放亮嗓子再大声说一次,但我又觉得,这件事情连做两次是很傻逼的,第一次是为了爱她,第二次纯粹只是为了让她听见。我就当自己什么都没说过。

后来,我吃完了一盘黑椒牛排,感觉像什么都没吃,这牛排还不如我们厂里的猪排呢。我也不想吃下去了,没心情。我发给她一根香烟,她摆摆手,说:"我们走吧,闹死了。"这时候,卡拉OK里开始放黑豹的Don't Break My Heart。这次是原唱,很好听。

出门之后,我们自然而然往新知新村方向去,先是推着自行车走,走累了就骑上自行车。我给她讲些班组里的笑话,长脚,六根,元小伟。她有时笑,有时皱眉头。

在新知新村,她停下自行车,我习惯性地掉头回去。她说:"你上去坐一会儿吧,我有个东西要给你看。"我就停好自行车,跟着她往楼上走,楼道里黑乎乎的。那时候我不知道上楼要走在女士前面,我只知道跟着她走,一步裙很性感,我眼睛正对着她的裙子,虽然楼道里很黑,还是看了个一清二楚,躲都没地方躲。

如今让我回忆白蓝的家,我能想起来的是:那是一套两室户的老式公房,房子的质量大概和农药新村差不多,没有客厅,阳台很狭窄。这套房子几乎没有装修过,水泥地坪保持着毛坯房的本色,窗框是木制的,刷了一层绿漆,已呈剥落之状。她就独自住在这套房子里。她拉亮电灯,到厨房去烧水,我独自坐在朝南的房间里。不久之后,她端着一碟瓜子进来,说:"在烧水,等会儿泡茶。吃瓜子?"我说我不吃,但是可以抽烟吗。她说:"你随便,烟缸在书桌上。"

她的家具非常简单,几近于宿舍。唯一有点特色的是靠墙放着个书架,里面有几排医书,还有一些乱七八糟的书,烹调,外语,古代诗词。趁她去倒茶的工夫,我抽出一本《妇产科病图鉴》看了看。那本书里面一张照片都没有,全是用素描手法画出来的器官,还打上阴影。等白蓝端着茶进来的时候,我正翻到葡萄胎那一页,以我当时的智力,怎么也想不通好端端的一个孕妇怎么会生出一串葡萄。

她从我手上呼地抽走了那本书,用鄙夷的口气对我说:"你看这种书做什么?"

我说,随便看看而已,又不是黄书。我很同情给这本书画插图的人,我的一个亲戚就是学美术的,要是学了美术最后就是给妇科病图鉴画这种东西,那也没什么好玩的,还不如做电工呢。白蓝说:"贫什么嘴,这是科学!"

后来她从抽屉里拿出一张纸,上面密密麻麻印着些字。她对我说:"你看看这个。"我一看,是一份夜大招生函。我说这个东西我知道,长脚就在考夜大,被人像狗一样追来追去,都快跳河自杀了。白蓝说:"你不要吊儿郎当的,我很严肃地和你说,你应该去考夜大。你现在上白班,晚上也没什么事,读个夜大正好。"

我说:"要参加成人高考的,那些语文数学我全忘记光了。"

她从抽屉里拿出另一张纸,说:"这是成人高复班的招生函,还有一个多月就结束了,你现在去上课,还是能赶得上的。"

我说:"我考虑考虑吧。"

白蓝说:"小路,你有没有考虑过别的,比如说,为了给你妈妈争气什么的。"

我不爱听这些,我最烦别人提我妈。我说:"我上班挣工资就是给她争气,我要是考上大学,她还得每个月给我寄生活费,操,养得活我吗?"

她把两张纸往抽屉里一扔,说:"得了,算我白说。你就混吃等死吧。"

我根本不想和她谈这些,她一个小厂医,根本不知道我考上夜大以后会落得什么下场。我肯定会被送到糖精车间去上三班,上三班就不可能读夜大,除非三分之二的课程都翘掉,或者三分之二的中班夜班都旷工,这两件事是矛盾的。厂里专门用这种办法来整治那些读夜大的青工。

后来我在屋子里转了几圈,她住在朝南的房间,北边屋子锁着。我问她:"这房子你一个人住?"

"是的。"

"你爸爸妈妈呢?"

"都去世了。"

我不敢再问下去。后来我喝多了茶,去厕所尿尿,她家的卫生间是最老式的那种,蹲式的马桶,水箱在很高的位置上,有一根绳子,拉过以后水就冲了下来。我伸手去拉,发现绳子断了,就跑出去搬凳子,爬上去修理水箱。

白蓝说:"哦,水箱绳子断了,上个礼拜就断了。"我说:"你不冲水啊?"她说:"拎个水桶冲水呗。"我一边修水箱,一边说:"你知道吗,我以前也有个同学家里是这样的。他大便完以后用水桶冲水,结果水倒得太猛了,屎都漂到自己脚上了。"白蓝皱着眉头说:"你怎么净记得这种恶心的事情?"

我说,我也没办法,我脑子里记得的都是些恶心事,好事记不住,大概是天生的。一脑壳都是屎的人没前途,读什么鸟夜大啊。等我修好水箱,白蓝就问我:"手洗了吗?饭前便后要洗手你知道吗？"我说我知道，我洗过了，刚才修水箱的时候，我在水箱里洗了一下，比较节省。白蓝说："我有时候真的很鄙视你。"

后来，她对我说，不早了，可以回去了。我就老老实实往门口走，到了门口，我对她说：我想过了，我去上高复班，我去读夜大，只要她高兴就可以。我想我妈也会高兴的，我这辈子只要她们开心，什么都可以去干，无所谓的，哪怕是去做亡命之徒。她听了这话，就抱住我，在我的嘴上亲了一下。

过了很长日子之后，她说起那天的事，她说自己有点被打动，因为我把她和我妈妈相提并论。她说我很会甜言蜜语，而且这种 sweet 与别人不一样，为此应该亲我一下。她又说起那次救德卵，我赤着上身在面包车上睡觉，我在迷迷糊糊的时候喊了她一声妈，当时她就很冲动地想亲我一下，因为有干部在前面坐着，她就忍住了。

那时候我对她说，你又说鄙视我，又要亲我，假如我是个知识分子，大概会很恼火，把你当成是个医务室的卡门。但是你看，我一个拧灯泡拧螺丝的，就不会有这么多杂念，这多好。我只会按照那种使我成为亡命之徒的方式往前走。我被这个世界鄙视，所做的一切都是为了让人把我当成一个 shit，但这些鄙视绝不会来自于你白蓝。我又不是傻子，鄙视和喜欢会分不清吗？要是分不清这个，那就被汽车撞死算了。

她吻了我。她后来说，她以为我会说爱她，但我没说，而且跑掉了。我说，我已经说过爱你了，在牛扒店里，在医务室里，在三轮车上，甚至是在猪尾巴巷我们初次认识的时候。她说那些都不算，她要我说爱她。我就说："白蓝，我爱你。"

那天她亲我，她的手捧着我的脸，我觉得自己像个被夹子夹住的老鼠，嘴巴被挤成一朵喇叭花，舌头伸不出来。她也不管我死活，亲完之后，她说：好了，回去吧，路上当心点。我不太甘心，就捧着她的脸也这么亲了一通，让她尝尝被夹住的滋味。然后我松开她，抚了抚她的头发，就走了。我下楼时候速度飞快，她怕我摔死在漆黑的楼梯上，其实我跑惯了这种楼梯，我知道所有公房的楼梯都是十七个台阶，绝不会踩空一脚。她想叫住我，但我走得太快，而且在楼下嗷地喊了一嗓子，新知新村的人都从窗口探出头来看我。她叹了口气，关上门，任由我跑掉了。

我想起她的床。那是一张单人床，很干净，很简单的被褥，有一个蓝色的枕头。看到她的床会联想到她睡觉时的样子，周末早晨的阳光是不是会照到床上，做梦的时候会不会从床上掉下来。我甚至看到，枕头上曲折地卧着几根头发。每当我想起这些，心里就很悲伤。这张床太小，如此单薄仿佛她和我一起经历过的几桩破事。这是为睡眠而准备的床，仅仅为睡眠而准备。假如我们之间再发生一些别的，或许这张床会给我留下更好的印象。

直到我自己想睡去，在无人的地方闭上眼睛，永无梦境地长眠。仅仅是睡眠的床也可以代表着一种幸福，我后来才知道。

九三年长脚考取了夜大，是戴城大学办的，机电专业。他高兴死了，请结拜兄弟吃饭。化工厂附近根本没什么吃的，一个是面馆，飞着几百个苍蝇，还有老鼠与人共餐，服务员是个酷爱翻白眼的中年婆娘；另一个是茶馆，只有水，没有固体食物。这两个地方都不适合开庆功party。长脚把我们带到公路边上一个停车吃饭的地方，那地方不错，几个头发枯黄的小丫头站在路边，对着来来往往的汽车招手，她们是这里的服务员。长脚点了小半桌菜，大多是素菜，荤菜只有炒螺蛳和炒鸡蛋。他又拎了几瓶啤酒，我们三个开始喝着，喝到一半的时候，外面一阵自行车铃声，小嘁嘴跑了进来。

小嘬嘴终于把那腊肠一样的辫子剪掉了，这还得归功于我，我在小李面前说了好几次，你老婆把腊肠挂脑袋后面。他起初是不敢对她说的，后来时间长了，被我灌输得有点痴呆，一不小心说了出来。小嘬嘴听了，二话没说，跑到美发厅去剪了个齐耳的短发。从这一点上说，小嘬嘴确实和小李是青梅竹马，感情不一样。假如是由我来说出腊肠这一节，准保被她臭骂一顿。她骂我和长脚都已经习惯了。

　　见到小嘬嘴来，长脚又点了个肉末粉丝煲。我们照例是举杯庆祝，酒过三巡，小嘬嘴对长脚说："长脚，你这回惨啦。"

　　长脚脸色顿时耷拉下来。小嘬嘴带来的消息，都是劳资科的内部消息，这些消息全是噩耗。她虽然长得很甜，其实是个乌鸦。

　　长脚说："怎么啦？"

　　小嘬嘴说："胡科长知道你考上夜大了。"

　　长脚说："谁传出去的？"

　　小嘬嘴："全厂都知道你在考夜大，你自己填招生表的时候把工作单位也填上去了吧？"

　　长脚说："不填单位不给考的。"

　　小嘬嘴说："所以啊，胡科长打个电话过去就知道了。听说你成绩不赖啊，全都及格了。"

　　长脚已经无心听她调侃，他站起来在饭馆里打转，说这下完了这下完了，肯定被送到糖精车间去上三班了。我们看着他像个笼子里的狼一样，转得眼睛都晕，小嘬嘴说："长脚，坐下说话。"长脚双手撑着桌子，两眼忽然全是血丝，瞪着她。小嘬嘴大叫一声："妈呀，吓死我了！"长脚说："胡得力怎么说？是不是要把我送去上三班？"

　　小嘬嘴说："没有。胡科长就说，你学了机电也没用。厂里学机电的至少有四五十个人,都在上三班呢。除非你学管工。"

长脚大叫起来:"夜大没有管工专业的!读了个大学,我还是修管子吗?"

我们三个坐在那里,被他的唾沫星子喷在脸上,全都直着身子点头。后来小噘嘴安慰他说:"你也别难过了,这儿还有人学会计呢。"

"谁啊?"长脚和小李一起问。

"我。"我举起手,眼睛看着窗外。

说实话,这个消息我是瞒着所有人的,我读高复班,我参加成人高考,我被夜大录取,只有白蓝知道。我可没想到胡得力会打电话去夜大查询,如长脚所说,考夜大必须要填工作单位。当时我想也没想,就写了个戴城糖精厂,早知道还不如写个体户呢。后来长脚跳出来掐我的脖子,说,你怎么会考上夜大的,你根本没复习怎么会考上夜大的。我用力摘下他的手,说:"你是技校毕业,根本没参加过高考,我是高中毕业,我基础比你好多了。"

长脚说,这下完了,双双去上三班吧。我说他神经病,我又不是他女朋友。照我的看法,我去上三班的可能性倒更大。小噘嘴说:"胡科长说了,你一辈子做不了会计的,你会贪污的。"我就说,这话逻辑有问题,既然说我一辈子做不了会计,怎么又知道我会贪污呢。小噘嘴不跟我讨论这种问题,她不理解什么叫逻辑,这种车轱辘话只有跟白蓝绕着才有意思。

后来他们问起我,为什么去学会计。我说我也不知道,我读的是文科班,可以不用考化学物理,理科是我的弱项。去填招生表的时候才发现,夜大的文科专业只有两个:文秘和会计。我他妈的很郁闷,我还以为自己能读个中文系什么的,结果只有秘书和会计让我选择。我想了半天也不知道自己该读哪个,后来招生的老师急了,让我不要磨蹭，我就问他："您看我是像秘书呢还是像会计？"老师端详了我一会儿，摇头说："都不像。"我只能闭着眼睛填了个会计，不像就不像吧，也许老了以后能像。

小噘嘴说："反正胡科长没说要送你们去上三班，但你们小心点，我听说糖精车间要扩产啦，缺人，明年至少要调一百个人去上三班。"

有关一百个人去上三班的事情，后来被证实确有其事。一时间，白班工人风声鹤唳，三班工人幸灾乐祸，甚至有些基层干部都打起包裹，要求调动到别的厂去。糖精车间的新厂房正在紧锣密鼓的建造中，眼看着它一天天造起来，大家的心一天天沉下去。这中间还地震过一次，可惜震级太小，光是把河边的泵房给震塌了，耗子全都跑了出来。糖精车间安然无恙。他们说，这车间投产以后，里面的动静就等于是七级地震，这房子除非扔炸弹，否则不会倒。

我考上夜大以后，整个夏天就在等开学，心情非常糟糕。但我爸妈心情好极了，我妈都快哭了，认为我要求上进，是个好青年。我爸爸强忍着激动，用深沉的嗓音对我说，家里在我这一辈上没出过大学生，光出过我堂哥那样的流氓，所以我这是光耀门楣的壮举。我看了看咱家的门楣，心想，爸爸，一个野鸡大学也值得你这么激动吗？

我想退学是没门了，感觉是上了贼船。我妈在楼道里宣传了一圈："我们家小路考上大学了。"邻居不明白，就问："咦？你们家小路不是在糖精厂做电工吗？现在大学又开始招工农兵了？"我妈说："不是工农兵大学，是夜大学。"邻居就说，小路真上进啊。然后回家去拍自己儿子的头皮，要他向我学习，一边做工人一边读大学，既赚钱又拿文凭，全世界的美事都被路小路一个人独占了。

那时候我们楼里有个读高二的小子，重点中学少科班的，眼镜片子跟瓶底一样，而且罗圈腿，看起来像个残废。残废的妈妈也教育他，向路小路学习啊，不甘堕落，发奋图强。残废很不耐烦地对他妈妈说："夜大算个屁啊！我初三就能考取夜大了。"残废的妈妈就狠狠地教育他，说他太不谦虚。其实，残废说得一点没错，夜大算个屁，不但文凭没鸟用，还有可能连累老子去造糖精。后来，过了两年，残废没去考清华北大，而是考了个佛学院，剃头做和尚去了。残废的妈妈哭了个半死，到我家来诉苦说："早知道这样，当初还不如让他像小路一样考个夜大呢。"我这才知道，天下的母亲，都具有一种非凡的预见能力，当初她让残废向我学习，原来并不是学我的上进之心，而是学我的入世之心。我妈也是如此，夜大的文凭无法让我去厂里做一个会计，但至少能让我娶一个读中专的姑娘，如果运气好，说不定能娶到个读本科的。这也是一种入世精神，可惜我和残废都不能体会母亲的一番苦心。

九三年，他们说，我和长脚都可能去糖精车间上三班。首先，我们两个都考上了夜大，这种人天生就应该去上三班造糖精，苦其心志，劳其筋骨，令其想死。其次，我是什么技术都不会，只会拧灯泡，很容易被淘汰；长脚则是他们班组的头号牺牲品，如果上头要抽人去造糖精，长脚肯定是第一个被出卖的。

那时候六根给我们出馊主意，要想发达，就去泡厂长的女儿。厂长的女儿是化验室的，你看见她就会想起我们厂长，两个长得实在太像。都说女儿像爸爸，但不能像到那种程度，晚上跟她睡在一起，乍一睁眼，还以为是睡她爸爸，这就太恐怖了。这姑娘一如厂长，矮胖，圆脸，戴一副宽边玳瑁眼镜。身材脸蛋也就算了，为什么要跟爸爸戴一样的眼镜，那就天知道了。厂里的工人不正经，说她戴四个胸罩，胸口两个，脸上两个。

我们一听要去泡四个胸罩的姑娘，一起摇头。六根说，你们别臭美了，这姑娘可高傲呢，见谁都不理的。我们就一起点头，是的是的，厂长的女儿她当然有理由高傲，而且也应该难看，否则人人都去泡她，她忙得过来吗？

六根说，听说秦阿姨正在给四个胸罩的姑娘找对象，把科室里的未婚男青年翻了个底朝天，其中颇有几个跃跃欲试的，既然科室青年都不怕死，我们这些做电工管工的就更无所畏惧了。我和长脚犹豫了半天，我说还是让长脚去泡吧，我名声太臭了。大家都表示同意。长脚说："我竞争不过科室青年的。"后来鸡头在长脚后脖子上拍了一巴掌，使之恍然大悟，鸡头说："你他妈的泡上了她，你不就是科室青年了吗？"

长脚又说："那我去泡她，小路怎么办呢？"我们几个一起朝他后脖子拍去："你他妈的泡上了她，小路还会去上三班吗？"

工厂里泡姑娘是花样百出的，最简单的办法是拔气门芯。我有个姑姑是工人，年轻时候很美，有一天她下班发现自行车气门芯没了，正在发愁，这时眼前出现了一个浓眉大眼的青工，该青工非常关心地说："自行车坏了？我来修。"然后他就像变戏法一样变出了一个气门芯。我姑姑年少无知，三下两下就爱上了这个助人为乐的青年，后来他就成了我姑父。

还有跑到班组里去吹牛的。还是我的姑父，到我姑姑班组里，对着其他人狂吹，说自己会缝纫，会打毛衣，会烧菜。一边吹牛，一边用眼风扫我姑姑。我姑姑在旁边听着这些，心里越发倾慕，八十年代会打毛衣的男青年绝对是珍品。后来结了婚才知道，屁，他什么都不会。我姑姑也是瞎猫拖上死耗子，姑父凭着这手狂吹的绝技，若干年后做上了全厂的党委书记。

有关糖精厂的化验室,那里戒备森严,一般人进不去,只有电工可以自由出入。化验大楼有上百根灯管,几乎每天都有坏掉的,平时都是攒齐了一起换,遇到电工心情好,也可以去主动跑去换灯管,检修电路。泡化验室的姑娘,乃是电工的天职。但是,化验室对长脚来说是一个无法企及的地方。长脚是管工,化验室里有很多灯泡,有很多烧杯,有很多仪表,就是他妈的没有管道。假如长脚随随便便跑进去,可能撞上女化验员换衣服,那他就惨啦。女化验员都是穿白大褂的,白大褂下面就是胸罩和裤头,如果他撞上的不是四个胸罩的姑娘,而是两个胸罩的老阿姨,一种可能是被送到保卫科,另一种可能是被就地强奸掉。

后来六根出主意,下次去换灯管,带上长脚一起去。这个主意虽然很糟糕,但也不失为一个办法,长脚化装成电工浑水摸鱼,我们的任务是掩护他。

那天我们借口检修电路,统一换灯管,几个电工一起跑到化验室去,顺便带上了长脚。结果,千算万算,忘记问一声四个胸罩的姑娘在不在。她那天正好调休。长脚非常沮丧,在化验室百无聊赖,他就主动爬到桌子上去换日光灯管,不料被电了一下,直接从桌子上滚翻在地。倒霉的长脚被两个阿姨抱着,阿姨大声喊他的绰号:"长脚——"我们跑过去看时,长脚脑袋枕在阿姨臂弯里,好像将死的烈士,另一个阿姨在给他按摩胸口。这情景非常不堪,我们都看不下去,收拾起工具全都走了。走出化验大楼时,听见后面一阵脚步,长脚连滚带爬地跟着我们跑了出来。

鸡头说,长脚实在太差劲了,看看小路吧,陪小姑娘嗑瓜子,给小姑娘讲笑话,换一个灯泡得四个钟头,妈的,四个胸罩的姑娘看来得小路去对付。长脚就说:"小路,你去对付也一样,泡上了别忘记把我也调到科室里。"我只能哼哼哈哈地敷衍他们,心里很担忧。我们电工班的人都是碎嘴，这消息假如传出去，厂长知道我们这么泡他的千金，恐怕会把我和长脚都送到锅炉房去。

九三年我和长脚的运气好到了家，本来很有可能去锅炉房的，结果，我们厂长莫名其妙被调走了，来了个新厂长。科室青年的求婚行动立刻偃旗息鼓，再也没有人想泡四个胸罩的姑娘了。我们也顺杆子往下爬，这姑娘简直是烫手的山芋，谁都不想去碰，碰了她，很可能被新厂长送到锅炉房去。政治斗争真残酷啊。

新厂长上任，我们都期待着糖精车间扩产的事情能搁浅，谁知，新官上任三把火，他不但要扩产，而且要大大地扩产，使我们厂成为全球糖精的主要生产基地，让其他的糖精厂都倒闭。三班工人的缺额，从一百个猛增为一百五十个，所有的闲差都要重新整顿，连食堂里运泔水的都不例外。大家咒他断子绝孙，他也确实没有小孩，泡厂长女儿的计划彻底落空。

回忆我的九三年，除了考上夜大以外，还有一件事值得我妈高兴：我入团了。

秋天到来的时候，陈小玉来找我。陈小玉是新调来的团支部书记，一个模样甜甜的姑娘。那时候流行这种甜妹型的，我夸她长得像著名歌星杨钰莹，她听了还挺高兴。如今要这么夸她，估计就是找抽了。

陈小玉说："路小路，你还不是团员吧？"我点了点头。说起这个我就自卑，中学的时候我曾经模仿班级里的优等生，打过入团报告，从初二一直打到高三，每年清明节之前我都要把自己的思想灵魂剖析一番。但我不大会写入团报告，把自己形容得无比惨。学校团支部书记把我叫去，说："我们是吸收团员，不是施粥。你再回去斟酌斟酌。"过了几天，我去打人，把一个低年级的学生打成了神经病，看见我就发抖，半夜里梦见的不是裸体女人，而是我跷着二郎腿对他诡笑，他居然还为此遗精，简直见了鬼，只能去看心理医生。这件事被学校里知道了，团支部书记又把我叫了去，说："前几天我说错了，你不用斟酌了。"

这世界上有一种东西叫个人档案。我在小说里读到，档案是一种与你自己密切相关、而你自己却不会见到的东西。比如小学老师给你写了个评语：该生很淫荡。这条评语入了档案，就是在你脸上敲了个金印，古代叫黥刑。这个黥，你自己还看不见，别人却知道。要洗脱这种罪名是非常困难的，因为不会有第二个老师为你正名：该生其实不淫荡。第二个老师通常会说：该生的淫荡隐藏得很深。这他妈就彻底完蛋。没有人能证明我不淫荡，除非我是阳痿，但阳痿也可以做到心淫身不淫，隐藏得很深。

我把人打成神经病，此事确凿无疑，并没有冤屈了我。只是，梦遗到底算不算神经病，我不知道；这件事到底有没有入档案，我也不知道；如果入了档案，我是不是还能入团，这我更不知道。后来陈小玉让我入团，我便确信，曾经把人打得遗精的事情并没有入我的档案。我觉得自己以前虽然做过不少坏事，但也有过救人为乐的好事，做了电工，读了夜大，还有一个挺不错的女朋友，简直已经到了人生的顶峰，目前确实是洗心革面的好时机。

有关入团，我心里很欣喜。人都有一种向上的积极性，即使在最堕落的时候。被枪毙的人看见阳光还会觉得欣慰呢。我对陈小玉说："入团申请书该怎么写呢？"陈小玉开玩笑说："你大字不识几个，写入团申请书，简单一点诚恳一点，把自己的想法说出来就可以了。"我听了这话，非常之沮丧，我是大字不识几个的人吗？

我当时还谦虚了一下。我对陈小玉说，我在厂里表现很差，经常被胡得力抓迟到，奖金扣得只剩下个位数。我这种人能入团，自己都觉得惭愧。陈小玉说:"你不是救过赵崇德吗?好好表现,将来一定会有出息的。你也不是没优点啊。"

我说:"好吧,小玉姐姐,只要你开心就好。"她听了就特别开心。

入团那天,我们跑到食堂去宣誓,男男女女十几个人。那个王八蛋业余摄影师还给我们拍照。这次他没敢马虎,把我拍得很潇洒。只有食堂的秦阿姨不识相,站在一边看热闹,还指着我说:"这个路小路脑子被撞坏过的,怎么也能入团啊?他的脚啊,臭得都不能靠近啊。"

有一件事情我一直想不明白:为什么某些人认为我很善良,很有培养前途,很值得和我说话谈心,而另外一些人则认为我完全是个垃圾,除了去糖精车间上三班,再也没有别的事可干。这种困惑几乎弥漫在我的整个青春年代,可以当作是个形而上的哲学问题来思考。后来我是这么认为的:前者是那些亲爱的人们,我从生下来就要为他们唱歌写诗、讲黄色笑话,我要用很温柔的态度把他们写到小说里去;后者则完全是浑蛋,我要八辈子去你妈的。这个想法很幼稚,像个二元论者。纳博科夫说,所有打算清账的小说都写不好,不管是历史的账还是个人的账。除此之外,还会像个愤怒的傻逼,我很不喜欢傻逼,尤其是愤怒的,所以我对自己的想法一直都很批判。

我入团之后,午饭时间经常往陈小玉办公室跑,她的办公室也在小红楼里,在图书馆隔壁,再往里走就是医务室。这一带对我而言,用一个很滥的词来形容:温馨。

陈小玉热爱文学艺术,案头常备一本《收获》,我翻了翻《收获》,陈小玉就说:"怎么着,对文学感兴趣?"

我立刻说:"是啊是啊,我对《收获》很感兴趣,一个人读了

《收获》就可以说我大字不识几个,看来《收获》里面一定有很多我不认识的字。"陈小玉知道我在编派她,也不生气,递给我一张小报,说是厂报,如果我乐意写点散文什么的,尽管往她那里投稿。

我顺手翻了翻,这张厂报就像考卷一样大,对折起来,第一版是厂内新闻,第四版是劳模表彰,第二和第三版就是青年文艺作品,有散文,有诗歌,有书法,有篆刻。这张报纸有一个很好听的名字:今日糖精。

陈小玉说:"新办的报纸,欢迎你提意见。"

我没什么意见可提的。我到团支部来,主要是看看白蓝,顺便再看看科室女青年。说实话,做电工虽然跑了很多科室,但对科室女青年还是很陌生。她们都很美,近距离接触她们是一种罪过,比写诗还危险。我常常觉得,我就是污泥,而她们是荷花,我的存在就是为了使她们看起来更晶莹动人。等我入团以后,在团支部见到了密集的科室女青年,她们离我很近,甚至和我擦肩而过。那么多美丽的女孩啊,个个年龄都比我大,我恨不得全都认作姐姐,可惜她们还是很晶莹,不理我。我记得有一个科室女青年长得非常美,鹅蛋脸,皮肤好得要命,脸上永远带着微笑。这种肤色不可能出现在三班女工的脸上。别人都夸她好看,还说她脸上是职业性的笑容。我当时不解,职业性的笑容,那不是三陪吗?

与科室女青年相映成辉的,是科室男青年。他们在午饭时间聚集于此,他们来自宣传科、劳资科、保卫科、财务科、供销科、档案室……他们通常都会拿着一本纯文学杂志,这都是从图书馆借出来的。他们很斯文,和科室女青年交谈说笑,他们会提到苏童的小说和张艺谋的电影。与之相比,生产男青(就是搞生产的青年男工)手里都是一本《淫魔浪女》之类的下流武侠小说,也是从图书馆借来的,他们叼着香烟,随地吐痰,嗓门大得像马达。谁是科室男青,谁是生产男青,一目了然。只有我显得很特别,我手里是一本《收获》,但我其实是个电工。

我的这种做法,首先被科室青年鄙视,认为我是在装逼,其次是被生产青年鄙视,认为我还是在装逼。只有陈小玉和图书馆的海燕说,路小路是个有点天分的文艺青工——请注意,不是文艺青年,是文艺青工。

九三年是一个无处可去的年份,在工厂里上班,外面的世界变得很快。七十年代,工厂里是什么样,外面就是什么样。八十年代,外面有舞厅和录像馆,工厂的娱乐设施显得落伍,有些工厂也跟着造舞厅,造录像厅。再后来,外面有电子游戏房,有网吧,有桑拿,这下子工厂跟不上了,总不能把车间改造成娱乐中心吧?

那唯一不变的娱乐场所,图书馆,就成了国营企业的梦幻之星。每天中午,糖精厂的图书馆对外开放,《淫魔浪女》与《约翰·克里斯朵夫》杂陈在一起,还有各种各样的杂志,乱七八糟的录像带。在这个图书馆里有全套的二十世纪外国文学丛书,有人民文学出版社的网格版古典名著,当然还有各色盗版武侠小说和言情小说。我对张小尹说起过去,就会说那个图书馆里有很多我想看的书,起初我也看《淫魔浪女》,后来看些别的,外国古典名著和中国先锋派之类。我的目的很简单,只是为了让自己看起来像个读野鸡大学的。

我现在住在上海,爬满蟑螂的地方,有时候会梦见化工厂的图书馆,那里很干净,没有蟑螂,某些季节里会有一些蠓虫从窗外飞进来。我坐在里面看书,那唯一的吊扇翻动着书页,风卷动淡蓝色的窗帘,时间在我的注视下流逝。在那幢楼里,白蓝、陈小玉、海燕,还有各色各样的科室女青年,她们也像那些书,被我的记忆整理之后放在一个安静的地方,我年轻时遇到了那么多姐姐,现在我三十多岁了,姐姐们都去哪里了呢?有一天我在上海的旧书市场晃悠,竟然淘到一本敲着"戴城糖精厂图书馆"图章的书,丰子恺翻译的《落洼物语》,我把这本书揣到口袋里的时候,心里非常伤感,好像是从废纸篓里找到了我遗失多年的情书。我又想起,我辞职的时候有一本纪德的《伪币制造者》没还给图书馆,有一天我妈看到这本书,非常担心,以为我失业在家,要去造假钞糊口。这些书都被我珍藏在书柜一角,将来我死了,可以给我儿子看看。

我现在回忆糖精厂图书馆,那里有个管理员,叫海燕。她是戴城小有名气的诗人,经常在晚报上发表作品。我后来还遇到过一些姑娘,她们也叫海燕,无一例外都很有文艺细胞,有的是画画的,有的是摄影师,有的酷爱写作。为什么叫海燕的姑娘都会有那么一点与众不同呢?我的看法是:从小就受了高尔基的熏陶。上学的时候,语文老师让我朗读课文《海燕》,我站起来直着嗓子念道:"《海燕》!高尔基在苍茫的大海上……"被语文老师用一个黑板擦扔中了额头。语文老师说我永远不会像海燕一样拥有远大的抱负,而一个名字叫海燕的姑娘是绝不会这么无聊的。

在《戴城晚报》上发表诗歌是一件非常牛逼的事情。我不能想象自己的文字变成铅字,我第一次看到自己的文字被打印出来,由一组歪七歪八的象形文字变成方方正正的宋体字,心情激动得要昏倒。文字变成铅字,就是铁证如山的事情,就像一记耳光拍在脸上,就像露阴癖被联防队员赤身裸体地抓获在大街上。

有关我写诗,经过是这样的。有一天海燕对我说,路小路,你和其他青工不一样啊。这句话我已经听白蓝说过了,现在又有人这么说,心里毕竟很激动,认为遇到了知音。我问海燕,我有什么不一样。她说,其他青工都是看《淫魔浪女》,你看的是《悲惨世界》。我心想,我看《悲惨世界》就是为了体会一下,什么叫悲惨。海燕说,这本书很好,很励志的。妈的,悲惨世界还励志?

那天海燕从抽屉里拿出几本诗刊,说:"你拿回去看看吧。或许你会感兴趣。"这些诗刊不是图书馆的,是她私人的,工厂里什么杂志都有,就是不会有诗刊。我说:"写诗啊,不就是句子分行吗?"她说:"口气不小啊,写几个出来,让陈小玉登到厂报上去。"

那时候我想不到,自己写诗,还刊登到厂报上去,是件找死的事。我还以为很牛逼呢。原先厂里就一个海燕是写诗的,她很美,又很懂事,领导都喜欢她。在厂里人看来,她写诗是一种类似女红的活计。后来我成为糖精厂第二个写诗的人,但我是个电工,而且名声狼藉,别人把我当个傻逼,我自己还不知道。那时候胡得力看见我的诗,就说,这是不务正业的典型,应该把路小路送到糖精车间去,他就知道什么是诗意的人生了。

现在我知道,写诗的人有一种毛病,就是喜欢鼓励别人写诗。陈小玉和海燕发现了我的才能,但同时也把我送到了坑里。工人师傅遥遥地看见我过来,就冲着我大喊:"诗人!诗人!"我羞愧难当,恨不得找个地缝钻进去。干部看见我,一般不嘲笑我,而是用一种很冷的目光瞟我。我去上厕所,听见有人蹲在那里大声地读我的诗,然后把厂报搓一搓,用来擦屁股。我也不知道为什么会招来那么多嘲笑,起初我以为他们嫉妒我的才华,后来发现,他们根本把我当成是个写打油诗的。

当时我很后悔,自己没事找事,费了半天劲,其实是找死。现在我三十岁了,我已经不想为这种事情惭愧了。我二十岁的时候就算不在这件事上找死,也会死在其他事情上,反正都一样。一切都去他娘的吧。

有一天,我独自在化验室里换灯管。那些化验女孩说:"哟,路小路哎,现在是诗人。"我说你们不要取笑我了,我一个电工而已。那些女孩说:"你写得很好啊,很有李清照的韵味。"我想了半天,认为这是一种表扬,而且是善意的,我就很开心。为了报答她们,我把刚学来的一种游戏表演给她们看,这是我从夜大学来的,叫作笔仙。工厂里的女孩不懂笔仙,笔仙最初是在大学里流行的。

我对她们解释了一下,什么是笔仙,然后拉起窗帘,在桌上铺开一张纸,写上字,念叨了几句咒语。我和一个女孩握着一支圆珠笔,旁观的女孩都很紧张,小脸蛋都红了。这个游戏确实很好玩,用来泡小姑娘最合适不过。圆珠笔在一种神秘的力量下,慢慢地在纸上打转。笔仙出来了笔仙出来了,她们小声地发出赞叹。路小路你真神奇,你从哪里学来的,你一定要教教我啊。

后来,化验室的大门被哐当一声推开,一群干部从外面走进来。那些化验女孩尖叫一声,像松鼠一样四散而逃,瞬间之后,只剩下我一个人坐在桌子上,手里捏着一支圆珠笔,茫然地看着他们。我第一个看到的是胡得力,然后是倒B,然后是小毕,这使我产生了一种错觉,以为自己是在梦里。冤家路窄,也不能窄到这个程度。后来,有一个瘦高的中年人走到我面前,他穿着不蓝不绿的厂服,而我穿着枪驳领的西装。他指着我问:"哪个班组的?"

胡得力抢上一步,说:"电工。"

中年人面无表情地说:"让他去糖精车间上三班。"然后又指着胡得力的鼻子说:"你是怎么搞管理的?"

后来我知道,这个中年人是我们新任的厂长,那天他带着各个科室的干部出来突击检查。有关他,我只知道他是一个著名的企业家,在他的经营之下,我们厂成为戴城唯一一个没有下岗职工的国营企业。我撞在他手里,死得硬邦邦的,没有任何回旋余地,送一百条中华烟也没用。

那时候只要是个厂长,就被冠以企业家的称号。戴城有句谚语,只有穷厂,没有穷厂长。那一年戴城的轻工企业开始下岗,工人拿一百多块钱工资,然后解放回家。我们厂恰恰相反,别人在卖厂房卖设备,我们在扩产,大批职工被送到三班第一线去造糖精。我们厂长被称为"真正的企业家",以区别于"一般的企业家"和"倒闭的企业家"。但我觉得这件事和我没什么关系,很多人说他牛逼,那就让他去牛逼吧,上三班是傻逼,下岗也是傻逼,两者对我而言没什么区别,要么做苦力,要么做妓男,我的未来就这两条路。

第九章

澡 堂

若要我讲出整个糖精厂最喜欢什么地方,出于感情我会说是医务室,出于自尊我会说是图书馆,出于敷衍我会说是自己战斗着的每一个岗位,出于叛逆我会说是后门司机班养狗的小房子,其实都不是,我和所有人一样爱着那个倒霉的澡堂,一点没显示出自己智力或生理上的与众不同。

澡堂什么样子,我已经说过了。现在可以说说澡堂里的人,反正我没福气看裸体女人,就只能描述一下裸男了。他们分为两种,一种是青年,无论身材优劣都显示出了年轻人的朝气,另一种是中老年,他们或坚硬、或凋零、或残破,只要脱光了别想蒙混过去。偶尔也会有小孩进来,光着屁股在池子里游泳,这不在我考虑之列,我讨厌小孩。我比较爱看锅炉房的师傅,他们一伙人进来,哗地脱掉脏衣服,露出呆板的肌肉,全都像是拧成一坨的毛巾,然后一言不发往池子里跳,十分忧郁,仿佛失势的大佬。当然还有更帅的,例如六根,他戴着很粗的金项链泡在水里,双臂张开搁在池沿,还叮嘱我:这样泡着一定要把自己的奶头露出来,因为奶头浸在水里会让人觉得像少女。我不以为然,顺便多看了他几眼,果然胸脯松垮，和我强健紧实的胸肌没法比。

我去过一些公共澡堂，包括后来的桑拿房、大浴场，规矩很多，比如你不能把涂满肥皂的身体浸在水池里，也不能在池子里洗短裤，也不能游泳。但在工厂澡堂里，这些规矩全都是狗屁，还有人在水里尿尿呢。若干年后我和一个朋友去大浴场，我很自然地往池子里蹦，这位大概有洁癖的，立刻尖叫起来："天呐，你竟然在大池里泡澡，太脏了。"我说脏个屁，这水不错啊。这个朋友说，你不知道现在有很多人是染上性病的吗？我一听就赶紧爬出来了。想想我二十岁的时候，曾经很天真，以为这池水就是纯粹混合了泥浆，而那一千多号男人竟没有一个患有淋病梅毒什么的。

在钳工班的时候，我比较老实，通常跟着老牛逼一起进去，还得帮他拎着毛巾肥皂，他洗澡，我在旁边候着，他往池沿上一躺，我就绞了毛巾给他搓背，做一个最勤奋最阿谀的学徒工，等到全部弄好了，我还得跑到冲淋房给他抢水龙头，然后大喊："师父，这里这里。"别人听着，以为我他妈的是悟空。这种日子我受够了，后来他退休，我调到电工班，跟着长脚小李和六根等人来洗，总算有了一点地位，这时会看见钳工班的魏懿歆，他还在给德卵搓澡，德卵算是找到终身免费的马杀鸡了。

我们在水池里调笑，互相泼水，好像欢快的少女，有时候还把人按进水里，让他喝一口，我也被人按过，告诉你，水是甜的，因为糖精车间的工人已经在下午率先洗过一轮了。有一次闹得实在过头了，保卫科的王明怒了，跑过来一把揪住六根的胸部。六根很诧异，因为他光着，并没有一丝一缕可供对方揪，后来发现王明真的是用手捏住了他的胸大肌，而且挣脱不掉，六根就惨叫起来。我们扑上去，把王明拖开，在水里打了起来，没一个打得过他的，只有六根奋起，在王明的屁股上留下了几条抓痕，算是报了握胸之仇。

水里泡过，我们去冲淋。其保留节目是用毛巾抽打下体，当然是抽别人的，如果抽自己那是抽打派教徒。这时最倒霉的是长脚，因为他个子高，比较容易被抽中，人又是瘦骨嶙峋，根据我的经验，瘦子的老二总是显得大，既然又高又大，不抽它真是可惜了。有时候他在冲淋房洗头，一脸的肥皂沫，眼睛睁不开，忽然被毛巾击中后臀，他转身，前面立刻挨了十七八下，人都打闷了，等他冲掉肥皂破口大骂的时候，干坏事的人早就无影无踪了。至于我们这些青工，更是无所忌惮地欺负他，完全抽上瘾了，恨不得在他的阴部画一个靶子，他捂住命门到处乱窜，我们狂笑着把毛巾抽到他的屁股上。有一次长脚真哭了，我和小李收了手，抱歉地看着他，他说："你们都是坏蛋！"

长脚也有报复的办法，谁抽他，他就趁人洗头的时候悄悄跑过去，把凉水龙头给拧上，滚烫的水落下来，那位就会惨叫，这时长脚也早就跑掉了。但他从未以这种方式对付过我和小李，因为他知道，我们抽他是爱他，而其他人是纯粹要欺负他。我现在想起来，觉得挺对不住他的，我干吗要用抽老二的方式来表达自己的喜爱呢？

那时在澡堂里洗头，都是用塑料盒子装的洗头膏，厂里发的，用食指伸进去抠一坨出来，抹在头上，很像是猪油。洗头膏有草莓味、菠萝味、橙子味，反正洗好了出来都是顶着一脑袋水果。我问白蓝："你比较爱闻什么水果味的，我以后常用。"她说："哦，榴莲的。"我又不是岭南人，打小没见过榴莲，不知道什么味，就问别人有没有榴莲味的洗头膏，人都快笑死了。

有一天电视上出现海飞丝了，我是全厂率先使用的，因为我头发油腻，白蓝建议我用这种洗发水。洗澡的人看见了都很好奇，跑过来借，也是拧开了盖子倒出一捧在手心，十几块钱一瓶的东西当场用光，有人顺手抹在阴毛上，把下面也弄得香喷喷无头屑的，十分可恨。

洗澡的时候，我们也做一些生理学上的鉴赏，看看谁的老二更大。看多了自然很无聊，反正长脚永远冠军。后来有一天，长脚忽然发现元小伟的尺寸惊人，比自己还大了一圈，于是震惊全澡堂。元小伟是鸡头的徒弟，前面说过，他每天被鸡头按到电门上，用220伏的电流打一下。师傅们说，原来电击还能有这个功能，太神了。我们跑回电工班，对鸡头说："我靠！小伟的家伙太大啦！"鸡头不信，长脚就用手比划出了一个很不现实的尺寸。这时候六根在边上说："我可以作证，真的很大哎。"鸡头抓了抓头皮，说："勃起的时候要这么长，也算正常吧。"我们一起说："软的，软的时候就这么长。"鸡头说："操，他爸爸是黑人吗？"

六根不停地说："太大了，太大了。"六根的小鸡鸡我们都见过，我们从来不去抽他，怕伤他的自尊，因为很难认准目标。鸡头安慰地拍了拍六根，说："六根，不要自卑。大的家伙不一定派得上用场，主要还是看技巧。"六根叹了口气说："我找谁去练技巧啊？"

自从发现了元小伟之后，长脚就很兴奋，长脚说，以后不用抽他了，改抽元小伟吧。我们说，你在想什么，我们之所以抽你是因为喜欢你或者要欺负你，从中得到一种施虐的快感，如果去抽元小伟，别人就会说我们妒忌他，显得我们的鸡鸡都不如他，操，谁会去做这种此地无银的事情。

元小伟出名了，电工班发现新人类。车间里的阿姨们，态度也发生了一些微妙的变化，以前她们点名要电工，都是点我和小李，现在她们会对鸡头说："鸡头啊，把元小伟叫过来换灯泡吧。"元小伟去了之后阿姨们就用目光抽打他的阴部，他自己不知道。有几次六根和他一起搭档出去，六根是个手艺很好的电工，出去换灯泡是很伤自尊的，当然，和元小伟一起站在阿姨们面前，自尊更是成了狗屁。六根回来以后非常生气，说阿姨们根本不理他，就围着元小伟说话。发生了这种事情，我和小李乐得清闲，鸡鸡小就小吧，至少不用干很多活。

澡堂很热，工厂里的工人喜欢把自己泡得皮松肉垮，通常都把蒸汽阀开足，发出轰轰的巨响，人就在热与闹之中浸泡着，时间久了头晕眼花，两腿发软。如果睡在池沿上，里面空气糟糕，会一下子睡过去。有次死了个退休老工人，花白的头发，肚子鼓胀着，据说是心脏病。

洗完澡不能在里面久留，以免热出一身汗。走出澡堂，看到楼上女澡堂的阿姨和姑娘们端着脸盆下来，头发湿漉漉地披散着，面色潮红，宛如发春。女人洗澡以后的模样不能随便给人看，会引发遐想，但是在工厂里，所有的女人都被所有的男人看过，这也没什么不可以的。很遗憾，我从来没见过白蓝这副模样，她不在工厂里洗澡。

白蓝这个人有点古怪的，全厂都知道，一般都让着她，因为她占据了独特的岗位。我也让着她，因她在我心里有独特的位置，而且我对她的古怪了解得更为全面，不，不能说是了解，应该说——体验。虽然和她吻过一次，但我并未享受到应有的优待，她不爱别人刨根究底，或报以沉默，或轻轻闪过，对我则显得喜怒无常，心情好了她会说点，心情不好时就很不耐烦。有次我问她，干嘛不在工厂洗澡。她心情很好，说："我从小就不爱在公共澡堂洗澡，太可耻了。"我说："这也没什么可耻的，谁会来看你啊，看你的也是女人。"白蓝说："你知道女澡堂什么样子吗？"我说我知道，女澡堂没有大池子，全是莲蓬头，不过我厂的女澡堂莲蓬头早就全都被人拧光了，成了水柱，我去换灯泡的时候看见过。

白蓝说："很多女人围着一个莲蓬头，排队，有些霸道的女人会抢，光着身子啊。我觉得可耻。我小时候都是姑妈带着去洗澡的，她又不太管我，印象很糟糕。"

我说："我不信你没洗过公共澡堂，你又不是外国人。"她点头说："我当然洗过，念大学的时候。我现在在家里洗，你管不着。再敢说我是外国人我跟你急。"

我在她家里玩过，看到过卫生间，里面有一个还算不错的铸铁搪瓷浴缸，砌在水泥里，外面胡乱贴了些瓷砖。有一个凉水龙头和一个热水龙头，凉水那个还行，热水的根本就是摆设，她得烧开了水，拎着水壶往里倒水，再兑凉水，然后盆浴。这并不舒服，洗头尤其麻烦。要是在冬天，能把人洗成一根冰棍，也不知道她怎么坚持下来的，居然还沾沾自喜，好像不食人间烟火。

我很快就管着了她，那浴缸堵了。

先是拿了皮老虎，一通乱拔，又拿了钢缆往里通，搞了很久，我累得全身是汗，最后用铁钩钩出来一堆头发，沾着黏液，毛骨悚然。头发这玩意儿在枕头上很浪漫，堵下水道实在吓人。她倒还好，看了看说："嗯，再通一下，免得过两天又堵。"我说："你不恶心吗？都这样了。"她说："别忘了我是医生，我虽然有点洁癖，但是并不害怕任何人体器官。"我说："白医生，咱们是不是像当年一样，我给你修车我先骑一圈，我给你通了下水道，你也让我洗个澡吧。"白蓝说："滚。"

我说，你丫看上去漂亮，有洁癖，其实也是个邋遢人。我妈隔三岔五就用刷子刷浴缸，洗澡以后都先把头发捞上来，下水道稍有不畅就让我爸去通，家里虽破，长期保持着四星级宾馆的服务水准，看看你自己吧，吃过早饭的碗都还没洗呢。白蓝听了有点惭愧，说："我一个人过日子,一切从简了。"我说："去工厂澡堂洗澡更简单啊。"她说："说了半天,还是要我去澡堂,存什么心了?你有望远镜吗,看得见我洗澡?"最后她不耐烦了,又不好意思跟我翻脸,就走过来吻了我一下。

"别废话了,好好干活,这就是给你的奖励。"

"地主婆就是这么糊弄家里的长工的。"我说完拔腿就跑,后面一个拖鞋飞了过来。

又过了几天,长脚在澡堂里捣鼓,检修管道,出来告诉我们说,这次冲淋房的莲蓬头都装了新的,洗澡可舒服了。我们都去试了一下,果然很爽,以往鞭子一样的水柱现在变成了温柔的雨滴,洒在头上,洒在身上,洒在老二上。顺便说一句,水压大的时候这种水柱能把男人的蛋蛋打肿,绝不敢直迎而上的,现在问题都解决了。

我告诉白蓝:"澡堂里有莲蓬头啦,舒服。"白蓝说:"怎么个舒服法呀?"我心想,蛋蛋这事儿不能告诉你,害羞,但脑袋的舒服还是可以说的。就形容了一下,洗头是如何畅快,尤其对长发女子而言,现在全厂的女人都在莲蓬头下面欢笑呢,就剩你一个,郁郁寡欢的。她听了倒也动心,说:"嗯,等我心情好了去试试看。"

终于有一天,那么骄傲的白医生,她也提着一个脸盆进了女澡堂。我很欣慰,我他妈被她撺掇了去考夜大,作为一种无聊的报复,她被我撺掇了去澡堂。当时我也不知道自己为什么要这么干,只觉得人应该open一点,有什么心理障碍的,照实了去磕就行。这种直来直往的拳法对我自己有效,对白医生这么猛的女人来说,也应该可以。我没想到,澡堂和夜大一样,给我们各自带来了麻烦。

当天白蓝从女澡堂端着脸盆,和小噘嘴说笑着一起出来,迎头撞上的不是我,我压根不知道这件事。她们遇到了保卫科的王明。

我厂的女人,姿色都有排名,随着时光变迁,新人进厂,旧人离厂或老去，排序会出现变化。头号美女当然是厂长办公室的那位冷艳雕塑，二号美女在财务科，三号美女是个跑销售的。白蓝的排位比较有争议，大概在二十位左右，小噘嘴和她差不多，这没什么可骄傲的，阿骚阿姨也这个档次（若论帅哥，我是全厂第一名）。那天洗完澡，两个人热气腾腾地下楼梯，白蓝的湿头发披在肩上，洇湿了衬衫两肩，脸色绯红，被王明看见，他喜欢上了她。过了一会儿，食堂秦阿姨出来了，也冒着热气，她是爱情线民，顺嘴说了句："白医生的身材真好，今天我算是看见了。"我正好从男澡堂出来，看到她，感叹今天撞上了王母娘娘，听到这话又妒又气，恨不得拿肥皂堵了她的嘴。

我对白蓝说："你别去洗了。秦阿姨在外面乱说你的身材。"她听了，倒一下子来劲了，说："怎么说我的？"我说："秦阿姨说你身材好。"她说："好在哪儿呢？"我说："这倒没有具体说，估计得请她吃饭才肯说吧。"白蓝说："那你请她吃饭啊。"我说："我干嘛请她？我请小噘嘴也是一样啊，说不定她已经告诉了小李，我去问小李只需要派根烟就可以了。"白蓝板下脸说："你敢。那我以后也不去洗了。"

我总算放心，一转脸，又觉得自己反复无常如小人，很不是滋味。人性真是太他妈的复杂了。

我和白蓝吻过以后，有一阵子觉得自己很恍惚，身上软绵绵的，好像洗过了热水澡。爱情并不是力量，它使我没力量，陷入一种很尴尬的温柔里。无论站着坐着，我都会想起她，然后不由自主地微笑起来。我还会忘记时间，在洗澡和吃饭的时候发呆，觉得心里堵着，任何人打搅我的沉思都会让我心烦。这种感觉是如此美好，后来想起我师姐阿英，她爱着六根的时候也这样，我就觉得没什么大意思了。回家往床上一躺，又想，我们怎么能跟那对活宝相提并论，太不值钱了。

过了几天,小噘嘴偷偷告诉我们:"王明在追求白医生。"

小李说:"王明这个人很讨厌的,会打架,而且不太讲理。"

小噘嘴说:"那天我和白蓝一起从女澡堂出来,看见王明,他的眼神就不对。我还在想,到底是看我呢还是看白医生,昨天我下班去图书馆,看见王明从医务室里出来了。"

我说:"这不代表他在追求白蓝。"

小噘嘴说:"女人的直觉很准的。等着瞧吧,有你开心的。"

我噎了半晌,说不出话来。其时宣传科的小毕已经上调到局里去,并且和领导的女儿结婚,跟白蓝之间断了联系,我在厂里混成一介猛人,她也锋芒毕露的,彼此都找不出情敌来。忽然之间,王明出现了,关键是,他并非小毕那种温文尔雅、不可企及的类型,他是我的同类。我斗志全满,大声说:"让他放马过来。"小噘嘴说:"知道你喜欢白蓝,但是,你算老几?你还是负责保护长脚吧。"我笑了笑,心想你反正也不知道我们亲过嘴,为了这一嘴我都能把王明打翻在地。多日来柔软的身体,又满负荷运转起来。

其实我不太擅长找碴,往别人身上栽点赃,然后痛殴之,有失我一代宗师的风范。况且,这个王明身强力壮,出手迅猛,在澡堂里光着屁股都敢打人,绝非吴主任和倒B能比的,真动起手来我占不了上风。衡量了半天,我没想出更好的办法,要么去自行车棚里扎他的车胎,这也太小儿科了!

小噘嘴看出我的心思,说:"你别乱动啊。王明是退伍回来的,你打不过他,也不能打他。打了送你去劳教。"

我说:"退伍不错,我家里也有不少,从抗美援朝到自卫反击,还有一个烈士呢。"

小噘嘴说:"李光南,长脚,你们劝劝吧。路小路妒火攻心了。"

我大声说:"我才没有!"

我踩着自行车回家的路上已经快气爆了,脑子里漂浮的全是怎么在澡堂里把王明打翻,可是我又怎么能告诉他禁止骚扰白蓝呢?在厂里大喊白蓝是我的?事情太难了,真是受不了自己的缠绵悱恻。我拐到新知新村,那天是星期天,看她自行车在楼下停着,阳台上晾着衣服,我跑上楼敲白蓝家的门,很久没动静,过了一会儿她从楼下走了上来,踢踢踏踏的,脚穿拖鞋,拎着一袋梨,一手拿着个大的在啃。我说:"洗过了没有啊,就啃,没洁癖了?"白蓝说:"人家送的,都洗过了,我爱吃梨,等会儿给你削一个。"我说:"谁送的呀?"白蓝说:"保卫科的王明,他就住在街对面。"我跟着进屋,默不作声看她削梨,递给我,咬了一口觉得很甜,但我是真的吃不下第二口了。

白蓝说:"你这几天怎么了?小伙子要打起精神来。"

我说:"你怎么不让他送到家里来呢?特地跑出去拿。"

白蓝不语,把吃剩下的梨骨头从窗口扔了出去,淡淡地说:"你以为我家是随随便便就能进来的?"

我说:"送到门口也行啊,或者送到楼下,我没说要让他进你卧室。"

白蓝说:"你够烦人的,凡事都要绕晕了才高兴吗?"

我说:"白蓝,厂里都知道了,王明在追求你呢。我也知道了。"

白蓝说:"胡说八道,我都不知道呢。"

我一想倒也是,这件事根本就是小噘嘴在胡猜的,其实厂里没人知道。又看见桌上的梨,还真他妈给小噘嘴猜对了。我说:"其实啊,王明是个没什么文化的人,跟你一点也不合适,他打人很凶的。上次在澡堂里,他把六根的胸都抓了,六根痛了好久哦,到现在还没恢复原状。你想想要是个大姑娘被他抓了胸是什么滋味?"

白蓝听了已经笑趴在桌子上。我继续说:"这种人不能沾边的,你天真了,觉得拿他一袋子梨没什么事,明天他说这梨是他自己家里种的人参果,不谈朋友你就赔他一袋长生不老药,你怎么办?"

白蓝说:"你管得着吗?"

这么一来,我倒觉得没意思了,讪讪地站起来告辞,她也没拦我。我更没意思,抓了那只啃了一口的梨,一边吃着一边走了。然后我想,她是个古怪的女人,比我还古怪,比我所能想到的还古怪,但是我真的不信她会跟保卫科的王明谈恋爱。

关于王明,我所知道的很有限,此人二十六七岁,进厂以后做钳工,征召入伍成了个坦克兵。在和平年代,他拿过二等功,属于很厉害的角色。回到厂里以后他不再是工人,在保卫科做科员,平时不太出来,很低调的一个小干部。我对小噘嘴说的话并非吹牛,我爷爷上过朝鲜战场,回来很低调地做了一个公共汽车司机,我一个远房表哥八十年代战死在老山前线,也很低调地埋在了云南,这些都不算什么。要不是因为家里有人做了烈士(我妈觉得害怕),很可能此刻我也在军营里呢。

我和王明不熟,此前他给我留下的唯一印象就是在澡堂里教训了六根。我不爱去保卫科,他也不出来,我们俩最常见面的地方就是澡堂,裸身相对,刺刀见红。那时我狂练肌肉,每天一百个俯卧撑,一百个仰卧起坐,三公里长跑加四根弹簧的扩胸器,很快就自我感觉是变形金刚了。下班走进澡堂,我脱掉衣裤,光着往池子里一蹦,溅起巨大的水花,旁边的老工人敢怒不敢言。我在池子里泡着,闭着眼睛告诉六根:"王明来了,你就把水泼他脸上。"六根说:"我不敢,他来了你去尿他脸上好了,我给你助拳。"我说六根你丫真没出息,给人打了,兄弟我为你报仇,你居然不敢挑头,白挨打了。六根说:"我已经报仇了,我在他屁股上挠过了。你要死自己去死,别拉上我。"

我没辙,坐在水里养神,后来看到王明来了,他蹲在浴池的另一边,隔着氤氲的蒸汽,他闭着眼睛,久久不动。我也不动,看着他,忽然他睁开了眼睛,迅速地瞪了我一眼。我闪开眼神,又觉得这样很傻逼,就回过眼平静地看着他,这样看了一会儿,他不肯认输,我累了,往池沿上一趴,招呼长脚过来给我搓背。

另一次,我去医务室,迎面遇到他出来。他说:"你就是那个路小路?"

我说:"是啊。"

王明说:"要征兵了,过两天体检。"

我没理他,走进医务室,看见白蓝坐在桌子边,低头写什么东西。我说:"刚才我遇到王明了。"白蓝嗯了一声,把桌上的东西收了,抬头说:"王明请我看电影。"

"去吧。"我说,假装这件事必须征得我的同意。

白蓝很奇怪地看了看我,没说什么。于是一下子沉默下来,我在医务室里转了一圈,随手翻翻,东张西望。白蓝盯着我看。我从地上捡起一个踩扁的烟屁股,说:"傻逼在你这儿抽烟。"她愣了一会儿,说:"就是他干的。"

我带着白蓝去看电影,她别出心裁地说要看通宵场,第二天明明还要上班的,我们约好了一起调休。那晚上电影院里就我们俩,影片很无聊,在黑暗中,头顶上划过一道蓝色的刀锋一样的光,落在银幕上,变成图像,又似千军万马涌向我的眼睛。起先我和她坐在第一排,觉得这样很爽,后来受不了这种视觉上的强暴,就干脆退到最后一排,她用膝盖顶着前面的座位靠背,身体下陷,目不转睛看着前方。到了后半夜,她撑不住了,先是靠着我的肩膀睡觉,然后侧过身体趴在我肘弯里睡。有一段时间，我摸着她蓬松的头发，心想，我二十岁，她也才二十四岁，这是怎么回事。我也困了，快要睡着时，她忽然醒了过来，昂起头对我说："其实我不讨厌王明，他并不像你说的那么坏。"我说："你是不是做什么梦了？"白蓝说："是的，梦见很多过去的事情。我不讨厌他，我只是害怕他。"

那天早晨回家的路上很凉爽，道路干干净净、畅通无阻。白蓝说："你有没有想过离开戴城，去别的地方看看？"

我说："早说这个，干嘛还让我考夜大？"

白蓝说："我错了，不说这个了。你应该考上夜大，毕业以后到科室里上班，这是一条幸福之路。"

我说："这样才配得上你嘛。保卫科算个屁。"

九三年的秋天我本来可以去部队的，结果被人撬掉了。后来我才知道，厂里不太希望那种技术骨干、优秀青年被征召入伍，因为活没人干了，也不太希望我这种人去参军，因为劣迹斑斑，搞不好会被退回来，很没面子。假如我在部队表现优异，拿个二等功之类的，退伍回来又不免要安置我到科室，让我小人得志，十分危险。好在我处于恋爱期，对于当兵的愿望没那么强烈，也就不追究此事了。

征兵体检是在厂里进行的，照例是医务室里。几个车间的适龄青年分批接受检查，轮到我们机修车间，去了七八个人，肃穆地站在门口。我看了看没有长脚，觉得很奇怪，后来一想他这个身高恐怕睡不下军营里的床，就释然了。小李本来要来的，鸡头坚决不让，说电工班最近很忙，把他捂住了。来的这些，都是可有可无之人，其中个别人戴了副近视眼镜，显然是想逃避征兵。

我走进去没看见军人，只有两个穿便装的阿姨，估计也是医生，讲一口纯正的北京话。白蓝在一边和她们说话，也是北京腔，我的京片子跟白蓝学的，七七八八可以冒充一下。阿姨们让我立正，抬腿，做几个动作，看她们的脸色很满意，我反而有点担心了。接着又测了视力和听力，我右眼视力有点差，一位阿姨犀利地瞥了我一眼，说："装的？"

我说："我真看不清，打枪不行，您让我去做工兵吧，挖地雷我可以的，我是电工，而且跑得快，蹚雷绝对没问题，什么跳雷踏雷防坦克雷都不怕。"

阿姨说："啰唆，你是雷神？"旁边白蓝已经捂着嘴笑岔了气。

我穿好衣服晃出来，元小伟进去了。我在门口张望了一会儿，阿姨们对元小伟非常满意，我心想你们果然有眼光，这小子已经练到可以徒手撕开电网的程度了。没几天消息来了，元小伟雀屏中选，戴上红花，坐上汽车，工会的人敲了一通锣鼓，送新娘一样送到部队去了。对此，鸡头十分感慨，说这么个尤物竟然去了个全都是男人的地方，真是浪费，前几天差点把他转让给阿骚阿姨呢。

白蓝对我说："路小路，我觉得你又破灭了一个理想，没做成营业员，没进科室，现在参军也没你的份儿。"我说："我从来没有要参军的理想。"白蓝说："你们男孩子小时候都会向往去参军的，玩打仗游戏，扮演解放军攻占山头。怎么能说从来没有这种理想呢？"我说你不太了解男孩，他们中间有很多人情愿做白军、鬼子、土匪，这样比较好玩，但是和理想没有一丝一毫的关系。我他娘的不想和她再谈论理想了，那会儿知道自己要去糖精车间上班，心情低落，全无兴趣再去调侃自己。

此后一阵子，全厂检修，电工班缺人手，鸡头把我强留下，算是多赖了半个月。调令发到车间，也跟参军一样，不可能有回旋余地。我认命了。

那年秋天发生了一起安全事故，一条运甲醇的船炸了，爆炸地点就在糖精厂紧靠的河边。按我爸爸的安全教育法，远离管道、阀门、贮槽、罐头车，竟从未提到过船，这说明人们的经验与现实之间仍存在着距离。事故发生时，船舱里是空的，甲醇都抽走了，密闭的船舱里净是混合了甲醇的空气，有个漆匠拉了根电线，提着一个发亮的灯泡钻进去干活，在他落脚的一瞬间滑了一跤，灯泡砸碎了，于是那条船轰的一声变成了飞船。当时我正在班组里跟人下象棋，只听到闷雷似的声音，桌面上的棋子翻了个身。鸡头放下茶杯，仰天长叹："炸了。兄弟们，准备撤退。"

全体人扔下家伙跑出去看情况，发现厂里没事，外面有人骑车进来说：东边河道里船炸了，场面非常惨，船上的人一个没剩，沿岸的玻璃全都被气浪震碎，过路人伤了一堆。他们跑向出事地点，我扭脸往医务室狂奔过去，因为我知道小红楼就紧靠着围墙，而白蓝的医务室又是最靠东的。跑进楼里时，众人都像马蜂一样乱窜，我上楼，一脚踢开医务室的门，只见向东的两扇窗全碎，玻璃崩了一地，椅子也倒了。白蓝坐在地上，捂着腮帮子不说话，像是震傻了。

我把她架起来坐到体检床上，看了看，还好，没有外伤，衣服脏了。她用力摇了摇头，问我："哪儿炸了？"我说："船炸了。"跑到窗口往外看，百米之外一片狼藉，炸成两截的货船在河里燃烧并下沉，街上全是碎片，各种人在狂奔。白蓝说："我正想站起来开窗透透气，要是晚几秒钟，我会毁容的。"我说："你这脸毁了可惜。"白蓝说："你别站那儿，说不定会炸第二下。"

我回到她身边，蹲下来看她。她坐着，俯视我。互相看了一会儿，她说："我没事。"

我说："我就怕自己问你有没有事，你回我一句'管得着吗'。

你没事就好。"

她笑了起来，轻轻推了我一把，我坐在地上。这时听见外面王明说话的声音："白蓝你没事吧？"我回头，看见王明站在医务室的门口，他显然很吃惊，为什么白医生坐在体检床上发笑，而那个路小路却坐在地上呢？这他妈太费解了。

王明说："路小路，你在这儿干什么？"

我和白蓝同时说："你管得着吗？"

这次爆炸不是发生在糖精厂，事后没有人为此负责，船上死了三个人也无赔偿，这就算是自杀了。伤者都是岸上的过路人，还有我常去的茶馆被整个掀掉，皆自认倒霉。这期间白蓝离开戴城，去了一趟上海，我见不着她，心里很是惦记。有一天，保卫科打电话过来让我们去换灯泡，小李和我一起去了，遇到王明一个人在科室里坐着。我不动声色地架了梯子，小李爬上去干活，王明严肃地说，你们电工班都这么浪费人工吗？小李问，你什么意思。王明说换一个灯泡就来两个人，一个人就干不了这个活吗，我看半个人都能干。小李回去把这话告诉了鸡头，鸡头跑到保卫科，对王明说：我们电工班怎么干活，你管得着吗。就连我最讨厌的车间主任也说，管得着吗。简直像商量好了的一样，一时间这句话变成了厂里人的口头禅了，除了真管得着的人以外，其他人一概管不着，倒也省心。

在电工班最后的日子里，我不再招惹是非。夜大开学了，我跑去上课，我已经很久没有坐在教室里了，以前我并不爱上课，现在算是中了中学老师的咒语：当你离开学校踏上社会的时候你才会珍惜这张课桌。一点没错，我不但遇到了课桌，还遇到了一个初中女同学，她在人民商场做营业员，身材婀娜，看脖子以下我完全回忆不起她当年的模样。她很亲热地坐在我身边，教室里很闷热，她拿出一把喷了香水的小扇子，余风扇到我脸上，既凉又爽，我都快昏过去了。她低头说："你念书的时候真的很皮哦，现在倒老实了。"我说我历经沧桑，已经被磨去了棱角——这种不要脸的话她听了非常有感触，说："我也是。"下课间歇，她摸黑去上厕所了，我坐在那儿暗暗得意，心想自己还不错啊，居然有人给我扇扇子，而且她看上去很天真，完全不知道糖精操作工有多么低贱。这时感觉到她回来了，坐在我身边。我横着斜过身体低声问她："你有男朋友了吗？"她说："路小路，哼。"我听见这冷冷的声音就跳了起来，白蓝瞥了我一眼说："你很可以啊，来，出来说话。"

我尾随白蓝走到黑漆漆的走廊，经过黑漆漆的小路，来到黑漆漆的树林边。我哭丧着脸，后来一想她也看不清，就把脸端了起来。她还走，我说："你要把我带哪儿去？前面是河。"白蓝说："我刚从上海回来，挺想你的，赶过来看看你，你就已经搭上小姑娘了。别解释了，我在后面看了你半节课。"我说："你这显然是查岗。我告诉你，这不是搭上的，是我初中同学。"白蓝说："居然还给你扇扇子！"

我走过去拉她的手，她捏着拳头不说话。我说咱们走走吧，这课我也不上了。这么拉着她走，觉得她的手逐渐放松，逐渐地没了脾气。后来她说："你能这样我也挺高兴的，说明你不是没人要。以后机灵点，别得意忘形就好。"我自以为明白，其实完全没听懂她话里的意思。

第二天到厂里，他们告诉我，鸡头和王明搞起来了。

"搞"的意思容易被误解，要说明一下，"搞上了"是指上床，"搞一搞"是指合作或者恶作剧，"搞飞机"是指胡闹。至于"搞起来"，用北方人的话来说就是"杠上了"，充满敌意但是还没有到打架的程度，并且，双方以打架为上限，一般不会真的去碰那条红线。

事情非常简单，前一天下班，鸡头去澡堂洗澡，王明打开了蒸汽阀，给浴池里的水加热，鸡头觉得九月里的天气不需要这么热，就走过去关上了蒸汽阀，王明觉得一个曾经的坦克兵在耐热能力上远远超过电工，水凉了不爽，又打开蒸汽阀。两个人左拧右拧，王明的力气比较大，鸡头率先累趴，但鸡头有一帮手下，派了六根、小李、长脚等五个人轮番去拧，车轮大战，王明也累趴了。由于鸡头是电工班长，王明绝不敢揍他，就瞪他。鸡头说你瞪个屁，老子今天没带猛人过来，最牛逼的疯狂宇宙大鸡巴元小伟参军去了，最能打最扛打的神头浑蛋路小路念书去了，这两个任何一个在，都能让你吃不了兜着走。

这么一闹，澡堂里洗好的人出来咋呼。鸡头是很有号召力的，那帮阿姨端着脸盆下楼，听了也觉得开心，就盼着鸡头被人痛打，可惜没打起来。鸡头洗完了澡出来时吓了一大跳，门口堵了二三十个相好的阿姨，一致鼓动他：必须镇住王明。

鸡头来找我，我正在收拾工具箱。鸡头说，今天跟我们一起去镇王明吧。我很不耐烦，说："出手个屁，我明天就调走了，你自己去镇住他吧。我可不想像神经病一样在澡堂子里拧阀门。"鸡头说："操，长脚说你练肌肉是为了对付王明，现在我看出来了，你这身肌肉是为糖精准备的。"我受不了这种羞辱，问鸡头："你打算怎么镇吧？"鸡头说他打算反其道而行，今天的蒸汽阀别想关上。

下班我们一伙人提前来到澡堂，王明也进来了，我们一溜坐在浴池里等他。那水有点凉，其他洗澡的工人本来要去开蒸汽阀的，我们不让，非得等王明来了才行。他走过去拧阀，我们一起奸笑。水热了起来，王明走过去关阀，鸡头跟着他，把阀门打开了。王明微笑着说："噢，你今天不怕烫了。鸡班长，我不跟你一般见识，我洗好了，再见。"鸡头失计，大声说："怕烫不是男人！"

这种话在我厂向来无效,糖精厂的男人会嘻嘻一笑说,傻逼,你去做熨斗好了。可是鸡头遇到了王明,王明听了这句话,走回到阀门边,把蒸汽阀拧到最大,然后对鸡头说:"我要是比你们之中任何一个先站起来,我就是你儿子。鸡头,你怎么说?"鸡头说:"输了我们全体喊你爸爸。"王明说:"不错,可以。你要是赖账,我把你光着揪出去给阿姨们开荤。"

加热后的浴池从水面开始发热,脚底下还是凉飕飕的,感觉很怪异,不过很快我的皮肤就失去了辨别冷热的功能,水温迅速达到隆冬季节所需要的级别。原先泡在池子里的人全都受不了了,最初是科室干部,他们不太耐热,跟着是车间里的操作工,稀里哗啦往上爬,一边咒骂着鸡头的可恶。我身边的六根一直憋着,忽然大叫一声跳上岸去,我再转头去看,电工班的人皆尽溜走,又不舍得离开,全都贴在墙上给自己降温。池子里只剩下寥寥数人,我和鸡头在东南角,王明在东北角,都他妈尽可能离那个蒸汽阀远一点,以便多挨一点时间。池子中央还泡着两个锅炉房的师傅,他们才是真正的牛逼人物,一边洗,一边赞:"今天这水真是舒服。"我对他们说:"师傅,你们俩就别撑着啦,赢了也没人喊你们爸爸的。"那俩师傅又洗了一会儿,说:"操,你们这群傻逼。"跑过去伸手把蒸汽阀关了,然后上岸,说:"想死就去硫酸池里洗。"

他们是好心,但事实上延长了这场赌局,倘若蒸汽再开下去,我们就都熟了。如今阀门关掉,水温保持在将死而不能的境界,鸡头忽然长叹一声:"路小路,实在不行就跟着我喊爸爸吧。"说完嗷的一嗓子跳出水,猛扑向冲淋房,大喊道:"快给老子开凉水。"

于是这池水里只剩下我和王明。

人们围观并哈哈大笑,说今天非得死掉一个才有劲。我和王明隔着浴池的边线,起先还对视一眼,后来我也不想看他了,低头看自己，在碧清的滚烫的水中，我的身体呈现出一个扁平的折射，感觉自己的毛孔已经膨胀到最大，随便一撸就能把胸毛和腿毛都褪下来。我还能坚持得住，有人把气窗打开，稍微凉快了些，但我无法感觉到水温下降，相反，我的身体正在吸取着这一池热水的能量，像一台过载的马达。我深吸了一口气，心想，所有人都以为我是在为鸡头卖命，只有我和王明知道，不是这样，在我们赤裸的身体之间，泛起粼粼波光的水面上，漂浮着白蓝的身影。

这中间还发生了一个插曲，倒B进来洗澡了，倒B不明所以，今天的池子太空了，按常识来说是水烫，但我和王明的存在让倒B又产生了错觉。反正他就直接跳进了池子里，然后像倒放电影一样又惨叫着退回了岸上。倒B说："你们在干什么？"

我和王明已经没法回答他了。

那天白蓝在医务室，本来等我下班一起去玩的，很久不见我过来，后来小噘嘴来了。小噘嘴说："听说路小路和王明在浴池里泡着，打赌比谁耐烫呢。"白蓝不在意地说："真无聊。"工厂里打赌，有各种各样，我见过最牛逼的是打赌吃癞蛤蟆，直接送医院急救了。总之都是别出心裁，吸引眼球。泡澡这件事，说大不大，说小不小，况且白医生也没法亲自到男澡堂来看个究竟，她只觉得我又犯浑了，用这种无聊的方式赢取人生的微末荣誉。她有点生气，关了医务室的门，到车棚推自行车打算一个人走，听见门房快乐地说："真牛逼，那么烫的水啊，我脚上长满了老茧都伸不下去。"白蓝到底是医生，转过身，骑车到澡堂门口。人们齐声跟她打招呼："哟，急救队来了，这两个人还在里面呢。"白蓝说："赶紧拖上来吧，会死人的。"

那会儿我和王明神志都还清醒，只是行动缓慢，手软脚软。赌到这个份上，谁先出水已经不重要了。鸡头也不想出人命，鸡头说:"别玩了,我喊你们爸爸,总可以了吧?"我和王明一起摇头,不高兴。我知道自己已经到达临界点了,但我绝不相信王明可以比我多撑一秒,估计王明的想法和我一样。最后鸡头受不了了,他看见我一点点往水里陷,就招呼了所有人,把我和王明拽上了浴池。

我说我没事,看看自己通体发红,像上过烙铁一样,心跳加速,脑袋发涨。我站起来走了几步,觉得还好。那边王明也站起来,立刻一脑袋栽倒在地。我不由得大喊起来:"耶,我赢啦!"

那时候,白蓝问我:"你真觉得自己赢了?"

我说:"其实没赢,我记得是一起被人从水里捞出来的。但是最终他昏过去了,浇了一桶凉水才醒,我没事。按程度来说,我可以比他多坚持一小会儿吧。"

白蓝说:"知道自己为什么会赢吗?"

我摇摇头,确实不知道,论身体素质,王明比我更好些呢。白蓝说:"因为你年轻,你二十岁而王明已经二十七岁了。"

我说:"这也差不了多少。"

白蓝说:"差远了。反正你记住,这么玩,是要死人的,就算不烫死,心脏也会爆掉。我希望你二十七岁的时候不要这么冲动、玩命。我可能看不见你那时的样子,但是也不愿意你早死。"

我说我无所谓,过了一会儿我又说:"能赢了王明,我还是很高兴的。你不是害怕他吗?你看,他也会热昏过去,往他身上浇凉水的时候所有人都在笑他是个傻逼。我虽然也很傻,干这种无聊的事情,但我确实挺住了。你知道一个男人光着身子躺在澡堂的地上被人浇凉水,然后醒了过来,然后抬头看见一群赤裸的人围着他,龟头全都指着他,好像是在对着他撒尿——这有多么可怜吗?"

白蓝翻着白眼说:"你也有过这种日子,忘记了?"

我说:"第一我没光身子,也没被龟头指着,第二我去年才十九岁。这他妈是一回事吗?"

说实话,我从不觉得自己所向披靡,因此每一次胜利我都很珍惜的。这件事算是记录在我的光荣榜上。此后在厂里遇到王明,我都占据了巨大的心理优势,稍有些得意忘形。不久听说王明在值班时巡查,走到甲醛车间,遇到了一种令他过敏的气体,很诡异地生出了满身红疮,怎么都治不好。他消失了一阵子,据说是长病假了。几个月后,我在澡堂里洗澡,看见一个像金钱豹一样的人走进来,极其沉默地钻进浴池,嘟哝说:"舒服。"

他就是王明。他再也没有来厂里上班,而是躺在家休养,每当他身上痒得受不了了,就跑到厂里的浴池来泡着。他这个样子,公共澡堂是绝对不敢接收的,而我厂的澡堂则必须接收他,因为是工伤。他跳进池子里,所有人都连滚带爬离开浴池,连我也不例外,大家只能像女人一样去冲淋。他非常舒服地独自泡着一池热水,旁若无人,尽兴而归。他来了以后,澡堂里口口相传:今天金钱豹来过了,冲淋吧,别泡了。但他还算自律,并不是每天都来。有时他会扭过头来看看我,我在糖精车间干活,浑身发白,气色欠佳。

他会嘟哝一句:路小路,不下来一起洗?

第 十 章

我 的 伤 感 的 情 人

　　回首十多年前，我在白蓝家门口被她抱住亲吻，在此之前我只亲过一个女孩，在此之后我亲过多少个，自己也数不清了。这些事情都不重要，重要的是，我得对她说"我爱你"，起初我说得很勉强，我不习惯说这句话，后来说多了也就顺口了。有一天我发现，这句话总是我在对她说，她却从来没有对我说过。我问她，这是不是军队里的口令，我是不是她的下级。她听了就笑，她试图把这句话说出来，但也失败了。
　　我把厂报上发表的诗拿给她看，她懒洋洋地坐在体检床上，对我说，已经看过了。我就做出很深沉的样子问她，写得怎么样。她说，反正也看不懂啊，好像不错，有骆驼和鸟什么的。后来她皱着眉头说，你一个小电工，应该写点灯泡和马达，写什么骆驼和鸟啊。我听了很生气，照她这个逻辑，只有动物园的饲养员才能写骆驼和鸟。但她不愿跟我绕舌头。我说，白蓝，这些诗是献给你的。她瞪大眼睛说，既然是献歌，为什么不在副标题上注明一下，反而要跑过来特地告诉她。我说我怕厂里人碎嘴，而且这些报纸都用来擦屁股了，怕玷污你的清白。她就笑我是个神经病，写的诗那叫什么玩意。

九三年厂里换了新厂长，风纪为之一变，再也没有阿姨敢在上班时间打毛线了，吃零食也是不允许的，洗胸罩尤其禁止。犯了事的，就被写到劳资科的黑名单上，以便日后发配糖精车间。此后没多久，白蓝的医务室里又来了个厂医，是个大嘴肥婆，屁股像麻将台一样大，嗓门低沉雄浑，据说是新厂长的亲戚。此人上马，大家就猜测白蓝也要去糖精车间了，因为医务室本来就清闲，属于冗员，放着两个厂医在那里，不符合当前的管理原则。这个大肥婆令工人感到恐惧，她不太懂医术，有一次小李眼睛里飞进一粒铁屑，疼得睁不开眼，跑到医务室去治疗，白蓝正好不在，大肥婆把小李按倒在体检床上，翻开眼皮吹了半天，还是不管用，她就用镊子夹着一块纱布，按在了小李的瞳孔上。李光南惨叫一声，从体检床上弹起来，捂着眼睛逃出了医务室。

自从有了大肥婆，我就不能去医务室了。谁要是去找白蓝，大肥婆就会站在她身后，直勾勾地看着别人，这时候你会产生一种奇怪的念头，到底是应该揍她的左眼呢还是右眼。这种念头不能让它发展下去，假如付诸行动，后果不堪设想。

我对白蓝说，外面有传闻，你也要去糖精车间。她就笑笑，也不回答我。后来我去问小噘嘴，劳资科到底什么意思，厂医也要去上三班吗。小噘嘴说，现在厂里的劳动力紧缺，本科生都要去上三班，以前的规矩都不算数了，全都乱了套啦。

我把这个消息告诉白蓝，她说："让它去乱吧。"

九三年秋天，厂里开大会，由劳资科长胡得力主持，干部和工头们都必须参加，普通职工也可以站在后面旁听。开会的地点是在食堂楼上，那里是一个大礼堂，有一个舞台，还有 DJ 台。这地方平时是用来搞舞会的，或者联欢会，或者卡拉OK大奖赛。据老师傅们说，以前不是这样的，以前长年累月开思想斗争会，不搞娱乐，娱乐生活就是回家干老婆。

那天我也站在后面，叼着香烟旁听。台上坐着的是一群中层干部，台下的情形是这样的：基层干部坐在最前面，后面坐着工段长和班组长，再后面坐着先进工人，之后就是些叼着香烟嗑着瓜子的普通工人。普通工人全都站着，而且有一条白粉笔画出来的线，就在脚底下，不许跨过这条线。这情景和卡拉OK正相反，娱乐的时候都是工人抢在前面，干部被挤到后面。

我发现白蓝坐在最后一排，但她没回头看我。

那次大会开得很顺利，首先是庆祝全厂提前完成年度产值计划，其次庆祝糖精车间扩产，再次庆祝新厂长走马上任。最后是重申劳动纪律问题，胡得力先是不点名地批评了几个基层干部，然后点名批评了几个懒散工人，其中就有路小路，上班时间调戏化验室的小姑娘；另一个是水泵房的阿骚，至于她上班干什么坏事，倒是没有明说。后来工人起哄了，在下面大声问："胡得力，阿骚到底干了什么坏事？"胡得力不理，继续对着麦克风说话。有个师傅揪着我问："路小路，你调戏阿骚啊？"我说操你妈，长了个猪耳朵啊，我是调戏化验室小姑娘，没有调戏阿骚，我跟阿骚没关系。周围人听了，哄堂大笑，将我一把推到白线以内。我要往后退，他们就往前推我，后来我索性就站到了前面去，孤零零地凸出在人群之外。白蓝回过头来，她对着我看。那一刻我觉得自己像是个行将枪毙的人，站在刑场上，四面八方有很多人围观叫好，正前方是神情肃穆的刽子手，而她就是我的秘密情人，在潮水般的人群中向我观望，不知是悲伤还是嘲弄。

胡得力见我站在人群前面，从他那个角度看去，我大概不像个枪毙鬼，倒像是闹工潮头目，起义军的首领。胡得力对着麦克风大喝一声："路小路，你就要被送到糖精车间去了，还这么嚣张！"下面的工人听了，面面相觑，送到糖精车间是最严厉的惩罚，厂里调戏小姑娘的多得是，从来没听说被送去造糖精的。

我本来不想说话的，听胡得力这么说，我就用双手拢在嘴巴上，对他喊："胡科长，不要乱讲话噢，这里有很多糖精车间的人噢，去糖精车间我觉得很光荣噢。"工人们回过神来，有个糖精车间的阿姨说："胡得力，操你妈，糖精车间就不是人了吗？"这阿姨真可爱，要不是她身上散发着甜味，我简直想拥抱她一下。

后来保卫科长站了起来，抢过话筒，指着我说："把路小路拉出去，拉出去！"两个厂警跑过来，扶着我的胳膊。我们都很熟了，他们也不好意思动真格的，就对我说："老弟，好汉不吃眼前亏，先走吧。"我说："不用你们架着，老子自己走。"但后面的工人却堵着门，哈哈大笑，就是不让厂警押我出去。我对厂警说："我也没办法，除非你们把我从窗口扔下去。"那两个厂警试图扒开人群，忽然之间，帽子被人摘走了。后面的工人抢到了大盖帽，就在半空中扔来扔去。厂警很尴尬，大家其实都是熟人，他们也不能发怒，就对我说："都是你小子闹的，明天你得请我们吃饭。"两个厂警回过头来，对着保卫科长挥手示意。保卫科长还在喊："押出去！押出去！"厂警也火了，对他说："操他妈，押个鸟啊！有本事你自己来押！"

会场一片大乱，后面的工人哦哦地起哄，前面坐着的干部和工头也笑得前仰后合，只有舞台上的干部都板着脸。保卫科长也下不来台，跳下舞台，打算亲自来押我。我隔着很远，指着他鼻子说："鸡巴，你敢过来，老子把你淹死在厕所里。"这时大家想起方瞎子把保卫科长推到茅坑里的事情，简直都笑翻了，有人大喊："方瞎子拉电闸喽！"干部们大惊，纷纷抬头看顶上的日光灯，灯都亮着呢，分明是造谣。

这时，胡得力拿起话筒，用足力气大喊一声："不许胡闹！！！"我们厂的礼堂，用的是两个大音箱，就放在舞台两侧。冷不丁一声大吼，音箱发出山呼海啸般的巨响，坐在音箱前面的人齐声大叫，向后倒下一大片。爬起来之后，有几个干部指着胡得力大骂："胡逼！耳朵都被你震聋了！"

保卫科长这一边，因为我揭了他的短，就扑过来要跟我拼命。我也觉得奇怪，他怎么一下子变得这么雄伟，好像最近吃多了激素，有这个闲工夫还不如去跟方瞎子较劲呢。事后白蓝提醒我，保卫科长这是要在新厂长面前表现表现自己，也没有像我这样的，当众揭短，他当然要拼命。我当时可不知道这些，摆好架子，等着他扑过来。我和他之间相距大约五十米，趁他跑过来的工夫，有个师傅朝我手里塞了一根电工皮带，对我说："照他脸上抽，准保躲不开。"我身边两个厂警吓坏了，一个攥着我的胳膊，一个抱着我的腰。我说见了鬼了，人家要打我，你们抱我干什么，拉偏架啊。厂警说："把皮带放下！"我把皮带扔地上，可他们还是不放手。与此同时，后面的工人一哄而上，架住了狂奔过来的保卫科长。厂警对我说："求你了，路小路，路小爷，你赶紧走吧！"

我对厂警说，本来是要走的，但他既然要冲过来打我，我就不能走，不然他还以为我怕他！别的干部我不敢打，保卫科长我可不怕，打赢了他，我就能取而代之。厂警又好气又好笑，说："你当我们保卫科是山贼啊？"趁着身后的人群松动，他们两个死命把我往外拽。那一瞬间保卫科长的上半身也突破了人群，身体呈四十五度角，两个拳头在我眼前乱舞，他妈的，这种拳法能打得死个鬼。

就在这时，舞台那头一阵惊叫。众人回头去看，只见胡得力浑身精湿,目光呆滞,水泵房的阿骚拎着一个塑料水桶站在他边上。这塑料水桶我们都认得,是清洁工用来拖地板的。胡得力被阿骚浇成了落汤鸡,胡得力被拖地板的脏水从头到脚浇了个透,胡得力被浇过之后居然一句话都说不出来。全场哑然,我和保卫科长也忘记了打架,都看着胡得力。在一片静默中,阿骚阿姨鄙夷地说:"胡得力,你这个王八蛋。"然后她扔下水桶,轻盈地扭动着胯部,在众人复杂的目光注视下扬长而去。

那次大闹会场,白蓝在大礼堂外面对我说:"路小路,你的政治生命彻底完蛋了。"后来她又说,这不应该叫政治生命,应该叫职业前途。我对她说,我的职业前途本来就是做工人,我该怎么混,自己心里清楚,不用你多插嘴。她说:"你这样下去可不行,这不是找死吗?"我不耐烦地说,我读过一本书,叫《红楼梦》,里面有个叫袭人的,就这么啰唆。她说:"你就嘴硬吧。"说完就走了。

那天我还去参加了工会的卡拉OK比赛。厂里本来安排在大会之后举行这么一次比赛,后来大会闹成一锅粥,干部全都跑掉了,工会的人就很犹豫,打算取消比赛,但工人师傅不答应。工人师傅说,今儿个真高兴,卡拉OK助兴。工会的人说,不行啊,这是卡拉OK比赛啊,评委都跑光了还比个屁啊。工人问,评委是谁。工会的人说,当然是干部啦。这下工人师傅都不干了,说:上班要被他们管,唱他娘的卡拉OK也要他们管,简直狗屁,我们自己做评委。就有几个工人自告奋勇跑到主席台上去打分,后面有人把电视机混音器LCD全都搬了出来。当时我在楼下,望着白蓝的背影,心里很不是滋味,后来六根拽着我的袖子,拖我上去唱卡拉OK。

倒退十多年,我所生活的戴城,满大街都是唱卡拉OK的,不但家里有卡拉OK,连饭馆、茶馆、澡堂里都有。那时候也不去包厢，包厢太贵，通常是在一个大厅里，两块钱唱一首歌，对着电视机轮流嚎叫。后来我也成了个卡拉OK迷，嚎叫谁不会啊？

那天在大礼堂，别人把我推上去比赛，我唱了一首《吻别》，又唱了一首《风再起时》，下面的工人哗哗鼓掌，还有一些比较骚的师傅，拖着阿姨在人群中跳交谊舞。两曲唱毕，评委亮分，9.99！工会的干部在一边直龇牙。我高举右手，挥动，又抚着胸口做鞠躬告别状。电工诗人路小路从此就要阔别白班舞台，去糖精车间上三班啦。比赛结束之后，我拿了个第二名。我还奇怪，9.99怎么还是第二名？六根说有个小阿姨上台唱歌时，把裙子撩了撩，昂头挺胸撅屁股，评委师傅们都看傻啦，给了她10分，只能委屈我做第二名了，没胸没屁股的，第二名也该满足了。我想想也对，去拿奖品，第一名是电饭锅，第二名是热水瓶，我只能提着个热水瓶走了。出门的时候，天都快黑了，一群上中班的师傅们又闯进礼堂，对工会的人说："不许收摊，我们还没唱呢。"工会的人都快昏过去了。据说一直搞到半夜，工人一茬接一茬地进来唱，后来把那片的电闸拉了，才算结束。这些场面我都没看见，我回家了。

那次闹过之后，我知道自己说话得罪了白蓝，想请她吃饭。那天是我生日，她不知道。我摇了个电话去医务室，她说晚上有事，不能来。我独自在外面吃了一碗面，加了一块排骨和两个荷包蛋，吃饱之后，无处可去，就骑着自行车到新知新村去闲逛。那是秋天的夜晚，一些枯叶掉落在我头上，昼夜温差很大，我穿着一件薄夹克衫有点顶不住。我把自行车锁了，坐在她家楼下的台阶上抽烟。

我想起自己已经二十周岁了，一事无成，坐在这里，不久之后就要去上三班造糖精。这种生活不是我要过的，但我应该有什么样的生活，自己也不知道。我只能说，混到哪里是哪里吧，人活在世界上，无非是走一步看一步。后来我看见白蓝从那里过来，骑着自行车，边上还有一个男的。我没喊她，把香烟藏在身后，以免闪光的烟头暴露我的行藏。她和那男的交谈了几句，相互道别，然后男的就走了。她锁好自行车走进来，发现有个人坐那里，定睛一看是我，吓了一跳。

她说："怎么你在这里？"

我说："我等你。"

她想了想说："好吧，你上来，我跟你说。"

我默不作声地跟她上楼，在拐弯的地方被一个破箱子磕中了膝盖，疼得要死，但我还是默不作声，瘸着腿走了上去。进了房间，她拉亮电灯，关上门，然后她说："那个是我复习班的同学。"

我问她："什么复习班？"

她说："考研复习班。"然后她说，"不要到厂里去说。"

那天，我看到了她的考研资料，厚厚的一摞，我全都看不懂。我问她，什么时候考试，她说是在一月，录取之后转档案，然后她就去读研究生。

"去哪里？"

"上海，或者北京。"

作为男朋友，我本来应该质问她，为什么以前不告诉我这些。但我忘记质问了，我在这种时候总是蒙头蒙脑，好像庄子梦里的蝴蝶，事后回忆起来，又觉得很羞惭。用我妈的话说，卡车迎头开过来也不知道躲一下。我什么话都没说，拉开门往外走，但她靠着门，不让我走。她歪过头问我："还要再谈恋爱吗？"

我说："谈啊，为什么不谈？但我现在想回家睡觉。"我再次去拉那扇门，这次她没拦我。我下楼的时候觉得膝盖生疼，她以为我会像上次那样一溜烟蹿下去，但我其实是无声地走掉了。

时光倒退到九三年秋天，我在车间里玩我的电工刀。那把刀是红色的塑料刀把，刀刃有十公分长，这刀是不开口的，后来我在钳工班的砂轮上把它打磨了一下，这就成了一把可以杀人的利器。我还想镗出两根血槽，但师傅们不肯帮我镗，说是会闯祸。这把刀陪我走过很多城市，揣在兜里，不算是管制刀具。天气潮湿的时候它会生锈，但蘸上水在砖头上磨一下，它就会恢复往日的锋利。

那天我玩刀子，我用它练飞刀，我能把刀子抡圆了飞出去，也能把刀子缩在袖子里从肋下飞出去，五米之内必中靶心。我右手练完练左手，站着练完躺着练，还有犀牛望月、凤凰展翅、小鬼拍门、老鹰捉鸡等等姿势。我很想找个活人来练练，不是往他身上戳，而是像马戏团里一样，顶着个苹果，我一刀飞过去准能把苹果劈开，要是伤了他半根头发，我甘愿抵命。但别人看到这种被打磨过的电工刀就哆嗦，死活不肯让我试一下。后来我觉得无聊，把刀子收起来的时候，不小心在自己虎口上划了一下，起初没觉得疼，几秒钟后，血一下子涌了出来，把整只左手都染红了，伤口一跳一跳地剧痛。

我看着自己的手，有一种不可思议的感觉。我能把电工刀玩得像马戏团一样，但我竟然把自己的手割破了。我扔下刀子，掐住手腕并且高举左手，去医务室找白蓝。一路上鲜血顺着胳膊淌到了腋窝里，路过的人都以为我是在振臂发飙，走近一看才知道又发生惨案了。出了这种事故是很糗的，但我无所谓，我马上就要去造糖精了。

我在医务室包扎时，大肥婆在白蓝身后站着，非常讨厌。我看着白蓝把纱布一层层缠绕在我手上，我问她，筋断了吗。她说没有，然后拿了一块毛巾替我把胳膊上的血迹擦干净。大肥婆说："流好多血啊，真可惜，去献血多好。"白蓝就回过头去瞪着她。我说："化工厂的人不能献血的，血里面全是毒。"

白蓝对我说："想自杀？"我说："不是。不小心的。"她说："这样子就像个亡命之徒了？"我说也不是，都不是。我不知道该怎么回答她。

博尔赫斯说，记忆总是固守着某一个点。我记忆中的二十岁，亡命之徒就是那个被固守的点。越是如此，它就越缺乏真实感，真正需要去亡命的时代早就过去了，我连献血都没人要，嫌脏。我在一个不必亡命的时代里既不会杀人也不会被杀，我会被送去造糖精，犯了错会被扣工资，如此而已。在这种时代我可以把自己杀掉，无论是故意的还是不小心的，我不会为了糖精和工资而自杀，也不会为了爱情，但是我可以毫无理由地去死，如此而已。

那天在医务室里，我坐在体检床上，白蓝搬了一把椅子坐在我对面，大肥婆站在我们中间，一会儿看看我，一会儿看看她。我他妈也不知道这肥婆想干什么，后来我觉得很好笑，就对着白蓝笑起来。她平静地看着我。我忽然觉得大肥婆也不那么讨厌了，就让她在一边待着吧，这样很好。我的神经分裂的爱人终于无声地站在了彼岸，与我遥遥对望。

秋天时闹了一次地震，是东海海啸引起的。晚上九点多钟，我在家里躺着，忽然觉得床架子发抖，我妈放在五斗橱上的花瓶哐当一声砸在地上，当时我妈在打毛衣，我从床上跳起来，拽着她就往外跑。到街上的时候，我爸爸也从楼上跑了下来，他在邻居家里打麻将。

街上全是人，各家各户的灯都亮着，空气中微微地飘着一些细雨。农药新村再次发生了大规模的逃亡，这次是在夜里，加之深秋季节，总算没有人再光着身子往外跑了。周围的人定下神来，都在看房子，有没有歪，有没有倒，后来他们说什么都没发生，估计是一次很小的地震。中途有人打电话到农药厂去，问当班工人，有没有什么管子又泄漏了，当班工人根本没感觉到地震，车间里的设备本来就抖得跟七级地震一样。我站在街上，发现自己只穿着短裤背心，冻得要死，就回家去穿衣服。等我穿好衣服出来，我爸爸带着几个邻居也进了家门，开始搓麻将。我家是一楼，他们认为再发生地震的话，一楼跑起来比较容易。搓麻将就是为了等待第二次地震。

我把衣服和鞋子都换了，又从抽屉里找出几张钞票，塞在口袋里。我妈问我去哪里，我说去一个朋友家拿东西，万一再地震你就拿几个包子钻到麻将桌下面去，然后等我来救你。我说完，扔下我妈，骑上自行车往新知新村去，路上全是人，打着伞的，穿着雨衣的，顶着脸盆的，雨越下越大，从细微的潮湿变成冰冷的针尖，扎在我脸上。在文化宫门口，有一辆汽车撞在树干上，城市虽然比平时混乱，但马路上并没有停电，汽车还在开，幽微的路灯照射在地面上，泛着一摊摊的光。我穿过戴城大学，门卫不知去向，很多学生站在道路上吃东西聊天，还有爬在铁栏杆上干嚎的。我绕过密集的人群，在一个狭窄的小门口停下自行车，那门虚掩着，我一脚踹开门，再穿过去，前面就是新知新村。

新知新村的街道上同样挤满了人，知识分子不唱卡拉OK，但一样怕死，这事情无关文化修养。但这种躲地震的方式非常可笑，四面全是楼房，他们就聚在楼房之间，那么多人，掉个花盆下来都能砸死好几个。

我在人群之中寻找白蓝，找了一圈，发现她正趴在自家窗台上看热闹，还叼着香烟，比我更吊儿郎当。白蓝对着我招手，我扔下自行车,三步两步蹿上去,进门之后一看,不得了,这娘们穿着一身白色丝绸睡衣,胸开得很低,赤脚坐在书桌上,嘴里含着一根咖啡色的摩尔烟,最不可思议的是她脑袋上顶着十几个红红绿绿的塑料发卷。我想了半天,觉得在哪里看见过,后来想起来了,电影里那些国民党军官的姨太太就是这么个打扮。

我冲她喊:"地震了,你不知道?"

她不理我,两根手指夹着香烟,那只手在窗台前比划了一下,好像伟人指点江山,大声说:"钟山风雨起,仓皇百万雄师,过大江。虎踞龙盘,今升西天返地府,慨而慷,宜将剩勇追。穷寇不可沽名,学霸王天,若有青天亦老人……"我不知道她在乱唱些什么,好像是诗词,又听不太懂。她转过头来,嘴巴里喷出一股酒气,问我:"怎么样?"

"什么怎么样?"

"诗怎么样?"

"气势还可以。听着很熟,忘记是谁写的了。"

"还他妈诗人呢,这都不知道。这是我爸爸写的。"她吐了一口烟在我脸上,"今天地震我就想起我爸爸。"

我用手指在她眼前晃了晃,试了一下,还好,只是有点喝高了,不是烂醉。我将她拦腰抱起,扛在肩上。不是我要占她便宜,而是窗台上太危险,一个小震动就能把她掀到楼下去。我将她蹾在床上的时候,她的胸脯猛烈地起伏。我说可能还有余震,这破楼万一倒了,我们就全死在里面了,到底跑不跑。她看着我,嫣然一笑,把脑袋上的塑料发卷一个一个摘下来,鬈发披散下来,非常好看。后来她把丝绸睡衣脱了,睡衣从床上滑落到水泥地坪上,她站起来,顺脚将它踢开,就这么开始吻我。

她说,卷头发的时候听到动静,起初没在意,后来邻居都跑了出来，高呼地震。她也想出来，但穿着睡衣感觉到有几分淫荡，她就留在了屋子里。她从书柜上拿了半瓶红酒，倒在杯子里，只喝了一杯就觉得身上发烫，头开始飘。以前她的酒量没这么差。这种感觉令她忘乎所以，好像漂浮在河流中。后来她哭了，不知道为什么。她哭的时候我正骑着自行车在戴城的街道上狂驰，形同亡命之徒。再后来，她看见我在楼下，就向我招手。

她说一九七六年她妈妈带着姐姐去唐山探亲，她妈妈也是医生，地震发生以后，她们两个都被埋在了里面。这些事情我都没听她说起过。她问我，鬈发好看吗。我说很好看。她说："我妈是天生的鬈发，我不是。"

她说她爸爸是语文老师，七六年那会儿，她爸爸整夜整夜地不睡觉，也不说话，到了秋天，头发全都白了。她被寄养在亲戚家，偶尔看到爸爸，觉得他像一棵发疯的树。她说："后来熬了十年，熬不过去，走了。"

她说完这些，又说，她不怕地震，不怕自己毫无理由地去死。她说她比我更像个亡命之徒，只是别人不知道。然后她抱住我，风从窗口猛烈地吹入，吹在我的背上，也吹在她的腿上。我感到她身上起了一层寒栗，像是死亡从她的身体中走过。我进入她身体的时候，她发出一声轻唤，向我拱起上身，好像一条缓慢地跃出水面的海豚。她的双腿用力夹住我的腰，这次我不再感觉到自己是个被夹住的老鼠，而是一艘顺流而下的船，她的腿是岸。

后来她说，换个位置。我就躺平在床上，让她覆盖我，这时她仰起身体，紧闭双眼，笔直地伸出一只手来，她的手指也像树枝一样紧绷着。我看到天花板上的霉点，在她头上，作为一种背景被深深地印入了我的脑子里。

我在她身下颠着她，她忽然问："这样好吗？"问的时候还是闭着眼睛。我故意说，不好。她睁开眼睛，对我说："那你喜欢什么样？"我说不是的，像目前这种姿势，万一天花板砸下来，首先是令她脑浆迸裂，我将眼睁睁地看着她死掉，这样很不好，万一我没死会被吓成个阳痿。我情愿用开始时候的姿势，天花板砸在我的背上，说不定还能救她一命。

她哈哈大笑，继续在我身上起伏。她说这样也不好，路小路的眼珠子会被砸出来，掉在她嘴里。然后她从我身上跨下来，伏下身子，从床沿上抄了一个枕头垫在腹部。她说这样就好了，你被砸出脑浆我也看不见。我再次进入她的身体，那感觉有一点特别，因为失却了她身体的包围，我不再是河流中的船，而是在浓雾中狂驶的摩托车。后来她说，要命，轻一点。然后继续呻吟。

她的那地方非常紧，俯身之后更紧。她说这样太快了，放慢一点。她让我躺着，再次跨上我的腹部，然后用手把我拉起来，我的头被她抱在胸口。她说这样也很好，天花板掉下来，两个脑浆一起迸裂。我就说，既然一起迸裂，你就不用把我脑袋抱那么紧，我他妈都喘不过来啦。

后来我们又回到最初的姿势，我把她的腿举高，我们都不再说脑浆迸裂这件事，因为体会到近似脑浆迸裂的感觉，只是位置不同而已。我射精的瞬间，她用力喊了一声，与此同时我感觉到床架子剧烈抖动，身后的玻璃窗发出哗啦啦一片撞击声，楼下像炸了锅一样："快跑啊！又震啦！"我用尽全力覆盖在她身上，双手撑住床沿。我这个亡命之徒，和她这个亡命之徒，在第二次地震的时候到达了高潮。等到我的精液全部射出，等到阴冷而酷烈的死亡穿过我们的身体，我喘得像一台生锈的马达，而她却凝固在我身下。房间里，吊灯影子在微微晃动，楼下一片嘈杂，哭爹喊妈。这时床架子停止了抖动，她闭着眼睛，长长地吁了一口气，问我："不震了？"

我说："本来就没震。是我们干得地动山摇。"

她吃吃地笑："我现在知道一件事。"

"什么事？"

"一次地震的时间，相当于一次射精。"

那天，事毕之后，我们坐在床上，背靠着墙壁抽烟。床沿紧贴的那一堵墙上，用图钉钉着一块布。她抽她的摩尔，我抽我的红塔山，烟缸放在我的肚子上。她对我说，干得不赖啊，以前干过这个事吗。我说没有，但我看过不少黄色录像带。她就问我，看录像带的时候手淫吗。我说也没有，看的时候是一群人，不太好手淫，只能回家闭着眼睛回忆录像里的画面，然后手淫。这样干法，记忆很深刻，黄片里的动作全都背下来了。

她怪不好意思地说，自己长那么大，从来没看过黄片。我心想，妈的，这不是在暗示我，你那些上上下下的姿势都是实战学来的吗。不过我也没怎么在意，刚干完就揪着姑娘要她交代前科，这不是我的做派。我告诉她，那些黄片大多数是欧美的，女的声音低沉，好像胸口有一面鼓，这种粗臀豪乳型的女人非我所爱。有一次我看到一部日本片，那个女的是个护士，身材匀称，叫声就像你一样，仿佛母猫在说梦话。我还是喜欢医生护士。她打了我一下，这感觉不错啦，像是情侣了，两个人并排靠在墙上抽烟实在有点像监狱里的难友。

她说："刚才很危险，真要砸下来，两个肯定一起死掉。"

我说："死就死吧，明天不用上班了。"

她说："我以为你会跑。"

我说："这样不好，我都快射了，如果光着身子跑出去，一边跑一边射，太难看。我情愿死在床上。"

她说："这样死了也不好，连在一起，别人分不开我们。"

我说："不会的，他们会用锯子把我的鸡巴锯断，然后就分开了。我的鸡巴留在你的身体里，就当我留给你一个纪念吧。"

她说："万一我没死，那还得我自己拿一小刀片锯断它，太残忍了，这办法不好。"

我说："对你而言这应该不是问题啊，你不是医生吗？没割过这个吗？"

她说："我要是中医就好了，割下来泡在酒里，每年清明节拿出来喝一口，壮阳。"

我说："你丫壮什么阳？你还是留给别人壮阳吧，间接地体会到我的魅力。"

她听了这话，再也忍不住，把我肚子上的烟缸挪开，就这么赤身裸体地代替了那只烟缸。然后坏坏地对我一笑，说："再来一次。"

那天干完第二次，外面的风越来越大，雨水打在楼下人家的雨篷上，发出有节奏的噗噗声。楼下很安静，没有第三次地震。假如再来一次地震，我估计我的神经也受不了，大概会赤身裸体地逃到楼下去。莺声初啼，对人生骤然有了信心，不甘心就这么被砸死。

我说，我要给你起个绰号，叫抽水机。她说，你他妈终于把绰号起到老娘头上了，说完又打我。打过之后，我从床上跳下来，到窗口张望，楼下一个人都没有了，怪不得这么安静。天色浓黑，从这浓黑中降下的雨也应该是墨汁吧，我也不知道原先楼下的人是跑光了呢，还是都回家睡觉去了。后来一看闹钟，凌晨三点半，对面楼里的灯倒是还都亮着，好像除夕守岁。白蓝问我："你要不要回家去看看？你妈妈还在家里吧？"我说没关系，既然新知新村的破楼没塌，那么农药新村的破楼一定也还矗着呢，我妈比你机灵多了，稍有风吹草动就跑了，这都是在农药新村练出来的。她说："那你妈就不担心你？"我想想也对，就说，要是家里有电话就好了，这会儿杂货店的公用电话肯定是没人接了，等雨小一点我就回家。我说完这话时，她已经穿好衣服了，没办法，我也只能穿衣服。

她说："这么安静，好像什么都没发生过。"

我说，本来就没发生过什么嘛。我说完这句话，觉得自己中了她的套，就回过头去看她。她也在看着我，目光很难捉摸。我讪讪地在房间里转了一圈，随手翻她的书，一摞很厚的考研教材，我也看不懂，都是些很深奥的东西。我对她说："你不会酒醒了就不认账吧？"

她说："我要认什么账？"

我不好意思地说："我以后还想和你做爱。"

她看着我，忽然笑了，说："你想吃泡面吗？我是饿了。"

我说："我也饿了，太消耗体力了。"

吃泡面的时候，我对白蓝讲起一个人，这个人是我嫂子，也就是我堂哥的女朋友。白蓝不解，我为什么会没来由地说起她，其实我也不知道，后来我说，既然谈到黄片，我就想起我嫂子了。

我是跟着我堂哥他们一起看黄片的，当时就是录像带，他们几个小青年关在屋子里偷偷地看。那时我才读初三，不过也发育了。我去找我堂哥，结果撞上了，他们几个小青年就让我跟着一起看。后来有一天，我嫂子忽然从外面进来了，见了这场面就朝我堂哥没头没脸打过去，说他们把我带坏了。我堂哥哈哈大笑，让她把我领走。我嫂子带着我走出去的时候，我心里很不高兴，又不能说，只能装出懵懂无知的样子，以骗取她的宽容。我看见她的乳沟，很深地嵌出一条缝，当时就起了坏念头。但她并不知道，她以为我还是个不大懂事的小孩。后来她拍着我的头说，小路，你长大了不能学你堂哥，你要做个有出息的男人。

我经常想起我嫂子,别人都叫她阿娟,我也跟着叫,她不喜欢,让我叫她阿嫂。她是开服装店的,没读过几年书,但我觉得自己很爱她。她曾经对我堂哥很好,给他零花钱,为了他堕胎。北环帮和小公园帮火并的时候,她为了救我堂哥,拿着一根水管敲开了对方的脑壳,被称为那一带的红星十三妹。为此,她的店都被人砸了,但她也没说什么。后来我堂哥打她,打得那叫一个狠啊,她受不了了,就独自跑到南京去做羊毛衫生意。我从此再也没有见过她。

我之所以爱她,是因为我觉得,在她身上的那种东西就是爱。我对爱的理解是有偏差的,这无所谓。我嫂子也给过我零花钱,她甚至说,等我长大了她要把自己的妹妹介绍给我做女朋友。她去南京以后,我就不大和我堂哥来往了,我从心里觉得他王八蛋,后来他脑袋上被人砍了六刀,再也没人替他挡着了。

我对白蓝说,所谓有出息,这是一个很虚幻的词,我不知道什么叫有出息,但我知道什么叫没出息,并且知道,没出息的人不可爱。但是,我活了二十岁,仍然有人长久地爱着我,也有些人短暂地爱过我,这些我都不会忘记。

那天我说完这些,就回家了。我很想和她睡在一起,但忽然有了一种很挫败的感觉,好像脑子里的精液也都射光了。现在我回忆的时候,知道那种感觉叫作虚无,当时却无法表达。我不知道自己为什么会一下子挫败了,如果当时知道那是虚无,大概也不会难过了,虚无就是这么突然出现突然消失的。

下楼的时候我觉得腰里有点酸,心想,这该不是肾亏吧,如果二十岁就肾亏,到四十岁肯定变成阳痿啦。脑子一走神,我在楼梯上绊了一下,直刺刺地摔了下去。那块绊脚石哇哇大叫。我点亮打火机一看,妈的,二十多号人全都蹲在楼道里打瞌睡。这也难怪,外面下雨，又没有防震棚。我连声喊抱歉，这些人全都醒了，对着我看。有个教授模样的老头说，哎呀，谁家唱了大半夜的卡拉OK啊。我再不是东西，这时候脸也不由红了红，知识分子就是厉害，损人都这么有艺术感。

回忆九三年，那次地震之后，糖精厂岿然不动，只是塌了河边的泵房，那里平时没人，就砸死了很多耗子，剩下的耗子全跑了出来，在大街上巡游。这些耗子都很嚣张，而且聪明，比如它们过马路的时候，先是一只耗子出溜过去，蹲在马路边上吱吱地叫几声，后面就有一串大大小小的耗子，气定神闲地向它走去。这么有组织有纪律的耗子，我们根本不敢打，怕招致严重的报复。

我和白蓝发生关系之后，陆续还做过几次，地点都是在她家。新知新村的房子，隔音效果很差，差到什么程度呢？我在她家卫生间蹲着，可以听见隔壁卫生间里小便的声音，当然是男人小便，要是女人小便都能听见，那简直就等于是布帘子了。白蓝说，七十年代造的房子，都是用预制板拼起来的，虽然不够私密，但是这种房子很牢靠，特别防震，刚搬进去的时候都乐坏了。我可以证明，有一些年份里，中国人特别怕地震，大概是被震出心理障碍了。

在那种房子里做爱，如果当时没有喝醉酒，就会觉得有另一种心理障碍，怕隔壁邻居趴在墙壁上偷听卡拉OK。我知道很多种偷听的办法，最简单的就是拿个玻璃杯子杵到墙上，耳朵凑到杯子口。但是这种把戏在新知新村几乎不需要，这里的情况恰好相反，如果你不想听见隔壁的声音，最好把自己的耳朵套起来。

我把那天老头损我的话告诉白蓝，白蓝说，无所谓啊，随便他去说吧。但真的做爱的时候，她又不由得克制住自己的呻吟。她还问我，这样是不是有点扫兴，我说挺好的，我喜欢那种克制克制最后克制不住的声音，写诗也是这样，一上来就"啊"的诗歌，多半是拍领导马屁的，没有真感情在里面。

干过之后，我还问她，为什么隔壁做爱的声音我听不到，难道他们也这么克制吗。白蓝说，隔壁是老头老太，老头以前是右派，都克制了一辈子了。我追问道，那么老太呢，老太不是右派啊。白蓝说，你真烦，管那么多干什么。我就说，这里真不一样，不像我们农药新村，全是造反派。

我们后来做爱，声音一直都很轻，而且还戴着橡胶套子。我问她，这个套子是不是从医务室里偷出来的，她说不用偷，一抓一大把。她把橡胶套子装在一个饭盒里。有时候她自告奋勇给我戴套，有时候让我自己套，她在一边看着。还有一次，她把套子含在嘴里，就这么给我套上了，技术非常高明，一般医生都不会这一手。干完之后，她让我用手指捏住套子根部往外抽。

发生关系之后，有一些微妙的变化，比如说在厂里互相看到，眼神就会不一样。我们厂里有那么几对，谈了恋爱之后，经常在厂里挎着膀子量地皮，从甲醛车间晃到糖精车间，从司机班晃到锅炉房，十分招摇。师傅们站在窗口，看到他们走过来，就会大惊小怪地说："压路机来了。"然后对着他们品头论足。这些待遇我都没有，一则是她不愿意跟我在工厂里压马路，二则我也觉得在甲醛和糖精之间卿卿我我，实在是没什么可自豪的。事实上，我连中饭都不跟她一起吃，她是干部餐，我是工人餐。我们就用眼神交流，我和她都是大眼睛，交流起来很有美感。

只有一次，她闹牙疼。我在厂里遇到她，直接问她："还疼吗？"这时正好倒B从我们身边走过，听到这句话，就扭过头来打量我们。白蓝做出很疼的样子，指了指腮帮子，好像讲不出话来。后来在医务室里，大肥婆不在，白蓝对我说："你说话注意点，什么疼不疼的，让人误会。"我满不在乎地说："不会误会的，只有处女才疼。"说完这话，冷不防脸上被她抽了一下，生疼。我低头一看，她用来抽我的竟然是一副橡胶手套！她还问我："你疼吗？"那次我真的怒了，我说，咱们俩这么浓厚的交情，为了一句笑话，你丫竟然用妇检手套抽我！她就说："干净的。"

我听我奶奶讲过，男人要是被女人抽了耳光，就会连倒三年霉，唯一的办法是把耳光抽回去。但是，像这么一个敢咬老虎的女人，她准保会把耳光再抽回来，那就抽来抽去没个完，有这种闲情，还不如躺到床上去做爱呢。倒霉就倒霉吧。

有关我和白蓝之间的事，厂里没人知道。白蓝不希望别人对着她指指点点，我更是吃够了写诗和看胸罩的亏，再也没那么傻了。回想我刚进厂的时候，跟着老牛逼到处招摇，一点便宜都没占到。工厂生活有一条原则，隐秘之处最安全，只要没人注意你，就能年复一年地混下去。可惜我明白这个道理已经太晚了，而且运气不好，最终还是得去上三班。

其实，我和白蓝对外保密，还有一个原因是，我和她都知道这场爱情最终将会以什么形式来收场。她曾经问我："要是咱们分手了，你觉得厂里哪个姑娘合适你？"我想了想说："我觉得劳资科的小噘嘴不错啊，以前对我很凶，现在好多了。"白蓝说："那姑娘有什么凶的，小丫头一个。"我说："人家也就比你小一岁，哪里小丫头了？"白蓝说："找秦阿姨说合说合吧。"我说："不行的，她是李光南的老婆，朋友妻不可欺。"白蓝说："那倒也是。我把我表妹介绍给你，还在读中专。"我说："长得跟你像吗？不像我不要。"白蓝说："那就难了，跟我像的，那就是电影明星了。"

现在我知道，这种调侃的方式，其实是一种暗示。在我当时看来，离别总之是伤感的，因为伤感，所以不能用言语来表达，好像春天里绵密的细雨，用肉眼都分辨不出雨丝，不知道该不该打伞。我所感到的，就是那样一种伤感，只能相互暗示，用调侃来安慰自己。

她还对我说：小路，很难想象你将来娶的老婆会是什么样啊，如果笨嘴拙舌的肯定被你欺负死。我就说：我倒是能想象你的老公是什么样，一定很温和，很有文化，看见流氓就逃跑的。她不无嘲笑地看着我说："你三十岁以后，看见流氓，大概也会跑吧。"那时候我不承认，我以为自己会一辈子剽悍，真是太幼稚了。照白蓝的说法，我三十岁以后只能是一个啤酒肚的秃顶男人，牙齿被香烟熏得乌黑，长期上三班会有眼袋和黑眼圈，脸色青黄，肝功能异常，骑着自行车穿着工作服在大街上，一看就是个穷光蛋和倒霉鬼。流氓只会欺负我，而不会欺负她老公。

那时候在她家里做爱，我时时都能感到一种奇怪的气氛，考研的复习资料就堆在书桌上，有时候她干完之后会随手摘过一本书，翻几页，嘴里嘀咕几句，再把书放回去。我问她，这么复习功课，有何效率可言。她说，功课早就复习得差不多了，只是惯性地再看几眼。这时我就不再说话，也顺手捞过书来看几眼。她问我："你的会计学得怎么样了？"我就懒洋洋地回答她："还没开始学会计，现在在学高等数学。"她就笑着说："高等数学你都敢学。"我说，自从我做了钳工和电工之后，就明白了数学的可贵之处，相反，语文是一门很操蛋的科目，数学使人越来越聪明，语文使人越来越笨。我基础太差，所以学高等数学很累，但我渐渐开始喜欢这门功课了。

那次，她把朝北的房间打开，这间房间一直都是锁着的，我从来没有进去过。我发现里面有一排书架，有一台电唱机，最操蛋的是里面竟然有一张双人床！我说："你也太不够意思了，明明有大床，你还让我在小床上练双杠！"她说："这是我爸爸的床。"我说:"那就算了,我惹不起你爸爸。"

她让我看那些书,很多小说,很多古代汉语,很多文集,都是些旧书,散发着比房间本身更为浓重的霉味。她说:"这些都是我爸爸的书。"我说,你丫真幸福,从小就能看那么多书。我回想我小的时候,家里只有两本大书,《董存瑞》和《茶花女》,都是残书,《董存瑞》没结尾,《茶花女》没开头。这还算运气,要是倒过来,那他妈有多么煞风景啊。我从八岁开始就看这两本书,到了十五岁还是看这两本书,在革命烈士和法国妓女之间徘徊了好多年,不知道自己该成为哪一种人。假如当时我也有这么多书,就不会那么困惑了。她说:"你喜欢这里哪本书,你就拿走吧。以后别卖了就行。"

她打开电唱机,从柜子里取出一张黑胶木唱片,说这是贝多芬的克鲁采,欧伊斯特拉赫演奏的,是非常珍贵的版本。我说,不至于给我古典音乐吧。她说这些唱片都不会给我,她要自己留着,但可以放给我听听。我想,听听古典音乐也不是什么坏事,我常年听的都是香港四大天王。她把电唱机捣腾了一通,喇叭里发出咔嚓咔嚓的声音,后来音乐出来了,我就坐在大床上,安静地听完了克鲁采。

我对她说,我要做一个有情有义的人,所谓的情,就是和你上床,所谓的义,就是为你去打人。这两件事对我来说是分开的。但你把你爸爸的书送给我,这件事是既有情又有义,所以我要记住一辈子。

那年冬天,我独自坐在一所中学的校门口。里面在考研,我就坐在一个花坛上,也是点着烟,看着自己的手指发呆。天色阴霾,后来飘下几缕雪花,落在我脸上。我的脸被风吹得冰冷,过了许久,才感觉到雪在脸上融化成水珠。

那天，大街对面的音像店在放张楚的《姐姐》，放了一遍又一遍。我安静地听着这首歌，等到老板切换到另一首歌时，我扔下烟头，走过去买了那盒磁带。

后来她从操场那边走过来，头发被风吹得歪歪斜斜。她问我："今天夜班？"

我说："不，今天请假。都考完了？"

"是啊。"她说，"去我家吧。"

那阵子因为临考，她不再和我做爱，也不让我去她家。我在糖精车间倒三班，倒得天昏地暗，性欲一下子没了，也懒得去找她。到她家之后，她给我煮了两个鸡蛋，放了点糖，让我吃下去。这是所谓补身体的办法，那阵子她自己也就吃面条，图方便。她说我精神不振，看上去瘟头瘟脑的。我说："大姐，我夜班下来还没睡，我当然精神不振。"她有点失望。我说："你是不是要做爱啊？"她说："呸，你还是先睡会儿吧。"我听了她的话，加上肚子里有了两个热鸡蛋衬底，睡意当头砸来，倒在她床上就开始打呼。

我醒来时，天都黑了，搞不清自己是在哪里。我睡醒时候总是这样。后来想起来，是在白蓝家，我躺在她的床上。她正在灯光下听录音机，声音很低，把耳朵凑在那里听着。我问她："你听什么呢？"她说："你的磁带啊。其他歌都不好听，就那首《姐姐》好听。"我说："就是冲着这首歌买的，你要喜欢就送给你吧。"她说："真好听。"

她还问我："你衣服上是什么味道啊？像咖啡，又像烧过的炭。"我说："这你就不知道了，这叫甲酯，是我们车间的原料。我就是管甲酯的。那玩意的味道，沾在毛衣上，洗都洗不掉。"她说："还好，不难闻。"我说："这是我唯一感到幸运的地方。就算是个流氓，也不能浑身发臭。"

我问她，接下来打算怎么办。她说过了春节就辞职，然后等录取通知，录取了就去读研究生，这是最简单的程序。我说："万一没录取呢？"她说："那我也不想干了，开春以后，新车间造好了，听说要调很多人去造糖精。"我点头说："确实不用去受那份洋罪。"她说："早点辞职，把档案调到街道上，厂里就没办法卡我档案了。"我问她，什么叫卡档案。她说就是拖着不把档案发出去，等到开学之后，档案还没到学校，就自动取消入学资格。这种事情很普遍，单位里故意这么干的。我说："不会的，谁敢卡你档案，我就把他脑袋卡下来。"她笑了，摇头说："又来了。"我打了个呵欠说："我说真的。"

那时候我想象的是，厂里卡她档案，而我拎着几根雷管跑到办公大楼。其实我也不知道应该跑到哪个科室，但雷管是会说话的。然后她被送去读研究生，我被送去坐牢。我这个行为是个十足的反社会分子，仇视一切，乃至变态。照白蓝的说法，路小路，你还是少幻想一点这种事情，你知道哪里去买雷管吗。

她告诉我，辞职以后她要去北方，坐上长途列车，沿着京沪线到北京，再去唐山。她一直想去唐山看看。随后她将往西到敦煌，取道格尔木进入西藏，她将在西藏停留，去见一个朋友，然后经过成都到上海，再返回戴城。她在一张中国地图上画出了一个四方形的路线。她说："回到戴城，应该是五月了。"

我半躺在床上，一言不发，看着她在地图上指指画画。她问我："小路，跟我一起去西藏？"我摇摇头说："西藏有什么好玩的？我也请不出那么长的假，还要去读夜大。"她觉得跟我简直没什么好多谈的，我越来越像一个上三班的工人了，一睡醒就去上班，一下班就想睡觉，而且永远睡不够。她托着腮帮子观察我，而我接二连三打呵欠，我不是摆谱，我确实不知道西藏有什么好玩的。后来别人告诉我，西藏是文艺青年的圣地，有生之年一定要去西藏。我向往得不行，同时也感到后悔。人一辈子错过的东西太多，也不值得为之捶胸顿足，但是，二十岁那年没有陪着她去西藏，想起来还真是很遗憾。

她问我："小路，你活到这么大，最害怕什么？"我说我最怕上三班，日夜颠倒，干得我神志不清，青春痘死灰复燃，脸色好像从棺材里爬出来一样。她说："那我们要是分手了，你害怕吗？"她问得很奇怪，分手了只会难过，怎么会害怕呢。我想了想说："起初大概会害怕吧，以后就好了。上三班会永远害怕下去，所以还是上三班比较可怕吧。"她就用手摸了摸我的头，说："可怜的路小路。"

她还说，我在糖精厂大闹会场的时候，她其实很爱我，可是她又很清楚，我这么干是找死。假如我只能永远上三班，那么，我的这种嚣张就是一件很糟糕的事。我说我无所谓，再说我也并不嚣张，我大多数时候都很温和的。

她说："你不要自暴自弃就好。"

我说："好的。"

那年冬天在我印象中特别长，天空总是灰蒙蒙的，想不出有什么晴朗的日子。有一部分时间，我用来睡觉，剩下的时间就在车间里造糖精，车间里光线很差，即使是晴朗的天空也被隔离成灰色暗淡的。我就像一个生活在北极的人，据说白夜会使人得忧郁症，性欲减退，生育率是负数。当时我就是这种情况，到了白蓝家里，看见那张床特别亲切，倒下去就睡着了。

春节之前，厂里发了很多年货。工人都很高兴，整箱整箱地往家里搬方便面和橙子。最喜庆的是发鱼，两尺多长的大鱼，用卡车运到厂里，发到各个班组。鱼是有大有小，大家抽签，然后排队挑鱼。九三年春节,我还在钳工班,手气不错,抽到第二位。当时德卵抽到第一位,结果这个傻逼学雷锋,挑了一条最小的鱼。轮到我的时候,钳工班的师傅都瞪着我,我心里发虚,也挑了一条小鱼,只有一尺来长。排在我后面的歪师傅占了大便宜,毫无愧色地拿了一条两尺半长的大鱼。到了九四年春节,我很想报这个仇,结果发鱼的那天我正好是上夜班,晚上十点钟到了车间里一看,有一条不足一尺的小鱼挂在休息室里。别人告诉我,那就是我的鱼,抽签结果我是排在最后一位。我问他们,谁他妈的替我抽的签。他们说,别人都抽好了,剩下最后一个当然就是你。我也不知道他们到底抽了多少次,把我抽到了最后一位去。

那年还发兔子,活的。厂里扩产征地,把附近农村的一大片地皮吃了下来,那地方正好有个养兔场,养着千把只兔子。农民没地方安置兔子,干脆全都卖给了我们厂。上千只兔子在养兔场里,无人照看,像奥斯威辛集中营的犹太人一样,成批地死去。死兔子很难处理,又不能吃,又不能扔到垃圾桶里,别人会以为闹鼠疫。厂里没辙,把兔子发到职工手里,让我们拿回家,或杀或养,自行处理。中班回家的路上,我自行车龙头上倒挂着一只活兔子,用麻绳绑着,它很难受,一路上不停地踢蹬。我不知该拿它如何处置,我没吃过兔子肉,不知道自己爱不爱吃,它剥了皮又不够做一条围脖的。我把自行车骑到白蓝家,她应该也有一只兔子,两个兔子在一起也许就不那么难受了。结果自行车骑到新知新村,拐弯拐得太厉害,那兔子一头扎进车轮里,咔嚓一声,脖子被绞断,终于不再踢蹬了。

我有点沮丧,拎着死兔子上楼,那已经是晚上十点多了,进门之后,只见桌上一堆骨头,盘子里还有几块残肉。她剔着牙说:"哎哟,你还特地送兔子过来?我都把我那只吃掉了。"我说:"白蓝,你也太残忍了,就这么把兔子吃了?谁给你杀的?"她满不在乎地说："自己杀的。"我不信,她能把一只活生生的兔子开膛破肚。白蓝说:"切,我解剖过的兔子比你见过的还多。"后来她还表扬我:"路小路,挺能干啊,把兔子摔死了。"我说:"不是摔死的,是绞到轮胎里死掉了。"她卷着袖子说:"兔子就是要摔死才对,绞到轮胎里,异曲同工。我再给你做一个麻辣兔肉,保证你连兔头都吃个精光。"

我吃兔子的时候,忍不住问她:"白蓝,你说你到底是个温情的人,还是一个残忍的人?"

她在一边托着腮,看我吃,听我这么问,便懒洋洋地回答说:"都是啊。"

我说:"我不觉得温情和残忍会在同一个人身上体现出来。"

她说:"你不也一样吗?你又写诗,又要绑雷管,搞得一会儿崇高一会儿暴力,我也不觉得这两件事可以在一个人身上体现出来。"

我吃完了兔子,擦擦嘴。她指指盘子里的兔头。我说吃饱了,兔头吃不下,再说那玩意有点像人头,何必为了一个兔头把吃下去的兔腿再呕出来呢?她说:"不吃就不吃吧,别再提什么兔子了,像两个神经分裂。"

有关她的温情,我都品尝过了,有关她的残忍,我只是从兔子身上间接地体会到。我对她说,我不想领教你的残忍,我总觉得你有一天会把我杀掉。说这句话的时候,我赤条条地躺在被窝里,毫无睡意,非常清醒。白蓝披着一条毯子,抱腿坐在床上。她吸了一口烟说:"我不知道你在说些什么。"后来她又说:"如果你是想为我去死,那没什么价值。如你所说,何必为了一个兔头把吃下去的兔腿再呕出来呢?"

那是我们最后一次做爱,竟然没有什么甜言蜜语。我的 sweet 不知道跑到哪里去了,而且做爱也不大成功,时间很短。我归咎于三班颠倒，内分泌失调，但她也好像有点蔫，做爱中途还突然睁开眼睛看我，把我吓了一跳，当场失控，这种射精几乎等于是遗精。我觉得当时在她眼里看到的是一种杀人犯的眼神，但也可能是我看错了。我想我自己也好不到哪里去，总而言之，会有一点绝望吧。事后她还安慰我，说每个男人都会出现这种情况，遗精，射精，早泄，阳痿，都是必然要经历的。

　　我曾经对她说，我会去火车站送她，不管她去哪里。她觉得这样很好，很像电影里的场景。后来她真的坐上火车去北方了，我却没能送她，那天我在车间里造糖精，把反应釜里的硫酸和水放错了顺序，应该是先放水后放硫酸，我心烦意乱搞错了，结果那个反应釜发出轰轰的声音，好像烧开了一锅水，带着硫酸味的蒸汽全都冒了出来。工人们一声发喊，悉数逃光，有个女工在逃跑的时候从楼梯上滚了下去，摔掉了两个门牙，扬言要让她老公来砍了我。后来她老公冲过来揪我领子，他是甲醛车间的工段长，老婆遭了难，当然第一时间出现在现场。我任由他揪着，看着他把拳头举起来，但最后他竟没有打我。他私下里说："这小子的眼神就像个杀人犯。"

　　他们把我送到安全科，写检查，写事故报告，一直搞到夜里才放我走。我想到她拎着旅行袋独自上火车的样子，我觉得这一幕也很像电影，我自己也说不清到底哪一幕电影更令我难过。我就这么错过了送白蓝的机会。

　　五月的时候，我还见到她一次，她到厂里来办手续，顺便到糖精车间来找我。她黑了许多，穿着一件西藏的斗篷，样子很洋气。她把一头长发都剪掉了，像个男孩一样，而我剃着光头，活像个判了徒刑的。

　　她说自己被上海一所医学院录取了，九月份开学，这段日子她要去上海进修一个英语班。说完，她很爱怜地摸了摸我的光头，说:"怎么搞成这样了?"我摇了摇头,无言以对。那次见面的时间很短,我正在把一袋袋的亚硝酸钠往锅子里倒,满头满脸的灰尘,顾不上跟她说话。我们两个都是风尘仆仆的样子。后来她就走掉了,我再去找她的时候,她家里没人。我也搞不清她的行踪,以后一直都没再见过她。

有时我下班经过新知新村,在她家楼底下张望,窗户都是关着的,阳台上没有任何晾晒的衣服。她已经不住在这里了。我想这是一种最好的离别方式吧,最不伤感,就像在雾中走散了一个朋友,事后回忆起来,只有一点点惘然。

大约六月底,我收到一张明信片,是四月间从西藏寄出的,上面写着:走了几千公里路,都不能忘记你。给我的小路。这张明信片被贴在传达室的玻璃窗后面,人人得而见之,但事实上没有人去看它。我在凌晨四点下班时才发现了它,当时头很晕,明信片正面是布达拉宫和蓝天白云。我看着背面的字,又看着正面的布达拉宫,翻来覆去地看。天色浓黑,只有厂门口的一盏白炽灯亮着,许多蠓虫绕着灯在飞,马路上一个人都没有。此时此刻,全世界都在安睡,我爱着的人也在安睡,在她的梦境中路过天堂。我一时失控,眼泪落在几千公里的钢笔字上。

有时候我想,那年白蓝考研,然后和我做爱,又把她爸爸的书送给我,最后辞职离开戴城,我觉得都是她计划好的,她做事情干净利落,有条不紊,和我不一样。但我后来想想,我一个上三班的小厮,别人还要计划好了才跟我上床,这也太抬举自己了。在所有的计划中,大概只有和我上床这一节,算是一个意外吧?所以也没什么可留恋的。

她曾经对我说,路小路,真搞不清楚我为什么会爱上你。我也

251

很奇怪，居然有人爱我，还心甘情愿和我上床，这事情传到工厂里，简直不会有人相信。大概连我妈都不会相信吧。我问她："你知道什么叫奇幻的旅程吗？"和你去西藏一样，我也有我的奇幻旅程，只是你不知道。我说，在我一生中能走过的路，有多少是梦幻的，我自己不能确定，但是有多少是狗屎，这倒是历历在目。正因如此，凡不是狗屎的，我都视之为奇幻的旅程。我这么去想，并非因为我幼稚，而是试图告诉自己，在此旅程结束之时，就等同于一个梦做完了。我就是这么想的。

我说，那年送德卵去医院，我把他背进急诊室，我的心脏都快爆掉了，假如我当时发心脏病死了，别人还以为我是为了德卵而死。鸡巴，我活了二十岁，最后为了一个钳工班的傻班长而送命，传出去被人笑死。其实真相是：我是为了我的奇幻旅程而死。在那一幕大雨中，我像一个演员，因为你的存在，故此扮演着我的亡命的角色。

我说，很长一段日子，我都认为自己无人可爱，所以只能爱你。我为这种爱情而羞愧，但在这样的旅程中我无法为自己的羞愧之心承担责任，假如无路可走，那不是罪过。但我也不想睁着无辜的双眼看着你，你既不在此岸也不在彼岸，你在河流之中。大多数人的年轻时代都被毁于某种东西。像我这样，自认为一开始就毁了，其实是一种错觉，我同样被时间洗得皱巴巴的，在三十岁以后，晾在我的小说中。

我说，我不再为这种爱情而羞愧，在我三十岁以后回忆它，就像一颗子弹射穿了我的脑袋，可惜你看不到我脑浆迸裂的样子了。

新千年的秋天，我在上海郊区的一个宾馆里遇到个女的，她三十岁上下，梳着一个干净利落的抓髻，穿着PRADA的裙子，挎着个香奈尔小包。当时是在电梯上,我觉得她很面熟,我对她说:"白蓝,好久不见。"她从墨镜后面看着我,她看着我,很久之后她说:"你认错人了。"

我笑了笑说:"我大概认错了,我记性不太好。"后来有一个外国男人走过来,很亲切地叫她 Lisa,并且吻了她的脸。我看得出来,这是一种礼节性的吻。这种吻在我年轻的时候从未有机会表达过。

她就跟着这个外国男人上了一辆别克商务。

我曾经对她说过,将来我再遇见你,一定会毫不犹豫地喊你的名字,因为有情有义,不能装作从来没认识你。你在河流中看到岸上的我,这种短暂的相遇,你可以认为是一种告白,我在这个世界上无处可去所以又撞见了你。她说,你一个小工人搞得这么伤感干吗。她后来又说,你不会无处可去的,你也不会再遇到我。这些对话我早就忘了,我有时候回忆起它们,觉得这是我血液中的沉渣,也就是血栓,要是堵住脑子就会死掉。

半夜里,我躺在宾馆的床上,中间陆续有几个鸡打电话进来。我敷衍了几句,把电话挂了,然后等着它再次响起。我想着她当年说过的话。一直等到凌晨,电话铃声在一片静默中轻响,我拎起话筒,她在电话那头说:"我退房了,赶飞机回英国。"

我问她:"你生日是哪天?"

她说:"干吗问这个?"

我说:"不知道问什么好。随便问问吧,一直想不起你的生日。"

后来我挂了电话,点起一根香烟,在微弱的火光中我注视着自己的手指。我忽然想起很久以前我也有过同样的姿态,注视着手指和香烟,坐在一个花坛边等待她,听着张楚的《姐姐》,一场雪即将来临。我就这么坐着,注视着,仿佛这个世界上空无一人。

第十一章

去吧，SWEET HEARTS！

　　糖精厂的一年之中，数冬天最惨。这里的树木平时都是病怏怏的，到了冬天则迫不及待地枯死，好像是受不了这个地方，情愿自杀。这季节跑到厂里一看，草木凋敝，万马齐喑，地上的泥土都是五颜六色的，有的还结着一层盐霜。窨井里的废水冒着白色的蒸汽，不知道的人还以为是火山喷发的前兆。这季节最惨的就是上三班的工人，其中尤以糖精车间为甚。甲醛车间尚且有一个密封操作室，电子程控，还有摄像机监控反应釜内部运转。糖精车间却是又破又烂，完全靠人工操作，如果想监控，只能把脑袋伸进反应釜的洞口里去看。我每天都要伸进去看几次，起初觉得很梦幻，如临岩浆，近似一部科幻电影，但看多了就觉得恐怖，而且那洞口太小，经常把我的下巴卡住，伸都伸不出来。糖精车间的休息室，只有很小的一间，工人可以在里面吃吃瓜子聊聊天，但不能抽烟，因为会炸。冬天的时候，一根蒸汽管通过休息室，里面很暖和，但不能总是躲在休息室里吧？如果跑到车间里，那地方冷得像冰窖，穿两件棉袄都顶不住。

　　糖精车间很大，从原料倒进去搅拌，直到白色的糖精流出来，需要经过好几道工序，每一道工序又分为好几步，由各个班组把守。工段长是这里的工头，芝麻绿豆的小官，但不能得罪，否则能把你整得生不如死。

我去糖精车间上班之前，长脚和小李请我吃饭。长脚哭了，说："小路，都怪我不好。"我喝着白酒，说："关你鸟事啊？"长脚说："我去考夜大，你也跟着去考夜大，然后你就被送去上三班了。"我说："你神经病，我去上三班是因为我调戏化验室小姑娘，而且被厂长抓到了。这跟你没关系。"长脚还是不能释然，只管哭。后来我们被他哭烦了，小李说："反正明年还有一大批人要去糖精车间。"我说："我先走一步，在那儿等你们。"长脚睁大眼睛说："我不去！我情愿辞职也不去！"

我举杯说："为了我即将成为一个甜人而干杯。"他们两个都举不起杯子，我就独自把酒喝了下去。后来我们都喝醉了，怎么回家都忘了。

冬天的时候，我去糖精车间报到，穿着那身不蓝不绿的工作服。之前我做电工，总是穿着枪驳领西装去车间里干活，后来去造糖精，造糖精是不能穿西装的，只能又把工作服穿上身。我跑到车间里，车间管理员说我被安排在前道工序。我不知道什么叫前道工序，管理员说："前道就是最初的原料投放，后道工序就是出成品了。"我问她："前道好还是后道好？"她很智慧地告诉我："前道很累很脏，但是你不会变成一个甜人。后道比较轻松，但你会浑身发甜。你喜欢哪一种？"我说："我无所谓。"她摇摇头说："你要是还没结婚，那还是前道比较好，虽然累一点，但还能找到女朋友。"

我跑到工段上，有个叫翁大龅牙的工段长接见了我，他穿着一件到处都是补丁的牛仔衫，衣服拉链也坏了，就用一根麻绳扎在腰里，这副样子要多惨有多惨。翁大龅牙蹲在一张铁凳子上，也没问我名字，也没带我参观车间，他对我说："小逼样，去扛二十袋亚钠。"我很讨厌他的腔调，就问他："什么是亚钠？"他说是亚硝酸钠，还怪我没文化，连亚钠都不知道。我按他说的，跑到行车边上，二十公斤一袋的亚硝酸钠，一次扛两包。翁大龅牙在休息室里看着我，等我扛完了，他说："拆包，全部倒进锅子里。"我不动声色，拔出电工刀，把蛇皮袋拉了一道口子，将二十包东西悉数倒进去。翁大龅牙说："过两个钟头来叫我。"

我问他："现在我该干什么？"

他说："你就站在旁边看着。"

我站在那里，环顾糖精车间，黑乎乎的全是些反应釜，还有肠子一样蜿蜒虬结的管道，冷冰冰的阀门和法兰。车间窗玻璃上蒙着一层黑灰，没有蒙灰的地方必定是窗玻璃被砸掉了。我坐在一堆原料袋上，等着那二十包亚钠反应成别的东西。后来翁大龅牙又跑出来，告诉我，必须把脑袋伸到反应釜里去检查。我说不要扯淡，这个我见识过，只要把脸凑上去看就可以了，不必把脑袋伸进去。翁大龅牙说："让你伸进去，你就伸。你有什么废话回去跟你妈说。"

那时候我经常把脑袋伸到反应釜里去，看着那些糨糊状的原料起反应，热气腾腾的，也检查不出个鬼。我知道翁大龅牙存心整我，但不知道是谁指示的。那个洞很小，脑袋伸进伸出很不方便，我就剃了个光头。车间里有个叫四毛的工人，这个人脑子经常犯病，看见我把头伸进去，就会用一根钢管捅我的肛门。我脑袋在反应釜里，毫无反抗之力，等我伸出来之后，他就哈哈大笑地跑掉了。我不能追他，否则就是擅自离岗。后来我抽了个冷子，见到他和翁大龅牙都在休息室里，我跑进去，叉住四毛的脖子，照着他脸上打了三拳，分别打在嘴上、眼上、鼻子上，打得四毛在地上滚。我又用劳动皮鞋在他脑袋上踩了几脚，四毛呜哇乱叫。我打完之后，撸了撸光头，对着翁大龅牙看。他叼着一根牙签,也看着我,不说一句话。

我曾经告诉自己,我是一个没有电工天赋也没有钳工天赋的人,但我知道,造糖精是不需要天赋的。造糖精唯一需要的就是体力和耐性。翁大龅牙先是用二十袋亚钠考验了一下我的体力,然后让四毛来考验我的耐性。我剃了光头打过四毛之后,青碜碜的头皮下爆着一根Y形的血管,脸上却挂着一丝笑,翁大龅牙就再也没来找过我的麻烦。

我和翁大龅牙之间的事,都发生在白天。夜班就看不到他了,总算可以清净一点。但我也讨厌夜班,半夜出门,通宵干活,天亮前回家,假如我是个鬼,过的就该是这种日子。

当时和我搭班的工人,是个络腮胡子的大汉。他是秃顶,我是光头,两个人一起走在工厂里很引人注目。他绰号郭大酒缸,真名我想不起来了。此人常年在口袋里揣一瓶二锅头,常年喝得稀里糊涂出现在车间里,他醒着的时候打人很厉害,喝醉了则相反,随便别人怎么打他都无所谓。他喝醉了就迟到旷工,但绝不早退,一般都是睡醒了才摇摇晃晃下班。在这种情况下,所有的活都得我一个人干。有时候他酒醒了,就很抱歉地对我说:"兄弟,对不住。"然后就把口袋里的酒瓶掏出来,要跟我共享。

很多中班夜班,我都是坐在休息室里,忍受着他身上散发出来的酒味。有一度,我很想打他一顿,给自己消消气,但我从来没打过醉鬼,这不是男人干的事,但要找到他清醒的时候又谈何容易?

有一天半夜,一个女人打电话到休息室,我接的电话。这女人在电话里喊:"郭大酒缸呢?他答应今天跟我去结婚的,怎么没来?"此时郭大酒缸正躺在地上打呼呢,我踢了他一脚,他纹丝不动,我只能对那个踩空了楼梯的新娘说:"他喝醉了,我叫不醒他,有本事你自己来弄醒他吧。"

后来等他醒了,我告诉他这件事。他抽了自己一个耳光说:"该死,把登记结婚的事情忘记了。"然后他握着我的手说:"兄弟,你真够意思。"我的手被他一双糙手捏着,也不知道该说什么好。反正我从来没把他当兄弟看,我只当他是个会说话的酒缸。

有一天,郭大酒缸很清醒地跑到我眼前说:"小路,我辞职啦。"我说:"你是被开除了吧?"他摇头说:"我真的辞职啦,我发财啦!"我很不解,他就说:"你是我兄弟,我只告诉你一个人。我女人买股票发财啦,现在我也发财啦。"那时候我听说很多人买股票发财的,他女人是做服装生意的,手面上有点小钱,买了股票,小钱就会变成大钱。我问他:"发了多少财啊?"郭大酒缸伸出三根手指说:"三百万。"我吓了一跳,三百万!那确实不用再来上班了。后来他拍着我肩膀说:"兄弟,再见,以后混不下去就来找我。"我心想,操,你这个王八蛋也不请我吃顿饭,就这么跑了。

二〇〇四年的时候,我回到戴城去看我妈。半夜里出去办事,回家路上,有个喝醉的人抱着电线杆在吐。那天风很大,我走路的时候有点走神,结果他吐出来的东西飘到了我的裤子上。我大怒,把他揪过来一看,竟然是郭大酒缸。这时有个穿西装裙的姑娘从酒楼里跑出来,连声对我说抱歉,然后扶住郭大酒缸,喊他:"郭总!郭总!"郭大酒缸醉得连话都说不出来了。我问那姑娘:"什么郭总啊?开什么公司的啊?"姑娘说:"房产公司。"我说:"我操,发大了。我问你,你是他老婆还是二奶?"姑娘红着脸说:"我是助理。"

我看她挺漂亮的,而且会害羞,就笑着说:"这个鸟人以前我认识,天天喝醉,现在还喝二锅头?"姑娘说:"喝的是茅台,今天陪投资商的人吃饭,郭总很少喝醉的。真是抱歉啊,既然是老熟人,那您留张名片吧,我转交给他。"我说:"不用啦。"我把郭大酒缸扶正，端起他的脸，他已经认不出我了。我说："不错啊，西装是阿玛尼的，领带是什么牌子的？"姑娘说："不知道。"我想了想，本来应该抽他两个大嘴巴，以示留念，但我一时找不到当年在糖精车间打人的心情，我轻柔地拍了拍他的脸。打人和做爱一样，十年前欠下的债，十年之后必然是一笔勾销。我曾经想抽自己一个嘴巴，现在想想也算了。

那时候，我在工厂里倒三班。深夜的工厂是另一个模样，走在厂里，周围一个人都没有，一些暗淡的灯光照射着路面，远处的贮槽影影绰绰。被灯光照射的蒸汽，在一片迷离中升起并且消散。机器的持续轰鸣和远处马达的声音，构造出工厂夜晚独有的寂静。假如我忘记自己是个造糖精的，而是一个摄影师，一个导演，一个画家，这种景色其实也是很迷人的。

夜班总是半夜九点骑着自行车出门，十点不到，我就进车间，把衣服换了，然后去交接班。我上夜班从来不迟到，因为必须交接班，假如我不去上班，别人就不能下班，这是工厂的规定。郭大酒缸是根本指望不上了。在我前面的那个班组是两个女工，让女工深夜回家是件极其缺德的事，会遇到强奸犯。我再坏也不能做强奸犯的同谋。

夜班很轻松，只要完成三批产量就能下班。我是前道工序，不用等别人，倒是别人经常催我干得快一点。那时候也有偷工减料的，明明应该搅拌两个小时的，就缩短个二十分钟，反正最后也查不出来，生产出次品也不会扣工人奖金，最多车间主任被撤掉。夜班没人管，只要不在车间里抽烟，抽烟会把大家都炸上天，对谁都没好处。

凡在工作间隙，我们就找地方睡觉。本来可以睡到休息室的，但那里太窄，男男女女都挤在一起睡觉，很不成体统，况且还有一个郭大酒缸在那里散发着恶臭。只要不是很冷的冬天，我们就会找一个角落眯一会儿，或者是在贮槽后面，或者是在配电箱旁边，总之是一些黑暗而干燥的地方，又能睡觉，又不会被值班干部抓到。

夜班时候，厂里会配备两个干部值班，他们在办公大楼里。每到凌晨一点，干部就拎着个手电筒出来查岗，查到有人睡觉，就扣其一个月的奖金。有些干部很懒，或者跟工人交情不错，也可能就不出来查岗，有些比较麻烦的干部，比如胡得力和倒B，就需要大家打起精神来对付。那时候上夜班，第一件事就是到门房去问一声，今天哪个干部值班，门房的老头一报名字，我们就知道今天晚上能不能睡觉了。

厂干部抓工人睡觉犹如一场游戏，具体来说，干部通常是零点时候走出办公大楼，最先去的地方肯定是配电站，配电站的值班师傅接受检查完毕，就会打一个电话通知后面的化肥车间，然后他们自己就躺下来睡觉。化肥车间的师傅接到电话，就毕恭毕敬地等待检查，完毕之后，就打一个电话通知后面的甲醛车间，然后他们自己也睡觉。这样就形成了一个像烽火台一样的警报系统，干部走到哪个位置，工人心里都很清楚。这种办法在工人和干部之间也形成了默契，假如遇到胡得力和倒B这种人，事情就非常麻烦，他们不惜绕路，先去检查甲醛车间，然后去糖精车间，然后再一个回马枪杀返甲醛车间，搞得鬼神莫测，工人非常头疼。每逢胡得力和倒B值班，车间里就得加派一个放哨的，通常是学徒工放哨，如果没有学徒就派实习大学生放哨，如果都没有，就只能抓阄。放哨的人站在车间门口，一见到人影，就会喊口令：晚饭吃什么！如果说："吃海鲜的。"那就是自己车间的人，如果没说海鲜，哨兵就撒腿狂奔，一路奔，一路用棍子敲打管道，这个声音沿着管道传到车间的四面八方，睡觉的人就从各个角落里像僵尸一样站了起来，非常恐怖。即便如此，像胡得力和倒B这样的浑蛋，仍然防不胜防，他们有时候会从货梯那里上来，抄我们的后路。这是不要命的做法，因为货梯很滑，没有扶手，很容易掉下去摔死。

被干部抓到睡觉，工人就会狡辩。睡觉有很多种姿势，到底哪种是睡觉，很值得辩一辩。我也是到了车间里才了解这门学问的，如果有研究睡觉的学者，我可以透露给你们，这门学问相当深奥。具体来说，坐在椅子上打瞌睡，如果干部喊一声你就醒了，那不算睡觉，只算养神，如果干部喊了两声以上你还没醒，那就是睡觉。趴在桌子上打瞌睡的，如果流下了哈喇子，那就是睡觉。躺在地上的人，不管醒着还是睡着，一律都算睡觉，除非你能证明自己是在发羊癫风。至于站着睡觉的人，不管你有没有睡着，那都不算睡觉，因为你实在太牛了，能站着睡，超越了人类的本能，你是一匹马。

在糖精车间所有的工人中，只有郭大酒缸敢于明目张胆地睡觉，连胡得力都拿他没办法。郭大酒缸睡下去了就不会醒，一百个干部喊他都没有用。等他醒了，不但忘记自己被干部抓到，而且忘记了自己曾经喝醉过。发奖金的时候他倒是很清醒，要是少了一毛钱就会去砸车间主任办公室。

九四年我曾经被倒B抓到过一次，凌晨四点，连哨兵都睡着了，倒B从货梯那里蹑手蹑脚走上来。这纯属变态，这个时间我们都把产量完成了，机器也都关了，打个盹是天经地义。倒B之所以赢得倒B的绰号，就是这个原因，他老犯贱。他进了车间以后，在几个角落里分别找到了睡觉的工人，他都没叫醒他们，后来他在配电箱边上看到了我。我坐在地上，抱着双膝，脑袋深埋在胸口。本来，这个睡姿是不足以让倒B把我认出来的，但谁让我剃了个光头呢！倒B喜出望外，往我身上连踢了几脚，嘴里还喊："路小路，抓住你睡觉了！"我诈尸一样跳起来，附近睡觉的工人也醒了，纷纷从地上站起来。倒B单指着我一个人，说："跟我走，去办公室写检查！"

我迷迷糊糊跟着倒B往外走，走出车间脑子才转过弯来，妈的，原来我落在了倒B手里。他喊了好几年，我他妈竟然让他得手了。照厂里的规矩，抓住一次睡觉，就要扣当月奖金，半年奖和年终奖也要受影响。我有点心疼，走在路上很想找根铁管把倒B的脑袋敲开，我要是把他敲成一个失忆症就好了，但是，我下手没轻没重，万一打成植物人那就惨了，我得养他一辈子，还有他老婆孩子。砸人是很不好的，或许我应该把自己砸昏过去才对。

到了办公室，倒B非常开心，完全不知道刚才的一瞬间他将可能变成植物人。倒B说："可算亲手抓到你了。"

我说："我被抓到过很多次了，迟到早退，调戏小姑娘。"

倒B说："可我没亲手抓到过你，你是以身试法，我是以身执法。今天我心情非常好。"

我说："你这个王八蛋从钳工班的时候就想抓我，抓了快两年了，你还好意思说。"

倒B说："你那时候还敢对我抡锉刀！"

我说："王八蛋，还去劳资科告状，说我要用锉刀砍你，哈哈！"

我左一个王八蛋右一个王八蛋，倒B一点都不介意，他从抽屉里拿出一叠纸，对我说："把你的检查写在上面，然后写上你自己的名字，不然扣你奖金没证据。"

我说："这还要什么证据？我人都在这里了。"

倒B说："白纸黑字才是证据。"

我听了这话，就拿过笔来，慢慢地写我的检查。我先是嫌圆珠笔不出水，又把稿纸写破了，还有很多字不知道怎么写，这么磨蹭着，一份检查写了一个多小时。后来倒 B 要尿尿，跑到厕所里去了。正中下怀，我跳到门背后，倒 B 的外套就挂在那里，我从他上衣口袋里掏出了两张一百块的钞票，还有一把毛票，全都塞进了自己裤兜里。我迅速写完检查，签上名字，等他回来就把那张纸递给了他，然后我就走了。我心想，倒 B 先生，你慢慢地去找证据吧。

有关我九四年的私生活，用一句话来表述：性生活非常紧张，处于大涝之后的大旱。这种滋味非常难受，如果还是个处男大概会好过一点。倒三班使我的性欲降低到了一定程度，但我毕竟不是太监，适应这种节奏之后，加上春天适时地来临，我又成了一个性苦闷，只是苦闷的内容不一样，过去是想象，现在是回忆。

那年我二十一岁了，照正常的标准，我可以找女朋友，但还不能及时地与之发生性关系，只能逛逛马路，看看电影，谈谈理想。这一点很让我悲痛，曾经大涝难为水，有几个亲戚想给我介绍女朋友，都被我回绝了。我可没心思再陪姑娘逛马路，我逛够了。我妈很着急，问我，是不是倒三班很累，连女朋友都谈不动了。我说不累，但我又要上三班又要读夜大，时间不够敷配的。我妈就很感动，认为我开始懂得珍惜时间了，她对我的支持就是给我洗内裤，洗到特别脏的，也不说我下流，因为这是不谈女朋友的代价。

九四年春天，我在厂里上三班，晚饭和夜宵都是在食堂里吃一碗面，并不是我爱吃面，而是那米饭没法吃，全是白天的剩饭，又硬又冷，吃下去胃痉挛。其实那面也很差，都是食堂里用轧面机轧出来的，粗的地方像筷子，细的地方像钓鱼线，咬在嘴里完全不是那么一回事，但它毕竟是热的，而且还带点汤水。

有一天傍晚，我去食堂里吃面，周围稀稀拉拉有几个上中班的工人。我把搪瓷盆子扔进窗口，又扔进去几张塑料饭票，过了一会儿，一碗热气腾腾的面就出来了。我坐在那里稀里哗啦吃面，吃到一半的时候，发现汤水之中还有一块排骨。我觉得很纳闷，对着排骨看了半天，然后就把它吃了下去。第二天傍晚，照样如此，一碗面之下藏着一块排骨，我没再犹豫，干净利索地干掉了它。到了第三天，我吃完了排骨，刚想拎着盆子走人，秦阿姨出现在我的面前。

秦阿姨说："路小路，排骨好吃吗？"我一听这话就知道完蛋了，秦阿姨不知道给我物色了一个什么样的对象。秦阿姨说："那个下面的小姑娘，你认识吗？"我说我不认得下面的，也不认得上面的。秦阿姨说："不是上面下面，是下面条的小姑娘。"我继续摇头，下面条的我也不认识，我就认识你们那操蛋的面条，到死也不会忘记。

秦阿姨说："就是那个胖胖的短头发的，脸上有点雀斑的，她叫蒯丽。"我捧着脑袋用力想了想，好像是有一个姑娘站在炉子旁边下面条，全身都被热气包围着。我不可能看到她的雀斑。秦阿姨说："就是她！人家小姑娘对你很好啊，免费给你吃排骨。"我说："噢，排骨就是她放的啊，我还以为天上掉下来的呢。"秦阿姨说："你不要装傻充愣的，告诉你，蒯丽是我们食堂的一枝花，她看中了你。你呢？就是一个造糖精的……"我说："对啊，我一个造糖精的，她为什么要看中我？"

秦阿姨凑在我耳朵边上说："那次你大闹会场，蒯丽都看见了，她很喜欢你这样的。"我吓了一跳，以为自己听错了，天下还有喜欢杀胚的姑娘，真出乎意料。秦阿姨说："我也劝过她，她就是喜欢你这种类型的，没办法，青菜萝卜各有所爱。"我只能敷衍说："是啊，敢爱敢恨也是一个优点。可这都去年的事情啦，怎么今年才托你来说合？"秦阿姨说："去年她有男朋友的，今年被人家甩了。"我听了这话,双眼一闭,心里觉得悲惨不堪。

秦阿姨说:"路小路,你爽气一点,给我个说法。"我心想,真操蛋,老太婆有你这么说媒的吗?显然秦阿姨对我的印象非常糟糕,完全不把我当根葱,连蒯丽这样的姑娘,她都认为我配不上。这要是六〇年,食堂的姑娘我也就认了,可惜九四年国家粮食储备很丰富,为了吃块排骨就把自己送到食堂去做驸马爷,实在犯不上。这些刻薄的话,我都藏在了肚子里,没对她说。我只告诉秦阿姨:"我已经有女朋友了。"秦阿姨说:"啊?哪个车间的?"我心头一怒,说:"她在上海读研究生。"说完这话,我又觉得很凄凉,拎着饭盆就走掉了。

后来我再去吃面,排骨就没有了,而且食堂对我的态度非常恶劣。我把饭盆放进去,过了一会儿,哐当一声被扔在窗口,里面稀稀拉拉几根面条,连大蒜都不放一星半点。我端着这盆面,想起了蒯丽是一个敢爱敢恨的姑娘,这丫头要是在我饭盆里放一把耗子药,我就死得硬邦邦的,毫无悬念可言。那阵子我只能去厂外面吃烧饼,夜班连烧饼都吃不上,只能自带干粮,几个月下来,瘦了一大圈。

我后来知道,悲惨的生活往往是不自知的,得通过一些具体的人和事来告诉你,这些等同于镜子,悲惨是藉由镜子映照出来的。当然,世界上比我悲惨的人有很多,我没有理由为之耿耿于怀。在我年轻的时候,悲和惨是分开的,有时候悲而不惨,有时候惨而不悲,唯独在蒯丽和秦阿姨身上,我照见了自己又悲又惨的样子。为什么会是由她们来告诉我悲惨的真相?我的神难道依附在她们的身上?这一点真是很奇怪,很久以来一直想不明白。

九四年我还遇到过一个女孩,在一次诗歌朗诵会上。先是一个夜大的同学给了我一张油印的传单,说是戴城诗歌青年聚会,传单上写着一串诗人的名字,还有时间地点,还有一段很抒情的话,我都记不得了。我这个同学在第四人民医院工作，但他不是医生，而是个花匠，他平时的工作就是把黄豆沤成肥料，浇在花木下。他还教了我很多种做肥料的方法，也不管我爱不爱学。夜大的学生来自各行各业，有营业员，有屠夫，有乘务员，工人和小科员更多，但花匠就他一个。我的这位花匠同学平时也写点诗，还发表在晚报副刊上，他经常拿出一张《戴城晚报》，然后指着上面的一小串字说，这就是他写的诗。由于他用的是笔名，而且不止一个，所以可信度甚低，大家只当他在吹牛。

有一天花匠诗人对我说："我马上要去参加一个朗诵会了。"然后拿出传单在我面前晃，我什么都看不清，接过来仔细看才知道是文艺青年的聚会。他主动要带我去，我也就同意了。我很想看看诗歌朗诵会是什么样子，从来没见识过。到了那一天下午，他打电话到我车间里，说自己吃坏了肚子，拉稀拉得腿都软了，只能让我一个人去了。

晚上我独自去城西的一个工厂俱乐部，那里是个舞厅，我以前去过。跑进去发现有很多长头发的男青年坐在那里，还有很多女青年，扎堆抽烟，喝着啤酒。室内光线很暗，点着不少蜡烛，台上有人拿着麦克风在大声朗读，这个场面很熟悉，要是把耳朵塞起来，简直以为是在唱卡拉OK。我鬼头鬼脑地观察了一通，没发现我们厂的海燕，便找了个角落，靠在墙上，也没人搭理我。

后来我遇到个女孩，她就站在我旁边。她对我说："能麻烦你替我看管一下衣服吗？"我很久没遇到这么有礼貌的姑娘了，脸上微微发红，就点了点头，接过她的大衣和皮包。这是一件红色的驼绒大衣，手感很舒服，领口有点破了。后来她走到台上，从口袋里拿出一张纸，用很轻的声音把她的诗读完，鞠躬，下台。下面也没掌声，我也没鼓掌，看着她从那里走过来，把衣物交还给她。她吐了吐舌头说:"写得很差啊?"我说:"你声音太轻了,别人都听不见。"她说:"下次我注意。"

那天诗歌朗诵会的气氛很热烈,有个男的跑上去朗诵了十来首诗,每一首都有《神曲》那么长。大家像是等公共汽车一样等着他把诗念完,然后又有一个人跑上去,念了几首诗,掏出打火机把诗稿烧掉了。下面的人大声叫好,也有人骂娘,闹成一团。再后来,主持人跳上台去,对下面说:"把你们的青春都亮出来吧!"此时激光灯球开始旋转,音箱里传出猛烈的迪斯科音乐,一伙人全都扎到了舞池里。我看着影影绰绰的人群,被灯光闪得像群魔复活,那时我还是靠在墙上,不是为了装酷,而是我实在不知道该怎么跳迪斯科。

那个女孩一直站在我身边,起初她很激动,指着台上的诗人说,这是老K!我问她,有皮蛋吗。她哈哈大笑说:"你肯定是混进来的,连老K都不知道,他是著名的诗人。"后来她又指着另一个人说:"这是风马,他去过西藏的!"我心想,老子要不是为了上三班,这会儿也在西藏呢。我想到这里就觉得没劲。女孩说:"我太想去西藏了!"我当时就很担心,别又遇到一个要拖我去西藏的,那也太捉弄人了。

后来,诗人们开始跳舞,我对女孩说:"我要走了。"她说:"我们一起走吧,我也不爱跳舞。"我们沿着黑漆漆的道路往外走,那是一个金加工厂,地上全是铁屑铁丝,走出去的时候她微微牵住了我的手,我的手指被她的小手捏着,到了有路灯的地方,她又把手放回了口袋里。我再次注意到她的领口,有一个小小的破洞,仿佛她所有的温柔都被集中在了那里。

我送她回家。她说,她叫小董,是面粉厂的科员。她问我的情况,我说我在糖精厂造糖精,一个小工人,但我不是混到诗歌朗诵会来看热闹的，我自己也写一点。她说："给我看看你的诗。"我说我没带，以后给你看吧。她说："你背一首来听听吧。"我吸了一口气，最后还是说："背不出来，算了。"

我一直把她送到家门口。她家很远，在郊区的一个新村里。我们交换了通信地址，她说："谢谢你送我。"我说不用客气，然后目送她像一只小猫般刺溜钻进了楼房里。那天我骑车回家，足足用了一个小时，路程太远。面粉厂就在我家附近，我想起这么一个温和的女孩，每天要花两个小时上下班，心里有一点伤感。

大概一个礼拜之后，我收到小堇的信，是一个档案袋，里面是她的诗，用复写纸写在几张信纸上。女孩的字很美。在某一首诗旁边，她特地用红笔注明：这首诗发表在《星星》诗刊上的。我捏着她的诗，读了很久，后来我把她们放进了抽屉里。

我一直都没有回信给她。

九四年春天，我下早班，那是下午两点。我看见一大群人围着厂里的公告栏，那地方平时贴些先进职工的照片，专门用来引人发笑，那天却有不少人在叹气，还有哭的。于是我停下自行车，跑过去看热闹。我看见一张鲜红的宣传纸上，写着一长串的名字，一问才知道，这是即将被送去造糖精的职工名单。九四年春天，崭新的糖精车间已经快要造好了，第一批下车间的名单就被公布在这张红纸上。非常古怪的是，上面还写着："此排名不分先后。"

这张名单几乎闹出了人命。有个看仓库的女工说自己怀孕了，死也不肯去上三班，厂里不答应，不上三班就下岗，女工一听这话，一头撞到厂办负责人的怀里，把人家撞岔了气。岔气不会死人，她自己却因此而流产。那阵子厂里的标语也换成了新的，以前是"高高兴兴上班，平平安安回家"，现在换成了"服从大局，争创先进"，还有"今天不努力工作，明天努力找工作"之类，就差"一人下岗，全家光荣"了。工人看见这种标语吓得要死，看看若干年前"工人阶级领导一切"的标语还在小红楼上，真如一场春梦啊。

那天还有人打架。红纸上写着一个名字叫"张伟"，我厂有五个张伟，其中三个在上三班，剩下的两个，一个在食堂烧菜，一个在汽车班开车，按说这两位都不应该去上三班。两个张伟站在那里，互相说是对方上了红纸，结果打了起来。后来保卫科的人跑过来说，不许打，再打就一起送去上三班，他们就不打了。上三班犹如咒语，真他妈灵验。

我凑在人群里看热闹，我是最没有心理负担的人，早已经中了咒语。没看到长脚的名字，还觉得挺高兴，后来小李走到我身边，脸色惨白惨白的。我问他："你被调过来了？"小李摇摇头，在我耳朵边上说："小噘嘴下车间了。"

我有点发蒙，小噘嘴是劳资科的科员，表现一直不错，她怎么也会被送去上三班？晚上我们几个一起吃饭，小噘嘴也是脸色惨白，吃了两口菜，放下筷子，哇的一声哭了。我和长脚不知所措，小李劝了半天，她还是哭。我问他："小噘嘴不是干部吗？干部也上三班？"

小李说："这次调动很大呀，厂里劳动力不够。另外为了安抚人心，特地调了一批基层干部到车间里去，就是做榜样的。"

小噘嘴一脸泪痕，说："胡说！就是厂长家的亲戚要到劳资科来，所以把我调出去了！"

小李说："这也是一个原因呀。"

既然是厂长要她下车间，那就没什么可多说的了。我只能劝她，想开点吧，我也一样上三班，时间长了就习惯了。小噘嘴说："我跟你不一样！"我听了这话有点生气，她接着说："我以前在劳资科得罪了那么多工人,我还不被他们整死?"我心想,你总算是还有点自知之明。长脚说:"那就辞职吧,要是调我去上三班,我就辞职。"小噘嘴又是一串眼泪夺眶而出,说:"你起码还会修管子,可我什么都不会呀!"

小李说,小噘嘴学的是企业管理,而且是中专文凭,这种学历和专业在工厂里其实就是个屁,什么用场都派不上。如果去外资企业,那地方连大学生都在车间里做流水线,还不如我们厂呢。

我和小李出去尿尿,我们两个站在墙根,他对我说:"小噘嘴要是嫁一个科长,就不会被送到车间里去了。"我说:"你这是废话,人生没有假设。"他说:"这不是假设,而是很容易做到的事。"

那时候我想,我也经常会做些白日梦,比如我假设自己是亡命之徒,假设自己有了钱,假设白蓝没有离开我,假设我和小董谈恋爱。这些事情都可以去想,可以去为之快乐或痛苦。但我不会去假设自己不上三班,这种假设没有任何意义。理想之高,不必高到去拯救全人类,理想之低,也不应该低到不想上三班。如果有个女科长可以让我娶回家,然后我就可以调回去上白班,鸡巴,我情愿一辈子造糖精。人可以没追求,但不能因此等而下之,去追些狗屁回来供着。这就是我的底限,我不为这种事情伤脑筋。

小噘嘴到糖精车间,做的是车间管理员,其实就是抄抄表,接接电话,很清闲。唯一辛苦的就是要倒三班,但她不用造糖精。车间楼下有一间脏了吧唧的调度室,专供管理员办公,里面的办公桌都是黑乎乎的,要是伸舌头去舔一下,会发现那里的一切都带着点甜味。小噘嘴很快也变成了一个甜人,我叫她 sweet heart,她听了就笑。小噘嘴那时候像是变了个人,再也没有劳资科时候的装模作样了,看见我就喊我"路师傅",搞得像真的一样。那时候我问她,有没有想过跟小李分手,嫁个科长什么的。小噘嘴说,哈,嫁个市长得了,我把厂长调来造糖精。我很喜欢她讲话的这种口气,让我想起从前有个厂医也是这样。

小噘嘴忽然就变成一个剽悍的姑娘,我们都觉得很奇怪,我还以为她会像个祥林嫂一样天天挂着一串眼泪呢。后来我知道,有些人受了刺激之后,脑垂体分泌异常激素,性格就会发生天翻地覆的改变。

小噘嘴自己倒不在乎这种变化,她骑着自行车进生产区,车速飞快,两鬓的短发像松针一样支楞着。生产区是不能骑自行车的,她不管,有时看见我在路上走,她还冲我喊:"路师傅,我捎你一段!"我就跳到书包架上,她骑了一会儿就说:"你太沉了,你来踩踏脚,我扶龙头。"我们两个就像马戏团一样,骑着车子一直进车间。这事情被小李知道了,还挺吃醋,问我说:"她到底是谁的女朋友?"我对小李说:"你的还是你的。她不但捎过我,还捎过长脚,不信你去问!"小李说:"算了算了,管不了她。"

小噘嘴不但骑车在生产区招摇,还偷偷地学开叉车,叉车师傅看见她都竖大拇指。她没有叉车驾驶证,这也是违章,但生产区没有人管这些,干部都在很远的大楼里呢。自从她学会了这个,我也手痒,跳到叉车上开了小半圈,把一棵小树给撞断了。小噘嘴说:"路师傅,你不行,没这天赋。"我说:"原来你的天赋是做司机,我还真没看出来。"小噘嘴说:"你爱信不信,我五分钟就学会开叉车了。"

有关天赋,我说过,我既不会修水泵也不会爬电线杆,现在又被证明不会开叉车。我只能觍着脸说自己的天赋是写诗,但这种话说给一个叉车女司机听,无异于自取其辱。我对小噘嘴说,你做我的 sweet heart 就够了,开什么叉车呀!

那阵子她跟我一个班次,虽不能一起上班,但可以一起下班。

起初，中班夜班小李都会来接她。小李白天要上班，晚上还得出来，搞得神经衰弱，有一次出去修电路，糊里糊涂摸到了电门上，差点死了。后来小李请我们几个吃饭，对我说："我老婆劳驾你下班送送，你正好顺路。我给你鞠躬。"我说没问题，我把你老婆当自己老婆护着，说完这话，被他们三个没头没脸地打。

那阵子我们厂附近出了个变态，此人骑一辆二十八吋的自行车，专门跟踪下中班的女工。女工都是小轮子的自行车，跑不过他，他也不干坏事，你骑得快他也骑得快，你累了他也放慢速度，始终跟在女工身后一米处。最可怕的是，他干这个事的时候，一不说话二不调笑，非常之严肃。这就不是流氓，而是变态，女工都吓得要死。小嚼嘴虽然剽悍，对变态还是有点忌惮的，我上班都会先去她家楼下，接她一起到厂里上班，下班更是把她护送到楼下。这么干久了我怀疑自己会喜欢上她，后来我真的喜欢上了她，但是我没说。

小嚼嘴没遇到那个变态，但是另一个变态却出现在她身边，糖精车间的翁大龅牙看上了她。翁大龅牙是个鳏夫，谁也搞不清他老婆是怎么死的，有人说是被他弄死的，有人说是受不了他弄，所以自杀了。总之，这些谣言都暗示着他是个变态。翁大龅牙上白班，白班人多，不太好下手，他就主动地免费加班，中班时候趁着办公室没人，就往小嚼嘴那里一钻，蹲在她面前，叼着一根牙签，对着她诡笑。小嚼嘴很讨厌他，借故跑到车间里，往我身边一站。翁大龅牙跟在她后面一起过来，小嚼嘴一指他，对我说："他欺负我。"这时我就抄起一根撬棒，抡圆了砸在反应釜上，敲出一连串的火星。火星和烟头一样，都会炸，翁大龅牙也不敢过来，用手指指我，走了。后面工人就问："路小路，你是她什么人啊？给她出头？"我还在犹豫，小嚼嘴挎着我的胳膊，大声宣布："他是我男朋友！"

我不防她这么奔放，只能硬着头皮喊道："翁大龅牙，你要是再欺负我马子，我找十个人把你门牙都掰下来！"

事后我对小噘嘴说，这样很不好，一则是小李会误会，以为我真要抢他女朋友，二则是我名声太臭，厂里知道我和你谈恋爱，一定会让你跟着我一起造糖精的。小噘嘴说："你还当真了。实话说吧，我下个月就要调走了。"我愣了片刻，问她："调去哪里？"小噘嘴说："去水务局。"我说："那就好。"

小噘嘴说："小路，你挺好的。谢谢你这么多天一直接送我。"我说："我这叫有情有义，不能对不起哥们。"小噘嘴说："你不能光把小李和长脚当哥们，你也得把我当哥们。"我说："我一辈子把你当哥们。"

那时候我就觉得，小噘嘴特别可爱。人的可爱是一时的，不可能一辈子都可爱，我能在她最可爱的时候做她的哥们，是很幸福的。我很想看到她和小李结婚，我是伴郎，长脚可以做伴娘，这样的场景在我脑子里像一幅画，如果永远都能如此，那我们就会永远可爱下去，仿佛不存在于这个世界上一样。

九四年夏天，小噘嘴快要调走前的一个夜晚，我在澡堂洗澡，洗得浑身发红。洗完之后我觉得很舒服，拎着毛巾肥皂往车棚方向走，忽然看见有一辆救护车开进厂门。这是下中班的时候，都在交接班，这个时候出工伤事故是很少见的。后来有个糖精车间的阿姨对我喊："路小路，你还不过去看看，你女朋友出事了！"我先是没反应过来，随后想起她指的是小噘嘴。我扔下毛巾，顺着她指的方向狂奔过去。救护车先于我到达了出事地点，我跑到那里的时候，只见一群人七手八脚把一个人抬上了车子，车门砰地关上，随即呼啸而去。

我整个人像冰棍一样立在那里，边上的工人很同情地看着我说：

"杜洁结束了。"所谓的"结束",是我们那边的切口,就是完蛋的意思。我问他们:"死了?"他们说:"倒也死不了,除非她自杀。"

那天小噘嘴是下中班,她骑着自行车往澡堂方向去,路上有一个窨井没上盖。那个窨井平时都有盖的,正好白天有个农民工疏通了一下,他就忘记盖上了。窨井很浅,口也很小,像我这么一条大汉就是想钻都钻不进去。半夜里,小噘嘴骑着自行车经过,前轮正磕在窨井上,她翻落在地,然后就掉了进去。她太娇小,那个窨井的直径仿佛就是为她量身定做的。那么小的姑娘掉到了窨井里,下面流的都是从车间里排放出来的八十度以上的沸水。小噘嘴就这么掉进了沸水里。

所有人都说,小噘嘴太倒霉了,假如她没骑自行车,假如民工把盖子盖上,假如她不是那么娇小,假如这是冬天(冬天沸水会冒出热气)。假如假如,人生没有假如。

她掉进去以后,大声惨叫,有几个过路的师傅把她从水里捞了上来。上来之后已经完全不像样子了。有人告诉我:"脸上没事,但胸口以下全完了。"我看着那个黑沉沉的井口,假如它是一根烟囱,我会用锤子砸了它,但它是个窨井,它深陷于地表,我除了拿一堆土去填平它,别无办法。我无法发泄我的仇恨。后来我用脚把窨井盖子踢到它本该在的位置上,骑上自行车去小李家报信。

有关小噘嘴的事情,厂里最终是这么判定的:她在生产区骑自行车,所以这起工伤的责任由她自己承担。厂里没有赔一毛钱。那次小噘嘴的妈妈哭到厂里来,说好歹求厂里给她买一台空调吧。她浑身烫伤,为了治病,七月天穿着一件橡皮衣服,把身上都绑了起来,那种滋味不是正常人能想象得出来的,她又疼又热又痒,天天哭着说不想活了。厂里说,那就照顾你一次,把劳资科的那台旧空调拆回去吧。

她妈妈就哭着走了。

假如让我回忆我的一九九四年，我会说，那一年仿佛世界末日，所有心爱的事物都化为尘土，而我孤零零地站在尘土之上，好像一个傻逼。我年轻的时候不是什么好东西，结了很多私仇，冤有头债有主，这些私仇都可以用砖头木棍去解决，不管是我解决别人还是别人解决我。可是到了白蓝和小嚼嘴这里，你就算送我一挺机关枪，我都不知道该去射谁。那时候我想，人活在世界上，找不到所爱的人，尚且能爱爱这个世界，可是找不到所恨的人，要去空泛地恨这个世界，这件事太荒谬。

二〇〇四年，我去戴城的一家网吧，进门之后我就看见一个电线杆子戳在座位上，玩的是CS。此人用一把AK47，枪法极烂，但他就是不死，闪转腾挪，东躲西藏，三个人围捕他都没用。我看得好笑，从前他在厂里被师傅们围捕，这手功夫在十年之后居然还没忘。后来他跑到了一个死胡同里，想回头也来不及了，被人用机关枪打成了筛子。我又想起他从前的样子，被逮住以后，一脸愁容好像堂吉诃德，管工班的师傅们看见这种表情，淫心大发，十几个巴掌在他头上乱拍。跟他玩CS，我也会有一种把他打成筛子的冲动。

后来他扭头看我，第一眼没把我认出来，我想这会儿手头上要有块毛巾就好了，照着他的鸡巴抽去，他就知道我是谁了。再后来，他从座位上跳起来，要和我拥抱。我说："长脚，他妈的，你不要在我身上摸来摸去。"长脚说："你不要叫我长脚，好多年都没人这么叫我了。"

长脚把我拖到账台前面，我把账台拍得山响，女掌柜从后面探出头来，她还是像从前一样，小小的脸蛋，细细的眼眉，但嘴巴却不嚼了。她一看见我就发出一声尖叫，跑出账台挎着我的胳膊。她戴着一副黑手套,我注意到了。她说:"Sweet heart!喝酒去!"

那天在饭馆里喝酒,他们说我来得不巧,小李带着儿子去南京了。我问小噘嘴:"你怎么嘴巴不噘了?整容了?"说完"整容"我就想抽自己嘴巴,她却不生气,说:"都三十岁了,还噘着嘴,成尖嘴婆了。"

我说:"这下麻烦了,我喊你'小噘嘴'都喊习惯了,你现在既不小也不噘嘴。"她说:"你叫我 sweet heart 啊,你现在天天嘴里夹着英语说话吧?"我说:"别取笑我了,我现在天天夹着操他妈说话。"

我故意问长脚:"长脚,你现在还在修管子?"长脚说:"去你的,我现在是网吧的投资人,电脑公司的老板。"我说:"还是修管子好,外国叫水喉工,到人家家里去修水管,经常能有艳遇。"长脚说:"我不要艳遇,有了艳遇就拿不到工钱了。"我说:"你可以跟她们在家里捉迷藏,肯定逮不住你。"

小噘嘴说:"你不要欺负长脚了,他刚刚遭受了人生第一次失恋。"我说:"三十岁的人才第一次失恋?"长脚说:"操,讨厌!"小噘嘴说:"长脚爱上了隔壁服装店的女老板,正使劲追呢,人家忽然拎了个小孩在他面前,说是自己的儿子,长脚要娶她还得搭上做小孩的爸爸。"我说:"这不挺好吗?"长脚说:"你看我像是做爸爸的人吗?我得衡量衡量,我没有失恋!"

当时我说,长脚,你就去做这个小孩的爸爸嘛,这件事情很伟大,值得你去做一做,再说你当年被我们抽鸡巴,很可能抽出不孕症呢。长脚就扑过来掐我脖子,三十多岁的男人了,那双手冰凉而细长,搞得我直起鸡皮疙瘩。

后来我们都喝醉了,长脚率先溜到桌子底下。我和小噘嘴呆头呆脑地看着对方,小噘嘴忽然说:"你太不够哥们了,我出了事以后，你都没来看过我。"

我说:"我那时候心肠软,见不得你的样子。你们结婚都没请我嘛。"

"压根就没办喜事,他爹妈不同意。"小噘嘴说,"后来我们去上海治病,再回到厂里一看,你已经跑了。"

"你得原谅我。我待不下去了。"

"我呀,我知道你那时候喜欢的是白蓝,我还以为你去找她了。"

"我去了。她走了。"

"她去哪里了?"

"外国。"我说。我不想再谈白蓝,我对小噘嘴说:"我那时候想,要是李光南不肯娶你,我就娶你算了。可惜这浑蛋不松口。"

小噘嘴说:"我才不要嫁给你!"说完,她也溜到了桌子底下。

九四年秋天,我收到白蓝的最后一封信,信写得非常简短,好像是电报一样。她说她有一个机会去国外,所以不读研究生了,并声称与我再见。照她以前的脾气,再见之前还会说几句鼓励的话,那次却没有,大概她也觉得这个做法很多余吧。

我想去上海找她,但没抽出时间,那阵子厂里在赶产量,据说是跟外国人签了合同,要是生产不出糖精,就得把我们全都卖到马来西亚去做猪仔。这当然是工人们胡说八道。那年秋天,新车间造好了,环境不错,有程控操作室,有空调和暖气,楼上楼下都有厕所。可是我还得在老车间干活,老车间又脏又破,是给犯了事的工人继续改造的。我早就猜到是这种结果,估计我得改造一辈子了。两个车间一起开足马力,产量指标压得我喘不过气,车间里派了督战队下来,一个干部看守一个工段,我去小便都要打报告。干部还提醒我,少喝点水,争取早日完成产量,为国家创汇。我说:"妈的，你干脆让老子直接尿在反应釜里吧，反正也尝不出有尿。"干部说："你当你是在演《红高粱》啊？"

我还遇到过一个女干部，四十多岁，长得非常严厉，但其实很怕我们这伙大老粗。我们在干活，她也不能做闲事，只能在车间里踱来踱去，一言不发。我举手要求上厕所，她就很细心地问我："大解还是小解？"我说："我要小便！"女干部就对我说："那你快点回来。"这种话惹得周围的工人哈哈大笑，好像我跟她睡在一起的样子。

我在糖精车间还遇到了魏懿欣，他仍然是个结巴，我还以为他升上去做干部了，结果他告诉我，他也被调过来造糖精了。那个什么机电一体化的大专彻底白读，从此沦为三班工人。我还问他："你不是会修水泵吗？你怎么也来造糖精了？"魏懿欣说，别别别提了。他结结巴巴说了一串，我才搞明白，原来厂里从各个班组抽调人手，钳工班分配到了一个名额，从生产技术上说，该班组最烂的是歪卵师傅，应该他来上三班，结果糖精车间的干部一听是歪卵，连连摇头，不敢要他。那阵子魏懿欣恰好找了个女朋友，是糖精车间的管理员，于是就把魏懿欣送来造糖精了，和他女朋友一个班次。领导还说，这是照顾他们，让他们二十四小时在一起，要是把他们分在不同的班次上，那就恰好相反，两个人几乎见不到面，相遇在一起的时间得用函数才算得清。

魏懿欣说，路小路我我我比你还倒霉。我不理解他的意思。他说，你你你干了那么多坏事，最后是上三班，我我我什么坏事都没干，最后也是上三班。我听了这话很不高兴，后来我想起我妈讲过的一个故事，说一群刑事犯关在牢里，看见了政治犯被抓了进来，就很高兴。当时我就像个刑事犯，看见魏懿欣这个政治犯，我确实应该高兴才对。

有一次夜班，我连续两个白天睡不着，到了第三天夜班时，我实在顶不住了，把当天产量完成以后，我就想找个地方去睡觉。因为有干部在，我不能去休息室里睡，也不能在车间里睡，就借小便之名跑到货梯下面的原料堆里，那里堆着如山一样的原料包，黑漆漆的，人缩在后面打瞌睡，别人根本找不到。我屁股一着地，眼皮也跟着合上了，完全不顾那地方气味难闻。我本想打个瞌睡就醒过来的，谁知一路做梦，睡得死死的。后来我觉得有人在我身上浇水，顺着脖子流了下去，我就算是个猪，这时候也醒过来了，睁眼一看，有条黑影站在原料包上，正对着我尿尿呢。我大喊一声："操你妈！"那人吓得半死，怪叫一声，端着鸡巴就跑。我岂能让他跑掉，猛蹿起来，跃过那堆原料包，一把揪住他后颈。这个人就是魏懿歆。

当天魏懿歆还在后道工序出成品，尿急了，就跑出来方便。为了赶产量，他来不及去厕所，就近跑到原料包这里，也是半夜里迷迷糊糊，根本没发现后面还躺着个路小路。这件事本来是值得原谅的，但我当时不这么想，都被人尿在头上了，以后传出去就别混了，人人都可以在我头上尿尿。我大喝一声："不许走！"顺手揪住魏懿歆的皮带，不让他把鸡巴放回去。当时我并不想打他，我只是要保护现场，他那个暴露在外的鸡巴就是证据。

魏懿歆非常害怕，以为我要行凶，把他阉了。他猛烈地挣扎，并且对着车间大喊救命，里面的人一哄而出，看到这个情景，笑得前仰后合，都快昏过去了。后来，魏懿歆的女朋友扑了过来，为了保护他，她也揪住了皮带，并且用力往后拉。我更不肯松手了，这婆娘很不善，被她拉回去了，一定抵赖得一干二净。当时的情景是：我拉住魏懿歆的皮带，而魏懿歆和他女朋友也拉着皮带，好像拔河一样。在六只手中间，魏懿歆的鸡巴可怜巴巴地垂在那里，三个人似乎都觉得,在这样复杂的情况下去碰它,很不礼貌,所以大家都尽量避免去触动它。周围的工人都笑翻了,活色生香的场面啊,还有人喊加油。

最可笑的事情发生在我松手时。我松手是因为觉得很好笑,我跟他们两个厮打在一起,搞得像是要抢鸡巴,这也太不堪了,我应该让魏懿歆把鸡巴放回去,然后到厂外面去单挑。我松手之前没跟他们打招呼,根据牛顿第一定律,魏懿歆和他女朋友的手产生了猛烈的惯性。一声惨叫之后,魏懿歆捂着下体痛苦地躺在他女朋友的怀里。这件事情是很有教育意义的,它的意义在于:不管你是爱一个人还是恨一个人,都要记得牛顿第一定律,那些突然撒手的家伙都会对别人造成伤害,甚至比打一拳更严重。那年我又学会了一个新词,叫"睾丸挫伤",假如不是魏懿歆做标本,我简直会以为是"搞完磋商"。

第二天我去保卫科交代问题,我还坚持说这起事故的责任人是魏懿歆的女朋友,我亲眼看见那娘们的手砸在魏懿歆的下体(我对保卫科的人不用"鸡巴"这个词),但大家都在笑,认为我在这种时候还栽赃,脑子不正常。

后来保卫科长找我谈话。这个科长已经不是原来那个科长了,原来的科长,据说因为在大会上跟我打架,卖力得过了头,厂长很看不惯他,就把他调走了。新科长对我态度不错,这也是应该的,没有我牺牲自己,哪里会有他的今天?新科长说:"路小路,你在原料堆后面做什么?你的工作不在原料堆后面。"我不防他用推理手法来处理问题,立刻语塞。新科长笑了笑说:"如果把这件事定性为打人事件,那你和魏懿歆都要受处分。你打人,他对着生产原料小便。一个是行凶耍流氓,一个是搞破坏。"他说这个话的时候,科室里就我跟他两个人。我也听出了他的意思,就说:"科长,你说该怎么处理吧？"

保卫科长说："算你们上班时间打闹，就什么事都没了。他的医药费得由你出，你被尿在身上就只能自认倒霉了。"

我说："就照你说的办吧。"

保卫科长拍拍我肩膀说："回去吧。回家替我问你爸爸好，路大全的儿子嘛。"

我听了这话，恍然大悟，只好撸着光头出来了。后来我还提着一篮水果去看魏懿欤，魏懿欤说："路小路，我我我没出卖你，我没说你你你睡觉。"我当时一阵心酸，想说他够意思，结果他女朋友进来了，二话没说就把我轰了出去。我也没怪她小心眼，要是我的鸡巴报废了，我老婆的心情也不会好到哪里去。

九四年的时候，由于担心厂里买断工龄，我爸爸早早地退休了，拿五百块钱一个月，每天在麻将桌上度过他的无聊光阴。他很快长出了白头发，陈年的腰伤发作，渐渐变成一个佝偻着身体的老人。我没想到他会老得如此迅速，好像一棵秋天的乔木，一夜之间就改变了面目。我想我到老了也会如此，或者如白蓝所说，未老先衰，那样就不必忍受突如其来的衰老的煎熬了。我爸爸以前揍过我，后来我跟他对打，再后来我就没有碰过他。我再也不会去揍我的爸爸了。

我爸爸退休之前，托人找到糖精厂的保卫科长，他们是老同事。保卫科长答应把我调到门房里去做厂警，这事情我没同意。我听白蓝说过："小路，将来你无论做什么，都不要去做看大门的。"我问她为什么，她说："那样你就真的未老先衰了，我会伤心的。"

后来保卫科长说，不做厂警也可以，把路小路借调到联防队去，那儿更清闲。我也没答应，众所周知，在某些年份里，联防队的名声很难听。

那一年，我抽空去上海找白蓝，我手里只有一个地址而已。我坐上火车，沿着沪宁线往东，到上海的时候已经是中午。我坐上公共汽车，到医学院去找白蓝。宿舍的人告诉我，白蓝上个星期就走了，去哪里不知道。我失去了目标，也不知道该去哪里，只能一个人在医学院里逛，看看这个地方，感受一下她的理想。我走了很久，每一条道路仿佛都很熟悉，地上的落叶也很熟悉，我想起她说过的，每一片枯叶都只能踩出一声咔嚓，这是夏天的风声所留下的遗响。我想你是一个多么诗意的人，可惜诗意对人们来说近乎是一种缺陷。我好像已经有几辈子没见到她了。

后来我走进了一条黑暗的走廊，一个人都没有，两旁放着很多瓶子，瓶子里全是人体器官标本。再往前走，有很多怪胎标本，都是被扭曲得不忍目睹的胎儿。一切都是那么地怪异，好像是有人在召唤我往前走。一直走到一扇门前，门锁着，我通过小窗向里面张望，看见几具尸体摆放在那里，用布盖着，如此安静地，我好像是走到了人世尽头。猛然之间，我毛骨悚然，返身狂奔而去，那寂静之中的笑声告诉我，所谓奇异的旅程在此已经画上句号。

那天晚上我回到火车站，打算回戴城，在北广场上遇到了三个人，发生了一点口角，这三个人不由分说围着我就打。我被他们揪住，无法脱身，当时我听见其中一个人竟然操着戴城口音，真是气不打一处来，在对打中我的一个槽牙掉在了地上，脸上全是血。后来这三个人扬长而去，我也不敢去追，只能跑进火车站，在厕所里洗了把脸，免得警察把我请进去。我对着镜子照了照，发现自己的半边脸肿得跟猪头一样，完全失去了从前的潇洒风采，与我在医学院看到的怪胎相去无几。

那天我上了火车，是站票，火车非常拥挤。我被打得昏头昏脑，实在站不动了,就跑到餐车那里,要了一杯十八块钱的绿茶,然后我就可以坐在餐车上了。我非常想睡觉,头晕得像在坐旋转木马,但我又不敢睡,怕坐过站。后来,对面有一个女孩问我:"你去哪里?"

我说:"去戴城。"

她说:"你睡一会儿吧,到站我叫你。"

我睁着一只眼睛看着她(另一只眼睛肿着),她对我笑笑,这是一个微胖的女孩,眼睛很大。我心想,只要老子不死,我一定找你做我的女朋友。后来我倒在桌子上就睡着了。不知过了多久,她拍我的肩膀,说:"戴城到了。"我醒来觉得头痛欲裂,站起身打算下车,见她不动弹,我问她:"你不下车?"

她说:"我去南京,我是南京人。"

那天我跌跌撞撞下车,心乱如麻,我想我就这么失去了最爱的人,这个南京的姑娘,我也要记住她一辈子。

很多年以后,我坐在上海的马路牙子上,我对着张小尹讲这些故事。后来她成了我老婆,我讲这些故事时候她很开心,我决定每天给她讲一点,但有关工厂的故事已经被我讲完了。所有的故事都应该有一个结尾,即使你有一个《百年孤独》式的开头,那个结尾也有可能很烂,但总比没有结尾好。

我对张小尹说,我确实做过很多坏事,那年我在上海火车站被人打,回去就加入了联防队。我真他妈想找一群人来揍揍,甚至是拿电警棍往人身上戳。结果联防队发给我一根手电筒,虽然也是用电的,但效果相差太大。我拎着手电筒在街上晃悠,心里很不爽。那时我妈很担心,让我不要太卖命,真的把命卖掉了就要不回来了。我对我妈说:"怕什么?联防队专门欺负好人的。"

我还记得自己在清晨的街道上巡视，吃早点，跟几个同伴说笑，后来有个买菜阿姨跑过来，对我们说："那边有人耍流氓！"我们跑过去一看，是一个年轻的民工在人行道上睡觉，他只穿着一条裤衩，由于晨勃，他的器官直刺刺地伸出裤管，指向天空。那根东西又粗又红，亮晶晶的，过路的女人看见了都很不好意思，绕着道走。我们也不知道该怎么办，那个买菜阿姨说："这种乡下人你们联防队管不管？"我们没辙，只好把那个民工踢醒，然后把他当流氓抓进了联防队。我不知道自己为什么要抓他，我和他有什么仇，有什么恨，可以去干涉他梦里的性事。这些事情说起来都很王八蛋。

我也记得自己在夜晚的街道上喊："注意小偷！注意煤气！锁好门窗！"现在都是用电喇叭自动播音，那时候全靠嗓子喊。他们说我拿过卡拉 OK 二等奖，所以由我来喊是最合适不过。后来我们遇到个偷自行车的小偷，他一见我们就跑，我们五六个人在后面追，我他妈一跤摔在地上，把裤子都摔破了。当然，联防队不是摆炮的，把小偷抓住以后，我们非常高兴，简直像扛着年货回家一样。到了队里，小偷吓哭了，我拿着铜头皮带吓唬他。再后来，我们押着小偷去喊街，他的声音太惨，附近的人都反映说做了恶梦。我也不知道这么干有什么意义，难道用铜头皮带抽打一个小偷就能改变我的人生吗？

张小尹说，这些故事都很好玩啊，联防队的故事。我说没错，我能把它们讲得很好玩，好像春节联欢晚会上的小品一样，但我偏不。我不觉得这些故事有什么好玩。

张小尹问我："那么你后来为什么决定辞职了呢？"

我说，是这样的。有一天黄昏，化工厂附近来了一条野狗，有户人家的小孩把那只狗叫了过来，它以为有吃的，就凑了过去，结果那小孩用铁签捅进了野狗的肛门。那狗当场就疯了，一口咬过去，从小孩屁股上啃下了一块肉。当时我正在值班,叼着香烟在街上闲晃。小孩的妈跑了过来,一把将我揪了过去。那小孩趴在地上大哭。小孩的妈说:"你是联防队,你去打那条疯狗,疯狗咬人啦!"我顺着她手指的方向看去,那条狗正冲着我龇牙,非常吓人。小孩的妈对我说:"你到底管不管?你不是联防队吗?"我咬了咬牙,抄起一根枯树枝,那狗非常聪明,返身就逃。小孩的妈说:"追它!追它!"

我沿着河追去,那条狗跑得飞快。我追不上了,它就停了下来,好像在等我。我追过去时,它又拔腿逃跑。我追它的时候经过了糖精厂的大门,几个工人正蹲在门口抽烟,大声叫好:"路小路,追狗啊?今天晚上吃狗肉?"我不理他们,闷头追去,跑了半里地,那狗被我逼到了一个小码头上,除非它跳河,否则跑不掉。我冲着它狞笑,想把它赶到河里去,据说疯狗都怕水。那狗朝我看了一眼,其实它不是疯狗,至少在那一刻还不是。但它显然也不想下水,河水太脏,下去会得皮肤病。它嗥叫一声,竟然向我扑来,照着我的小腿就啃。

那天我是心惊胆寒,被疯狗咬伤了,自己也会变成个疯狗。我拔腿就跑,狗在我身后狂追。这时我们又经过了化工厂的大门,工人们都笑岔了气,对我喊:"路小路,你和它到底谁是联防队啊?"我还是不理他们,继续跑我的。跑到小孩那边,小孩的妈对我说:"你个怂卵,怎么被狗追回来了?"我回头望去,那狗也累了,蹲在远处朝我看呢。

我从附近的修车摊上抄起一根钢管,说:"操他妈,我今天非把你打死不可。"那狗真是聪明,见我抄起钢管,返身就跑。这他妈哪里是条疯狗?我扬着钢管,尾随它追去,我们再次经过糖精厂的大门,这时候已经围了四五十个人在看我追狗。这回它不往码头上跑了，而是沿着街道小跑，还回过头来看我。那一瞬间，我与这条野狗心意相通，它在问我："你他妈到底想干什么？"我对它说，老子就是要打死你。后来我觉得，它问了我一个更深奥的问题："你他妈到底为什么活着？"我回答不上来。这个问题由一条疯狗向我提出，也不知道究竟是谁得了狂犬病。我扔下钢管，我也不明白自己为什么活着，如此荒谬地，在这个世界上跑过来跑过去。

有关我辞职，其实也是一件可笑的事情。我跑到劳资科，拍出一张小纸片，这就是我的辞职书。结果他们告诉我，我是合同工，跟厂里签了五年合同，我这不叫"辞职"，而是违约，我必须写一份"违约申请书"，然后由厂里裁度。假如厂里不批准，我也可以不来上班，那就等着被开除。

很遗憾，我在劳资科没遇到胡得力。后来我拎着一把三角刮刀，闯进车棚，找到了胡得力的自行车。我用刮刀在他的自行车轮胎上捅了几个洞，心里还觉得不过瘾，就把轮胎整个地剥了下来，只剩下两个钢圈。干完这些，我就回家了，第二天我再去劳资科，他们就同意我违约了，而且讲话也很客气。我一直没见到胡得力。

我回家以后，躺在床上，我妈坐在床边问我："以后你打算怎么办？"

我说："先混着吧。让我歇一阵子。"

我妈叹了口气，我以为她要抱怨，不料她说："你以后洗澡成问题了。"

我说："什么？"

我妈说："你以前天天在厂里洗澡，现在辞职了，只能到澡堂里去洗了。洗一个澡五块钱，你又不可能天天去洗。"

我说："那怎么办呢？"

我妈说:"你每天洗屁股洗脚吧,跟你上学时候一样。个人卫生最重要,脏了吧唧的,姑娘看不上你的。"

我听了这话,哈哈大笑。我研究过一点星相学,我妈是射手座,这就是十足的傻大妞,而且一辈子都很乐观。因为有了她,我看这个世界犹如喜剧。这是我命中注定的好运。后来过了些年,我独自去上海谋生,我妈送我到家门口,我还挺伤感的,我妈说:"你不要去占人家小姑娘便宜。"我一句话都说不出来,她说:"当然,也不要让人家占你便宜!"她就用这句话把我打发走了。她养儿子如同养狗,就怕我身上长跳蚤,就怕我出去招惹异性。我爱她犹如爱这世上的一切鲜花和白云。

尾 声

巴 比 伦

小时候写作文，老师让我描述戴城，我就说它位于上海和南京之间，这里的人都有几个上海亲戚，也有一部分苏北亲戚。上海亲戚可以托他们买缝纫机和呢子大衣，苏北亲戚带来的则是咸鸭蛋。我这么写作文，老师很不满意，认为我思路混乱，把戴城描写得很猥琐。

我的老师说，戴城是一座伟大的城，它建造于伟大的春秋战国时代。有一天，一个国王带着他的宠妃跑到这里来，站在山丘上，眺望天下。宠妃指着远处河汊纵横的一块平地，对国王说，她要在这里造一座城。后来，国王派遣了许多奴隶，许多军队，许多天才的设计师，将这座城造了起来。这里有宽阔而宏伟的城楼，婉约动人的小桥，环绕城市的护城河，以及幽谧古朴的园林。他和宠妃就住在这城的中心，有时候出城郊游，他们去附近的山上，那里有一口井，宠妃对着井照见了自己绝代的容颜。她并不知道，后山葬着很多奴隶的尸体。

在这个城里，国王与宠妃像无数黄金时代的领袖一样享受着权力，看着城楼下的奴隶欢呼，看着远征的军队凯旋。直到有一天，另一个国王带着部队冲进城来，把原先的国王杀掉，宠妃被人像春卷一样裹起来，扔到了河里。故事说，这座城有一种千古的伤感，好像一个人活了一千年只为了追忆他早夭的恋人。

后来这里造了很多厂，很多运输船穿过河道，运走丝绸、大米、蔬菜和茶叶，当然还有我的糖精。那已经是过了两千五百年之后的事情了，我的戴城就是一个妃子用她的容颜换来的城市，最后她被杀掉了，城市归于他人，容颜归于流水。那么诗意的传说，想深了就觉得没意思。

我二十岁那年，文史馆的人宣布，今年戴城建城两千五百周年，要为之庆祝。我对于两千五百年没有什么概念，这座城不是罗马，不是耶路撒冷，不是雅典，它缺乏所有关于出生的证据，所有当初的宫殿、城楼、桥梁全都没有了，只是留下来一个传说。这里还保留着一些民国时候的破房子，如果在高处俯瞰，这些房子平铺在老城区里，一律破旧阴暗摇摇欲坠，耗子和蟑螂横行，家里没有厕所，动不动就着火。总之，它们虽然没有两千五百年的证据，但看起来还是很像一口棺材。

后来真的搞庆祝，还搞了一个旅游节，招徕了很多日本人参观。厂里发给每人一个纪念章，要我们都别在胸口。这个胸章是铝制的，上面有一圈像地图上的长城一样的图案，中间是一个女人的侧影，据说她就是那个讨到大红包的宠妃，她为我们这些后来人出卖自己，连命都赔上了，所以我们要纪念她。这个徽章我就别在了胸口，听说有个师傅粗手大脚，别徽章的时候用力过猛，别针横穿奶头，只能到医务室去抢救。

在我生活过的戴城，人们到这里来旅游，总会带走一种土特产，叫作"枣泥麻饼"。这种饼甜得要死，很不适合糖尿病人食用，而且它发音古怪，经常会被读成"操你妈逼"。柜台上的营业员老是跟外地顾客打架，为的就是这个。但它也不可能改名字了，只能带着操你妈逼回家，以示到此一游。

我在戴城混迹了好多年，我不喜欢这个地方，但它充满了我二十岁时候的证据，要想推翻它们，除非把这座城铲平了。后来我想，大可不必这么偏激，这些证据根本无人关心，我又不是那个出卖自己的宠妃，不值得这么干。我的二十岁，我自己记住就可以了。

后来我在上海遇到张小尹。我们认识的时候，是在一个很破的工厂里，那地方在复旦大学附近，专门搞些摇滚演唱会。这显然是个效益很差的厂，没什么工人，堆得像小山包一样的铁丝铁屑，在阳光下招摇着它的锈迹。我到这个地方就想起自己从前的工厂。这一年我快三十岁了，汗流浃背地蹲在人群中，和二十岁的姑娘小伙一起听摇滚。在我年轻的时候，我只能在戴城唱唱卡拉OK，那地方没有摇滚。我蹲在那里，听摇滚，做着我年轻时代没有去做的事情。

我从来没有这么安静地，回忆我的戴城，我的奇幻的旅程。

在我将近三十岁的时候，我坐上火车去上海谋生，我想起自己曾经去过上海，到医学院去找一个人。这些久远的事情被回忆起来，好像迎头撞上一块玻璃。火车经过某个路段时，我甚至看见了糖精厂那冒着蒸汽的楼顶，很多年以前，我曾经站在那里，眺望着列车去往上海。

那天天气晴朗，火车很空，整个车厢里就我和另一个人坐着，那是一个二十来岁的少年，戴着一副眼镜。他坐在我左前方，靠在座位上，眼睛望着窗外。后来，他莫名其妙地哭了，他摘下眼镜痛哭。我坐在那里看着他，不能去安慰他。他哭得如此之伤心，泪水汹涌，仿佛把我二十岁那年的伤感也一起滴落在了路途上。

没有人蜷腿躺在
高高的行李架上
并且没有人想过
在疾行的列车中倒下
农田飞奔,以及树木和云
这一切多像是悲剧
那些沿途追逐的人
很年轻时就嬉水而死
这一切,多像悲剧的开始
乘务员穿行在八十公里时速中
悠游自在
激流中的鱼停靠在岸上
赤裸鲜艳
那些搭乘悲剧的人在凌晨惊醒于噩梦
她们年仅十七
她们手捧糖果
她们的制服早就歪斜在
黑暗中
衰老可能来得更慢一些吗

图书在版编目（CIP）数据

少年巴比伦/路内著. -- 上海：上海文艺出版社，2023
（路内追随系列）
ISBN 978-7-5321-8137-7

Ⅰ.①少… Ⅱ.①路… Ⅲ.①长篇小说－中国－当代
Ⅳ.①I247.5

中国版本图书馆CIP数据核字(2021)第203223号

发 行 人：毕　胜
责任编辑：张诗扬
封面插图：周子曦
封面设计：山川制本workshop
内文制作：艺　美

书　　名：少年巴比伦
作　　者：路　内
出　　版：上海世纪出版集团　上海文艺出版社
地　　址：上海市闵行区号景路159弄A座2楼 201101
发　　行：上海文艺出版社发行中心
　　　　　上海市闵行区号景路159弄A座2楼206室 201101 www.ewen.co
印　　刷：苏州市越洋印刷有限公司
开　　本：889×1194 1/32
印　　张：9.375
插　　页：4
字　　数：226,000
印　　次：2023年7月第1版 2023年7月第1次印刷
Ｉ Ｓ Ｂ Ｎ：978-7-5321-8137-7/I.6440
定　　价：68.00元
告 读 者：如发现本书有质量问题请与印刷厂质量科联系　T:0512-68180628